北京的金山下

黑 马 著

中国社会科学出版社

图书在版编目（CIP）数据

北京的金山下 / 黑马著. — 北京：中国社会科学
出版社，2016.5
ISBN 978-7-5161-7862-1

Ⅰ.①北…　Ⅱ.①黑…　Ⅲ.①随笔－作品集－
中国－当代　Ⅳ.①I267.1

中国版本图书馆CIP数据核字(2016)第064186号

出 版 人	赵剑英	
责任编辑	王　斌　郭晓娟	
责任校对	李　享	
责任印制	李寡寡	

出　　版	中国社会科学出版社	
社　　址	北京鼓楼西大街甲 158 号	
邮　　编	100720	
网　　址	http://www.csspw.cn	
发 行 部	010-84083685	
门 市 部	010-84029450	
经　　销	新华书店及其他书店	

印刷装订	三河市君旺印务有限公司	
版　　次	2016 年 5 月第 1 版	
印　　次	2016 年 5 月第 1 次印刷	

开　　本	650×960　1 / 16	
印　　张	17.75	
字　　数	287 千字	
定　　价	45.00 元	

凡购买中国社会科学出版社图书，如有质量问题请与本社营销中心联系调换
电话：010-84083683

目　录

下篇　我的北京日子

北京的金山上光芒照四方

从1984年底毕业来北京工作，一晃，就是30年。这30年里我换过工作单位，从东四十二条到了玉渊潭畔，后来又迁到莲花桥，再从西到东直迁国贸。家也搬过四次，从东城到宣武又到丰台，还在通州住了些年。因为工作关系，从骑着自行车满城跑到后来自己开车跑遍城里城外。老的四九城，新的五环和六环，永定河流域、潮白河流域、西部和北部的崇山峻岭，东南部开阔的大平原，我都多次流连。不知不觉中，北京这个第二故乡成了我居住和工作时间最久的地方，也是我最熟悉的广阔区域。我目睹了北京从一座传统的古城向世界大都市的迅速转变，这个过程就在我每天的穿梭中发生，我也随着北京的变化而从弱冠青年走到了知天命的年纪，到了精神上的"而立"之年。可以说我取得的每一个进步和每一项成就都和这座城市分不开。这是因为我在河北和福建两地完成了从小学到研究生的学历教育，像是一棵树苗移植到了北京，让自己内在的生命受到北京的土壤、空气和水的滋养，在北京努力地向上长，努力地开花和结果。我做到了著译颇丰，我做到了从一个青年知识分子向成熟的学者和作家的进化，我没有辜负前24年在外省所受的良好教育，更自觉地将外省培养的品质与后31年北京给予我的养分和浸润充分融合。因此我总有一种不可遏止的冲动要写出我对北京的爱,写出我对北京的真情实感,写出我所接触的那些让我难以忘怀的人和事。

于是我在1990年代初就以一个文学青年的冲动写出了长篇小说《混在北京》,这是1990年代之前鲜见的一部直接将"北京"用于题目的小说。写那本小说时我就有意识地把很多北京城的街道和人物活动的地点直接写了进去。我甚至特意把当时还是全国最值得骄傲的北京地铁生活详尽地写了进去,因为我内心里确实为那时的地铁感到骄傲,认为那象征着中国最赋有大都市质感的生活,尽管那时只有一条东西向的1号线和环城的2号线。我还非常得意地写了一对恋人在夜半时分坐着空荡荡的337路公共汽车沿着宽阔的长安街一直飞奔向石景山,那种风驰电掣的感觉代表了底层青年苦中作乐的乐观生活态度,也是在向人们展示独一无二的长安街如奔腾的大河一直向西的如虹气势。总之,表现那个年代北京城的"都市感"是我这本小说的追求之一。这种努力得到了回报,后来德国的出版社将这部小说与其他19本以各国大都市为背景的小说一起出版了一套世界都市小说,我为此感到很骄傲,我当初所追求的那种"都市感"得到了应有的认可,汇入了那个20本一套的系列都市小说中,其他的城市有伦敦、巴黎、纽约、柏林、东京、莫斯科、德黑兰、伊斯坦布尔、布宜诺斯艾利斯等。一座世界名城值得人们前赴后继地书写它,尤其值得以小说的形式书写,小说能将一座在外国人看来仅仅是骨架的城市填满肌理和血肉,因为小说的人气充满了一座城市,这城市才鲜活。

现在我又推出这本以北京生活和北京人为主题的散文随笔集。这些随笔用文字勾勒出了两幅我心灵中的北京地图。第一部分是多年里作为文学记者在胡同或高楼里与萧乾、叶君健、杨绛、冯亦代等文化老人畅谈中西文化的访谈录,是一个时代部分文化精英的素描,其特色之一是文章中对这些文化老人的居所和外部街景都做了精当的描述。第二部分则记述和回忆我1984年毕业来京工作后30年间在北京城四区和远郊生活工作中的感悟和对现实北京生活的评述，夹叙夹议，弥漫着浓郁的生活气息，见证了北京30年间的城市山水变迁，亦有形而上的思考。叙述语言夹杂现实生活中的京腔京韵，是小说《混在北京》的散文版本。

我想我的这些书写，既记录了我耳濡目染的北京生活，也记录了我在北京的成长和成熟，我对北京这座城市的感恩都流露在字里行间了。英国文化学家理查德·霍加特从联合国教科文组织副总干事的位置上退休后回到英国，选择了一座不是自己故乡的小镇法恩海姆居住，居住了20年后，他为那座小镇写下了一本《小镇风物》（*Townscape with Figures*），详尽地记述下了那里的一街一景和风景中活动的人，笔触温润，感情内敛，但无言的爱充满字里行间。我想，我们对自己的第二故乡应该都有这样的情愫，如果我们碰巧是作家，那就应该责无旁贷地书写这座城市，爱和感恩是美好的，但也可以出自挥之不去的铭记、情结，甚至仅仅最普通的情绪，都是对这座城市的回报。

书名取自我们少年时期一首著名的歌曲，名为《北京的金山上》，歌词云："北京的金山上光芒照四方。"那时我真以为北京城里有一座小小的金山呢。多年的北京生活让我感到北京本身就是一座无形的金山，我和很多从事翻译和写作的人就在这座金山的光芒照耀下，在这座金山下耕耘自己的精神田园，过着笔耕农勤劳踏实的日子，收获自己思想的成果，也许这些歪瓜裂枣的成果不登大雅，但我找到了自己在金山下的生存方式。于是我给书起名《北京的金山下》。

黑马

2015年10月于北京

上 篇

捡拾金山下的"金子"
——我寻访到的北京文化大家

　　作为文学记者，我在胡同或高楼里与文化老人们畅谈中西文化，这些访谈录是一个时代部分文化精英的素描。

小庄北里访严文井

认识严文井先生是在一个特殊的时刻，所以二十多年过去，印象还是那么深刻。

1986年夏天，中国儿童文学界在与世隔绝多年后宣布加入"儿童文学的联合国"——IBBY（国际青少年读物理事会，官方译名是国际青少年图书联盟），为此派了一个代表团赴东京参加IBBY第20届大会，代表团的领军人物是两位文学大家严文井和陈伯吹，他们都是古稀老人了，所以出版局要

严文井

派一个年轻的男翻译随从，翻译在其次，主要还是能干力气活，照顾他们"别出事"。陈老要几个月后才来北京集合，因此我首先接触的是严老。

那时我刚出校门一年且是在中国青年出版社当外国文学的编辑，因此接触的多是翻译家，顶多是冯亦代这样兼为作家的翻译家，和纯粹的作家们没有什么接触，严文井先生就成了我接触的第一个大作家。但我对他的了解只限于"很有名"，其实一篇他的文学作品也没读过——因为我是在"文革"中长大的，连安徒生童话都是禁书，所以没读过任何童话（如果说读过也只是浩然写的农村生活的儿童文学，觉得他写得很美，以为那就叫童话了）。突然要我给一个童话大家当翻译，既高兴又紧张。我可能在电话里对严老讲了这种心情，所以同严老在人民文学出版社办公室见面谈出国手续时，他一下就送给我好几本他的作品，说让我先读，免得他跟外国人谈话时谈到他的作品我不知所云。

记得初见严老的情景，他穿着很旧的西式短裤和很旧的化纤短袖衬衫，头发已经很少了，模样和街上的普通老头儿没太大区别。但严老的声音十分洪亮，略带南方口音的普通话讲得字正腔圆，时不时幽默地开玩笑，发出爽朗的笑声，一点架子也没有，让人觉得十分亲切。一见面他就哈哈大笑着告诉我说日本方面早就给他安排好了节目，是同著名的日本棋手在电视直播状态下比赛围棋，可见严老的棋艺很了得，日方才做此安排。但严老说那纯属是"让我出洋相"，是别出心裁让他与日本读者见面，哪怕让他几个子儿他也注定要输给专业棋手。但他说为了读者，他豁出去出这个洋相了。严老和我的谈话快结束时突然耳语般小心翼翼地问我："冒昧打听一下，你是毕朔望的，呃，公子吗？"我赶紧说不是并笑问："为什么我姓毕就该是毕朔望的公子？"严老的回答竟那么像童话："因为你是英语翻译，老毕也是英语专家，姓这个的那么少，就以为你是子承父业。"我一边觉得严老天真，一边心里纳闷：他们这些作协的老同志相互之间也不很了解（后来严老的女儿严欣久告诉我，在阶级斗争的年代里，严老一直小心谨慎，生怕出言不慎得罪人，因此估计他是在弄清我不是"圈内人"也不是文学世家子弟之后，才放心地同我交往）。

严老特别告诉我他是大会东道主日方特别邀请的主题发言人（他还用英文字正腔圆地说主题发言人这个词是"keynote speaker"），因此他要单独先赴东京，在会前"出洋相"去。严格意义上他不是代表团成员，但出版局为了照顾他，才安排我在会议期间也兼做他的翻译，所以他要同代表团一起活动。到了东京，严老已经在著名的赤坂东急饭店住了两天了，一见面就警告我们冰箱里的饮料和矿泉水都要几百日元一瓶，他一个也不敢动，天天喝自来水。我说每个人每天有些零花钱可用，严老说那点钱喝点饮料就没了，日本物价多贵啊。1980年代外汇很宝贵，大家出国都舍不得花，看来连严老这样的名人也不例外，和大家一样在省吃俭用。

在会议上，我则目睹了严老气度不凡的一面，与那个在国内穿着旧衣服肥短裤的胖老头简直判若两人。一身蓝色西服的严老，与外国作家和官员交流，在宴会上酬酢，口若悬河，幽默风趣，时不时还直接说英文，用词十分准确。他一派大外交家风度但不用一点外交辞令；他的举止甚至完全像个国家领导人，但又一点官气没有，有这样大气的作家代表中国出现在国际场合，真让我们这些随从感到自豪，那种自豪是发自内心的。那次会上，苏联的代表团团长是大作家米哈尔科夫，那时中苏关系还没有解冻。眼看他走了过来，而且是高视阔步地要与我们擦身而过，我问严老要不要打招呼，严老几乎不假思索地说："要！"于是我用我会的那几句简单的俄语拦住了米哈尔科夫，介绍严文井是中国著名作家，没想到米十分痛快地说："知道，知道。"然后他们很愉快地交谈起来，甚至在会场上坐在了一起（中间换了日本的俄语翻译，不知都谈了什么，但看得出大家十分融洽，我不失时机地为他们拍了张照片）。后来苏联著名的翻译家托克玛科娃专门跑过来拜见严老，说她多年前就从英文转译了严老的《下次开船港》，并高度评价这部童话。会上总有外国人来拜见严老，告诉他他们熟知他的作品，严老则谦谦作答，既不骄矜也无惊喜。到大会的主题发言时，严老的发言是呼吁儿童文学回归童心，代表儿童大声疾呼：成年人请你们停止对我的说教吧！还表示中国加入IBBY后一定做这个儿童文学大家庭里的一个好孩子。严老的发言激起现场800位听众的阵阵热烈掌声。他的讲话英文稿是我翻译的，我也为自己翻译的准确到位感到十分自豪。当然我更钦佩严老的风度、仪表和口才。

会议期间严老常被日本方面请去出席些活动，因此一般只有晚上才能和他聚到一起，在饭店附近的街头散散步。一路上严老都在大声地开着玩笑，模仿这个模仿那个的步态和举止，让人捧腹。他特别说到早餐时陈伯老想要面包但恍惚间把日本招待当成了中国人，用上海话连说"面包"，对方摇头，陈伯老还用手比画着说上海话"米包、米包"。最后是严老意识到陈伯老是把日本招待当成中国人了，赶紧用英语解围。这个过程被严老模仿下来，包括陈伯老的上海话。大家大笑不止。相比之下，陈伯老总是显得很严肃，开口必称"文井同志"，令严老也不得不严肃起来。这让我想起有人告诉我说严老经常大开玩笑，有时让人下不了台。

见严文井之前就有人警告我说"这老头儿可不好伺候，特刁"；甚至告诉我他英文很好，虽然整句的英文说不好，但翻译翻错了他会当场纠正，挺让人难堪。还好，我没被他严厉纠正过，倒是他私下里谈到他的同辈作家、有的还是声名显赫者时，经常出言尖刻，甚至毫无同情，从作品到为人，一概批评过去，如谁谁"有会必到"，谁谁"有饭必吃"，谁谁"有言必发"。可能这就是别人说的"刁"吧。这让我觉出了严老苛刻的一面，离我们想象的温雅亲切的童话爷爷大相径庭。我不懂，或许真正的童话作家都是些极端理想主义者，因为现实世界太丑陋他们对现实失去了希望才躲避到童话中去寻找安慰？一个童话大师怎么会有如此相反的两面，他的尖刻、外交家风度和大师气度才是他现实的一面吗？儿童文学只是他与世界相妥协的面具吗？

于是回国后我很认真地读了他给我的书，令我奇怪的是，他送我的好几本书里，只有一本是童话，其他的都是成人作品如《严文井散文集》和小说《一个人的烦恼》。或许送我这些书本身就能说明什么。

带着这种印象读了书后，我写了一篇印象记发表在1988年辽宁的《作家生活报》上，题目是"严文井，一个大胆的猜测"。我十分惊讶于《山寺暮》的基调如此冷峻阴郁，很有现代派的笔法。当然还惊讶于这个刚强豁达的文艺界领导竟然也写出了"没有流出的泪水/这些柔弱的诗句/正在悄悄消逝"这样的《自我题照》。我说我似乎更明白了什么：以一个儿童文学作家的面目风靡文坛或许本不是他的意愿。可如果不是因了儿童文学他又不会有日后的风光。这或许是偶然又是必然，是命。

他坦白地说："'偶然'在历史上常常扮演一个重要角色，有时我不能不畏惧他。但即使在我最恐惧的时刻，他也得不到我的尊敬。他不过如此，并不能事事自主和如意。我不回避偶尔用'命运'这个词儿，可是我实际说的是'必然'。可惜我懂得'必然'甚少。然而我总是听从他亲切的劝说，或者严峻的警告，哪怕他出现在一个不显眼的位置上，只说一两句话。"（《严文井散文集》）

他绝不是宿命论者，他极能驾驭自己的命运。可他的文学创作却显得逊色而名不副实。他说"我们不要老听任历史的摆布"，可他又承认"总有一个共同的东西隐藏在所有一切问题里"（严文井：《一个人的烦恼》），他能有多少作品是按他的创作主旨流泻而出的呢？他说他的"写作动机，主要是想'恰当表达'出我真正感受到的和我真正意识到的"（《严文井散文集》）。可他不完全能这样。个中况味是耐人咀嚼的。他的牺牲是不小的。这牺牲就是"在过去几十年里，有好几段时间，我既没有'散文'，也没有别的形式的文，所留下的只有空白"。这里有历史的、社会的、民族的悲剧，也并不排除他自身的悲剧吧？他不应该只有"稀稀拉拉这么几块石头"（《严文井散文选》）。当然这几块石头是很有光彩的。但毕竟太少了。又有谁能知道，如果他一味地写《山寺暮》那样冷峻的、如阴霾般的文章他会在中国现当代文学史上占怎样的地位？现在这样未必就不好。他在1980年代以空前的热情当着伯乐，扶持了很多文学新人。或许"没有流出的泪水"终于化作了伯乐的欣喜之泪？不少青年作家是应当感谢他的。这样说来他没有顶天立地之作也不算太遗憾的事。

他数量不算太多的儿童文学作品或许在几十年前是高产了。我们都不能重复获得失去的年华，不能不"老听任历史的摆布"。或许他倒能自慰。或许年轻一代不该用今天的眼光看过去。俗话说"谁都不容易"，难道严老容易吗？我把文章寄给了他，后来有一次见面他哈哈笑着说："你居然写文章讽刺我。"他把讽字念成"风"的音。

　　这之后几年，我陪IBBY的主席和中国同行交流、开会，又见过严老几次，每次见面，似乎总是在一些个美丽宜人的场景和环境中，如什么中国大饭店、国际饭店、社会科学院会议厅，严老总是西装革履，俨然一派总理之流的堂皇。而每次大小会上的发言不是令全场几百人捧腹，就是让人神情严肃地把手掌拍红（似乎严肃时不该拍红手掌，可这老头儿有这本事让你如此鼓掌）。

　　我开始怀疑这个对《聊斋》走火入魔的老人有点仙人一体了。他哪儿来如此魔力？那年6月份在北京国际儿童图书博览会期间召开的国际儿童文学研讨会上他又一次几句话轰动全场，也让我找到了答案。

　　那天讲到严老的"专业"——童话，严老大声疾呼（冲着在场的作家批评家们）："如果你们想教育我，就请你们改变一下方式吧，别再说教了！"随之谈起他儿时没考上大学被父亲训了一顿便一跺脚离家远行闯世界，风风光光地写得出人头地。他说他就是不能忍受说教，倒喜欢《聊斋》这样牛鬼蛇神比人更可爱的文学　这么些年了，他一直在梦着一个美丽的狐女，尽管狐女一直不曾下凡来找他。宴会席间，大家还议论着严文井梦见狐女的叙述，在座的一位东南亚美妇人，一脸灿烂地请教他狐女的故事，严老显然是动了恻隐，眼睛一直不离那贵妇，不停地讲着狐女的故事，我替他翻译着，看他那表情，真恨不得能直接用英语跟那美妇交谈，省得我在中间当灯泡。大家看着幸福的严老，都替他幸福也替他着急和惋惜，都为此会心地笑着，甚至说严老是不是现在就找到那狐女了啊？严老就意味深长地笑眯眯点头。大家都笑着直做鬼脸。严老是个性情中人呐，有真性情者自风流。

　　似乎这样的白日梦（day dream）就是严老创作生命的源泉或动力？我不敢这样说，这说法有悖于革命现实主义的创作原则，而严老是个老革命。白日梦的说法是弗洛伊德的观点，哪敢往咱们的延安牌儿作家身上乱扯？

　　不敢乱扯，还有一个切肤原因：那次作协开个啥外国儿童文学研讨会，我努力鼓吹一通"人家"外国的儿童文学理论家在折腾解构主义、接受美学，痛斥我们一些人对此类有道理的东西拒不宽容。此类言论让严老漠然以对，说"刚才那位同志说的怕不合国情……"下来后严老说"那个发言的是你吗？我认不出了，你胖了。你什么时候会这个了？"令我无比难堪。所以无论他怎样大气磅礴、幽默典雅，给我的印象都是只能仰视、只能敬畏，就是难以有亲近感。

但有一次在他小庄北里的家里，他突然拿了一本著名台湾女作家张秀亚的散文集给我看，扉页上有她的赠书题字。然后十分神秘地笑问："看出什么没有？"我不敢乱猜，他才微笑着告诉我他们当年在北平期间曾有过一段恋爱，是那位女士主动追求他的，但好像是因为信仰不同分手的。别的没细说，只说：都到了这把年纪还说它干什么，免得让人觉得我在炫耀自己。不过他说自己年轻时确实是很有魅力的。在这一点上严老和我认识的许多老人一样，喜欢谈自己年轻时的魅力。萧乾先生有一次在我采访时面对英国情人的老照片露出的也是这样的表情：甜蜜、微醉、叹息，最终是"俱往矣"。可能因为我同严老还不算太熟，他只是点到为止。真遗憾，没有更多的机会接触严老，否则听听他的罗曼史该多好！不知他可曾对哪些晚辈详细讲过？如果没讲，岂不可惜？

然后我们的话题就转向了爱情这个字眼，严老笑谈家里的猫在发情期因为急于同楼下的一只魅力猫相会，居然忘了目测高度，奋力跳了下去。他说动物发情时也要挑选对象，也不是乱来。那个挑，就大概是爱情了。至于人，爱情应该是先有欲，有时是没有欲但有情，就不能叫爱情，单哪一个都算不得爱情，爱情应该是欲和情同时生发才叫爱情。这话很让弱冠之年的我困惑：依此推算，人真有爱情的时刻还真是不多，那个境界还真难企及，甚至让人却步，如果是给少年讲这话，估计会让很多人不敢谈恋爱了呢。因为没有读太多严老的作品，不知道他的爱情观是怎样通过作品表达出来的。估计他的童话没有做到"恰当表达出我真正感受到的和我真正意识到的"。估计他带走了许多谜吧。后来我读他在延安时的第一个也是唯一一部长篇小说《一个人的烦恼》，还有序什么的，更让我猜不透这个大作家的心思。如果他不写自传，他的一切都永远会是个谜。

我特别乐读《一个人的烦恼》中一个人物对中国人有无个人主义及其优点的狂论："要健全一个社会，首先要健全个人……极端的个人主义就是求进步，使自己求上进的意思。假若每个人都这样想，不糊里糊涂过日子，不依赖，不苟且，实事求是，不盲从，今日这个世界还得了！"

从上下文看，这个"个人主义"似乎应该是个性主义（individualism），与这些年批判的自私自利、损人利己的个人主义有很大的区别。但个人主义绝不是个坏词儿。当人们终于发现迄今为止的人类进程并未超越资产阶级革命的时候，人们也终于发现了对个人主义超阶级的大挞是多么荒唐可笑——毕竟理想是遥远的，而现实是残酷的。1930年代严老笔下的人把个人主义说成这个样子真叫贴切。而严老自称以向"过去诀别的'个人宣言书'"的姿态写下的这书，叙述语言却是"冷冰冰"，看不出对这种个人主义的褒贬，倒让今人读出点"艺术规律"。

所以，对一个遵从艺术规律的人，你无法界定他，尤其无法把他列入某种或某某种参照系。他就是他，是个性强烈的艺术家。在这个观念纷纭仓促的时代里，他可以批判A但这并非意味着他赞成与A相反的东西。那种非此即彼的人格终于被个性所代替，这是真正的艺术人格。凡是"敌人"反对的我们并非拥护，凡是"敌人"拥护的我们并非反对。因为"敌人"代表什么并不重要，重要的是像严老说的那样"我们都是一个根上生出来的，每一片绿叶都分享着共同的阳光和共同的树液"。一棵树上绝无两片形状相同的树叶，别的似无区别，如此而已。因此最重要的是在"分享共同的阳光和共同的树液"之时与别的同类不同。

曾想过好好拜读严老的作品，然后好好听听他的故事，然后写点什么。但由于各种俗务缠身，加之总觉得严老骨子里过于冷峻，不敢向他提这个要求，就作罢了。我的一篇写严老的文章标题是"梦断仙狐人未老"，我心目中他总是那么年轻，不会老态龙钟，可他还是老了，去了。看到报纸上登的他怀抱爱猫的照片，我才相信他走之前已经变得很老了，一脸的憔悴和柔弱。

现在记下的只是有限的接触中的吉光片羽，可能在于严老都是不经意的流露，但之于当年一个文学青年的我，是那么宝贵的教诲和深刻的印象，当初听他讲很多话，甚至有云里雾里的感觉。希望这点回忆对大家认识严老能有所贡献。

（本文根据发表在《作家生活报》《文汇读书周报》的两篇特写和人民文学出版社《他还在走》中的一篇纪念文章改写，发表时署名为毕冰宾和黑马。）

四根柏胡同访傅惟慈

傅惟慈

傅惟慈，我们私下里都称他傅老师或像他的洋女婿那样称他老傅。我写他的第一篇专访的题目就是"老傅其人"。那是徐坚忠约我为《文汇读书周报》写的第一个人物专访，从此就一路专访而不可收。

1988年秋我们在桂林开外国文学出版会议，期间老傅的谈吐和处世态度触动了徐坚忠的某根神经，看我是老傅的小朋友，就马上约我回北京后写篇老傅的特写。傅惟慈的地位和品位决定了我从此不能降低标准，每写一篇、每采访一个人都必须有所长进。傅老宽容、大度，让我撒欢般地写他，为我的名人专访奠定了第一块基石。

为什么是他？说来话长了。

1988年春我去设在慕尼黑的联合国教科文组织下属的国际青年图书馆开会并做短期访问学者，由对方负担一切经费。图书馆经费有限，就把我安排在慕尼黑大学的学生宿舍居住。虽说是学生宿舍，但条件很好，都是单间，提供铺盖，有公用厨房、冰箱和洗澡间，卧室内还设一个有冷热水的洗脸盆，楼内和室内卫生有专门的清洁工做。我还是第一次知道国外的学生宿舍是这个样子，完全像自助旅馆。我在那里感觉像个留学生一样，生活得很开心，在厨房里做饭时还能和各国留学生聊天并因此结识了我的第一个台湾朋友，她的母亲居然是我的保定老乡！世界真是太小了，我的第一个台湾朋友竟然是在德国认识的，还是我老乡随国民党大部队撤到台湾后生的孩子，她知道我是她母亲的小老乡后也倍感亲切，完全忘了那个时候中国大陆和台湾关系还很紧张，公然和我来往，不怕其他国民党党员的台湾同学告她的状。而我则从一开始就没有戒心。

世界就是这么小：我偶然发现这学生宿舍楼里还住着一位瘦高个儿的白发老先生，瘦得像一幅剪影，每天蹬着自行车行色匆匆的，一看就知道是中国内地来的。一个内地老学者住在学生宿舍里，他是干吗的呢？我很好奇。就在我迷惑不解的时候，有一次我在传达室里打电话，发现桌上玻璃板下一大张本宿舍楼居民的名单和对应的房间号，其中几个中国人的拼音名字最显眼，一个个看下去，居然发现了FUWEICI这个名字，我马上联想到了著名翻译家傅惟慈。

我立即感到我有事做了，因为我那几天正挑灯夜战，每天下班回来都在宿舍里写着我的第一篇报告文学《哥们儿姐们儿奔西德》，写的是中国留德学生的现状和故事，这个题材在当时算是冷门，因为留德的学生尚未成气候，去西德留学似乎很难，所以还没人写他们，我正好有这个机会接触他们，所以这开先河的事就历史性地落在我肩上了。而我发现这里还夹杂着一个大翻译家，便更觉得有故事了。如果这个人真是大翻译家傅惟慈，那他来德国干什么？是不是像遇罗锦那样是持不同政见者流亡德国的？要不就是公派访问德国滞留不归，生活落魄，才住到学生宿舍里来的。总之，我联想到的都是负面故事，像私人侦探发现了猎物般兴奋。

于是，我敲响了他的宿舍门。开门的还真是我看见过的那个白发老人，他说他就是那个翻译家傅惟慈，不过他不是流亡，也不是公派出访的"叛逃者"，生活也不落魄，他是在慕尼黑大学教中文课的老师，为了省点钱，才住在学生宿舍的，他单身一人，没有必要花高房租住公寓，省下钱来可以满欧洲旅游，再买一台他早就想摆弄一下的莱卡相机什么的。

我居心不良的猜测全落了空，没挖到负面新闻，却和老傅交上了朋友，我当时在出版社工作，认识很多翻译家和学者，他们也是老傅的朋友，因此我们有很多共同的话题，晚上我从图书馆下班回来正好和离开北京几年的他聊天。世界就是这么小。

当然，我还经常在他那里蹭饭。我从郊外的图书馆回城里，要转两次汽车和地铁，因此每次回来都很晚，老傅说你一个人那么晚还做什么饭，我顺手多做点就够你吃的了。于是我常晚上到他宿舍吃他"多做出来的"饭，他早就吃过了，就在一旁和我说话。我每次都风扫残云，将半锅米饭和碗里的炒菜全吃掉，形同饿狼，以至于老傅忍不住说："看不出来你这么能吃。"那是我第一次在国外生活，居然能经常吃到地道的中餐，还是这么一个大翻译家做的，实在是幸福。

我们那些天几乎总在谈国内的事，好像出了门就是西单、东四，坐上车就可以去我们熟悉的朋友家谈天。唉，我们感叹，咱们这样的人，在外国待不长的，回去也没什么用，真是，哈哈。

4月天儿里，寒雨绵绵，阴冷潮湿，但宿舍里开着暖气，德国的学生宿舍一年里都供暖气，只要温度降到某个刻度，就供暖，因此屋里温暖如春。傅老师特别告诉我那天晚上电视上播放《日瓦戈医生》，让我一定到他屋里去看。好像这本小说那时刚刚在国内出版，在反自由化的时候差点被禁止销售了。我们斜靠在床上看电视剧，电视机是14英寸的那种，但是彩色的，那时国内彩电还是稀有货，要外汇和出国指标才能买。傅老师说："这种南朝鲜的彩色电视在西德才二百多马克一台，极便宜，可咱们国内却要卖好几千，还要出国额度，这穷日子过的。行了，你这次回去可以给家里买个彩电了。"于是我就憧憬起回国后把大彩电带回家的幸福场景。电视剧对白是德文的，我一句也不懂，听傅先生偶尔翻译一二句给我听。依稀只记得风雪弥漫中奏响着凄惶的乐曲，一对情人的表演叫人欲哭无泪。

那是我第一次在国外待那么久，而且是在一个非英语国家，因为有了老傅，我才没有感到孤独。不知怎的，一想起他来，那张沧桑的脸，那抑扬顿挫略带尖利的北京老头的京腔京韵、那种旗人遗少才有的愤世嫉俗与刻薄，总与日瓦戈和拉拉之间那凄迷的浪漫画面交织一起。

我不知道20世纪五六十年代那些难忍难熬的日子，老头是怎么过来的，大概不会那么愉快吧！记得有一回同他闲聊，谈到另一位命运坎坷的大翻译家董乐山（他俩是好友），傅老说："我同老董这类人真应了英国一句成语：'Square peg in a round hole'（方枘圆凿），同环境总是格格不入。英文这句成语很有意思，也可以反过来说'Round peg in a square hole'，意思一样，在哪儿活着都不合槽。"我懂得像傅老这些人，凡人的欲望在他们身上似乎更强烈些，所以总感到压抑，总想找个发泄的地方。或许他埋头吭吭哧哧地翻译大部头外国作家作品就是一种宣泄吧。

年轻的时候他做过作家的梦，玩命儿写过一阵子，但后来他发现以这激情和这干劲儿干点别的似更合适，于是他及时地退出了通往作家的窄梯子，转向更广阔的人生。少年壮志，一腔子热血，他只身奔赴抗日阵营，先在后方大学读了一年多书，其后日本鬼子逼近，书读不成，就奋而当了"国军"，再后来又在美国援华的一支小分队当翻译。要不是美国的两颗原子弹扔得早了两天，也许后来他翻译的几部德国小说出版社就要另请高明了。新中国成立前，他一度思想激进，还被吸收进共产党地下组织。这一段稀里糊涂的历史，在那些严酷的年代叫他成了可疑人物，"文革"前夕，老傅连教外国留学生汉语的资格也被取消了。

好好一个大才子面临着销声匿迹的下场，有如一位名角儿面临着被挤下大台的惨境。

他不得不服，那年头谁敢不服？但他终于没有沉沦，他玩起"文字游戏"来，一口气译出了托马斯·曼和亨利希·曼兄弟两人的巨著

《布登勃洛克一家》和《臣仆》，全由国内最权威的出版社出版。这以后又译了毛姆、毕希纳和格林等人的名著。于是我们的译坛上有了这样一个闪光的人物，在德国文学和英美文学方面他都是权威，这种跨越两种语言文学的人才还是很少的。

他译书颇为勤劳。同时还扶植、帮助了一批青年译者，其中有人已得了翻译"彩虹奖"，他该欣慰了吧？

不，他不。他乃是个"墙外香"的人。学了这么多年，干了这么多年外文，却没见过外国什么模样，好不容易有机会去德国教书、研究，中途又被招回，招回他的人却说不出招回的理由，还是怀疑！后来他学乖了。过了两年又有英国一所大学聘请他去任教，单位的人仍然找他的麻烦，他索性办了退休手续（虽然还不到年龄）。就这样，他以探亲名义，在英国纽卡斯尔大学、德国慕尼黑大学相继教了课，而且在欧罗巴浪荡了不少地方。我同他初次相遇，就是他在慕尼黑任课期间。

可他还是回来了！因为他无法忍受孤独！

他有着极广泛的兴趣，音乐是一大享受，他收藏了各类磁带和激光唱片，一听就把世界忘却。他喜爱现代派的诗，北京的"后崛起"派诗人们常往他家跑。他也爱凑热闹，跟这一帮子人混到一块儿，大有返老还童之感。

"口衔银匙降生"的傅惟慈注定一生多舛、抑郁犬儒。我惊异于他对晚辈的慈爱和对侪辈的尖刻是那样须臾变化于谈锋之上，我懂得那是岁月蹭蹬使然。一个正直无瑕而不乏浪漫激情的知识青年，不谙权术、睥睨悠谬，只有躲进外国名著中物与神游，陶然忘机，清灯寒夜中走过青春，不知老之将至，就退了休。正因为译书是一种活法，他对其中甘苦视之自然，也未曾想以此登龙晋身，便以平常心安之若素，默默耕耘。得知某译家得某奖后百感交集老泪纵横，他感到不解。因为他自己虽然在1950年代初就跻身文学翻译队伍，但从未把出几本翻译作品当作多么了不起的成就。"贬低一点说，翻译只不过是玩玩两种文字的对比，排列游戏而已"，他在一篇短文里说。

但我没料到的是，他居然宣称要与翻译告别。他在《随笔》上撰文称："时代变化了，过去那些热心在文学作品中游历大千世界、探索灵魂奥秘的读者群日益稀少。文坛冷落，我也决心封笔。"我希望这只是他一时愤激之言，因为事实证明，近几年他还不断有译著出版，只不过没有再翻译大部头作品而已。有一个原因他没写，那就是出版界对译者的苛刻。很多出版者像收购废品似地廉价购进译文，然后一版再版，译者拿的几乎是一次性"稿费"，千字二三十元而已。总有人在试图如此这般收购老傅，老傅总以"敬谢不敏"回绝，理由是"老了"。我说林子大了，什么鸟都有，还有人用千字25元的"高价"限冯亦代先生几天内为某丛书写万字的序呢。冯先生也"敬谢不敏"了。老傅便像遇上难友那样咻咻笑两声，道："还有人敢欺负冯亦代！"

不搞文字转换、对比游戏，老傅还有不少别的游戏可做。除了四处浪游、按动相机快门外，他又重拾少年时代一种玩法——收集世界各国硬币。他自嘲说，从1990年代初旅英起，就"一头钻进钱眼儿"里不可自拔。

冬日的午后，老傅沐在阳光中玩弄他收藏的钱币，依旧陶然，一脸的皱纹童贞相儿。"你看这块硬币，是德国战败后物价飞涨时造的，1923年底，德国恶性通货膨胀到了极端，这枚币面值一万亿，实际价值不过1/4美元，买不了两盒烟。"

他递给我一张新名片，上书Numismatist，钱币收藏家（或钱币商）。嘿嘿一笑，自称"收集癖患者"。他引用巴尔扎克的话说："一个毫无癖好的人简直如同魔鬼！"

"钩深求索远，到老如狂痴。"老傅说玩上洋钱后，几乎四大皆空。傅伯母夸他好伺候了，不再像小孩子样挑食，吃什么都一个味儿。

短短几年，傅惟慈收藏世界硬币，已有了一定名气，他开始在京城专业杂志上发表考证论文，在各大报上"漫话"世界硬币积藏与研究，俨然成师。

这样很洒脱，他说。他好旅游，当初在欧洲时就靠着教书挣的钱游遍欧洲，拍了很多很专业的风景照，如同油画般美丽。春秋两季，熏风遍野清风月白时节，傅惟慈便告别老伴儿，天南地北地逛去。客家土楼、歙县牌坊、枫桥渔舟，一路走一路拍照。冬夏二季，他又回到他那雅致的古屋小院，与老伴团聚，两老无猜地谈天说地过小日子。大部分时间则摆弄摩挲洋钱于股掌，那二百余国的古今硬币、千万财富，一会儿载他去了非洲草原，一会儿晋见大神宙斯，一会儿与索马里灾民同饮一碗救济粥……这个老傅啊！

　　他在北京平安里宝产胡同的那座舒适小院令很多朋友流连忘返，院门是那种传统小户人家的"鹰不落"小木头门，门的宽度刚够贴两幅过年的对子，挂着铃铛，一推门小铃铛就叮当作响，很喜庆。院子里搭着花架子，爬满了金银花，满院飘香，喝着茶时，偶尔会有金银花瓣落在杯子里。这小院老傅住了一辈子了，但听说可能会被拆了盖大楼，为此他十分担心。那天聚会时，客人中有著名的德国文学专家、政协委员叶廷芳先生，老傅就很哀伤地对他说：老叶啊，你是委员，帮我们呼吁呼吁吧，让他们别拆这胡同儿，我还想死在这儿呢！说得老叶无言以对，自顾叹气。北京全城都在拆，老四合院和老街区能完整保留多少、保留哪一片，让这些老居民们都担着一份心，惴惴地过日子。但至少目前老傅家的宝产胡同一带还列在整片保护范围内，尽管街对面已经拆得暴土扬扬，还起了寒光闪闪的大厦，那是所谓的寸土寸金之地，开发商看见这些胡同眼就冒血。赵萝蕤家的四合院比傅家的小院要历史悠久多了、考究多了，还是被强行拆除，但愿我们的老傅别在晚年遭这一劫，上帝保佑我们的老傅吧，他真是个好人，我总觉得他就像日瓦戈医生。我曾逗他说他早晚会成为我小说里的原型，有时去看他都会说"我看原型来了"，他说你有本事就写，就怕你写不出来。在没有把他写进小说之前，我就先写真人吧。

（根据发表于《文汇读书周报》上的两篇特写改写，
重要史实经传主本人改定。）

三不老胡同访冯亦代

文化老人冯亦代以九秩高龄辞世,京城
当日白雪纷纷。告别仪式举行的那个早上,
天空又飘洒起绵薄的春雪。那两场雪似乎是
为先生而落。去北大医院告别,一路上清风
细雪,雪糁落地即化,滋润干涸的地面,让
我想到冯先生白雪清正的品质和落雪护苗的
情怀。

冯亦代

告别大厅外人流涌动着,是来自各界
的朋友,大多互不相识,但都是来最后看一
眼冯先生的。冯先生,他戴着扁平的帽子,神态安详,宛如生前一样
平和,像只是闭着眼睛睡着了。我把一捧黄菊和百合轻轻放在老人脚
边,感觉如同当年与先生促膝交谈。

有冯家的亲属见状,在外面大厅里诧异地问我和冯先生什么关
系。我说,我是采访过他的一个记者。我只能那样回答。因为冯先生对
我的提携,大家都认为我们关系很密切,事实上确实如此,但又没有密
切到给他家人留下印象的程度。

1985年我毕业进中国青年出版社工作,刚好赶上冯先生和夫人郑
安娜(笔名郑芝岱)在该社出版了两本小说译文集。老编辑让我学着给

译者开稿酬单，我就一笔一画地学着做，不敢马虎。还没学怎么编稿子，就先学了做稿费单，而且第一笔稿费就是开给文化名人冯亦代。谁知道财务部门抄写他们名字时居然全抄错，写成了冯芝岱和郑亦代，稿费单到了手里却无法取出。冯先生打电话给出版社领导，怎么说的我不知道，但领导马上涨红着脸来找我，狠狠批评我刚工作就这么马虎无知，连冯亦代这样的名人都弄不清，"把老头儿气坏了"。我马上明白是财务科的错误，什么也没说就到财务科去找出我填的单子，请他们重开一份稿费单。事后我也没向领导申辩，因为我觉得那领导不调查就当很多人的面批评我，其做法很欠水准，我再去申辩反倒让人家没面子。但从此我心中的不快却难以排遣，认为冯亦代是个刁老头。

后来给他送样书的活儿交给了我，我很不情愿，但还是硬着头皮顶着寒风骑车去了他在三不老胡同的家。那座红砖楼很普通，楼道里的灯不亮，黑咕隆咚的。我敲开他家门，把书放在门里，说明一共多少本后就要走。但那对老夫妇说我骑车送书辛苦，一定留我坐下喝水说说话。盛情难却，我也只能硬着头皮进去。那间简陋但堆满了书的房子立即像磁铁吸引住了我，那样的书房是我梦中都想的，当时我还在住办公室。

冯先生居然很慈祥！不知怎么就喝着热水同他谈起话来，戴着套袖的郑妈妈则置若罔闻地自顾自小声念外文报纸，不时会起身进厨房照料一下水壶和锅。和郑妈妈聊几句时，冯伯伯则自顾自低头找资料写什么。

只有那次我代表出版社出国参加一个会要用英文发言，稿子需要他们审定，他们才一起同我说话，讲要修改的要点。冯先生一再说："你郑妈妈英文比我好多了，但她没精力改稿子。"然后给我推荐了新华社的专家。我第一次出国讲中国的青年文学，讲演稿就是这么定的。麻烦了他们很久，出版社也没表示要有酬劳，只是逢年过节差我去送个挂历和新出的书而已。那个年代，就是这么单纯。

后来才知道，我见证了冯先生的创作过程和创作环境，那几年正是他晚年发力最猛的时候。冯先生说，他们是开夫妻店，他出文章题目，郑先生找资料，再由冯先生写出，发出去。于是有了《文艺报》和《读书》杂志上一篇篇的"西窗漫笔"，有了冯先生的《书人书事》等关于书的杂文集。一对食书人。当然文章只署冯先生一人的名字。熬过"文革"劫难，病魔缠身，本应安度晚年的古稀之年却迸发出难以想象的创作力，老骥伏枥、落笔灿烂，成为一道别致的文学风景线。冯先生是集七十年的人间沧桑阅历和文字洗练而迸发出文学井喷的，他的文字形散神聚、外飘内敛、味香淡而口感却醇厚，回味无穷，令年富力强或骄矜婉约或才华横溢的专业作家们难以望其项背。

我有幸见证了那个过程：昏暗的房间，光线朦胧中一对老夫妻像蜜蜂一样在书报杂志堆里辛勤劳作，两人都习惯性地口中念念有词，像钢琴家演奏时嘴里不自觉地呢喃着什么。他和夫人面对面隔桌而端坐，或忙着在一堆书中找什么东西或埋头于书堆中的稿纸上写个不停。冯先生从书堆中只露出个灰白的头顶，郑先生时时抬起架着花镜的干瘦的脸。冯先生能伏案几小时不动，郑妈妈则屋里屋外地迈着小碎步忙碌。当初要是有摄像机拍下这情景该多好！

后来我看到过冯亦代和郑安娜年轻时代的合影，两个人如同电影明星一般，冯先生倜傥多情，郑安娜更是风采照人。生命怎么这么残酷，几十年的日子，把两个人折磨成现在这样，一丝当年的影子都难觅！

1980年代末我开始写名家印象和访谈不久就提出找冯先生聊天，他欣然应允，我便有了第一次正式与他对谈的机会，冯先生把自己的在楼东北角的房子命名为"听风楼"，说我采访他就是和他一起听风声。

说起他们的夫妻店，冯先生深情地说：

"你郑妈妈其实比我累些，她身体比我好，查资料东翻西翻，只能劳她干了。"

"其实郑妈妈英文比我好。"

我无法相信，冯先生一生中的大部分散文和书评是在他1982年患脑血栓康复后写成的。

就是这样写出来的。不停地写（包括不停地译，不停地审稿改稿），凭着他超人的意志，当然也凭着郑先生的支持。

我很不明智地问他，你译了那么些小说，为什么自己不写小说呢？

他摇摇头，说他自以为是mediocre（不成大才者），又说他仍悟不透什么，干脆不写。唯有童年的那个杭州大家族生活教他无法释念，唯有儿时所失去的母亲教他一辈子牵肠挂肚，没得到母爱，是他老来无泪的感伤。可惜，他说，年轻时去做了点不大不小的官，想写没写出，现在，"写不动了"！

我又不知趣地要他肯定"你遗憾吗"。现在想来我当初真是拿自己当记者了，怎么问得那么无情，这问题应该说很残酷。

但他说不遗憾。

或许写不满意倒不如不写，因为他的情结太重。倒不如让那段生命依旧混沌。原生态或许最美。

但我仍像个记者似的说，你还是写出来吧，就用现在这种"禅心已作粘泥絮"般的笔法道出。

他说他并不那么淡。他给他这间三面临空的角楼书房题名为"听风楼"，就是明证。

这之后不久，就听说郑妈妈去世了，她太辛苦，太瘦了。冯先生从此搬离了那处和老伴相濡以沫多年的听风楼，住到了一座高楼里去，从"听风楼"到了"七重天"。那座旧楼让他睹物思人，他不能再住下去了。

那个阴冷的雨天我去冯亦代先生家看他。一进屋冯先生就喜气洋洋地说："你猜我要告诉你个什么消息？"其实我去之前先已从朋友处得知这喜讯，本要先祝贺的，却让冯先生的热情激动给堵住，只好佯装不知。但见冯先生从书桌前站起，大手做一潇洒挥动状，说："我要结婚了！"

我真为他高兴，因为他是由衷地感到幸福的，否则他绝不会在我这个黄口小儿面前如此率真地"失态"。我知道那一刻我在他眼中不是个小辈学生,而是一个他要与之分享幸福喜悦的朋友。那正是他急切盼望黄宗英从上海飞来北京举行婚礼的日子,还有半个月黄先生才能来,那种做新郎官的心情使他返老还童。他把黄宗英的一帧小照摆在他一日十几小时厮守的书桌旁,随时抬头就能看见,谈话时情不自禁抬眼看看那照片,叨念着黄宗英航班的日期,一再说还有半个月,还有半个月。其实他和黄宗英、赵丹是几十年前在上海的老朋友了,一直与黄宗英以二哥和小妹相称,兄妹情谊甚笃。老了老了要做老伴,身份的转变,竟教人生出些陌生,也是情理之中的事了。那个下午,冯先生谈锋颇健,谈黄宗英的一些趣闻,真像一个情深意笃的丈夫在谈自己的爱妻。特别谈到黄宗英拍纪录片进大沙漠中差点出不来的险情,冯先生那种揪心的表情,似乎黄宗英还在沙漠中困着似的。那天说得高兴,冯先生竟喝起咖啡来。在这样热情奔放的老先生面前,谁能不感受到生命的美好呢?冯先生是亲自拿了咖啡瓶子过来沏了两杯,我要拿开水瓶倒水,他说他没问题。我注意到,那个咖啡瓶子里装的速溶咖啡粉已经在夏天进了潮气结成了坨,冯先生用小勺戳打一番,往两个杯子里各倒了几块,然后冲上水,用小勺子不停地搅拌,直至咖啡化开,然后和我碰杯。他的生活简单而质朴,由此可见一斑。

再带几个广州来的记者去看冯先生时,黄宗英的笑语已先从屋中飘荡出来。他们的新房似没有什么布局上的变化,只是有了黄先生忙里忙外张罗,显得生气勃勃。看着这老两口你一句我一句逗乐儿,那种祥和温暖的氛围真是只能意会不能言传。此时的冯先生倒像个憨小伙子坐在一旁,看着黄宗英微笑。

这老两口谁也不忌讳谈起安娜和赵丹。那天刚好是个忌日,黄宗英指指墙上安娜夫人的照片和赵丹的塑像,告诉我们说"我们上午刚刚祭过他们"。

接着说起和冯老结婚的事。"头一个月我们俩是非法夫妻!"黄宗英开怀大笑着告诉我们这个笑话,逗得满屋人大笑不止。才知道现如今结个婚也挺累人的。因为黄宗英户口在上海，又要到北京来办结婚证，手续挺繁杂，忙东忙西中忘了在上海盖个什么章，等黄宗英下了飞机跟冯亦代去登记才知道手续不全人家不给办。全问清了才知需要回上海一趟办理。"管它呢，托给别人办去，我们先结了婚再说。"黄宗英大笑说她愿意做良民，可不知做良民那么麻烦，就非法一次吧。冯先生在一旁很合作地笑着表示：无可奈何，非法就非法吧。

我问："你们怎么称呼啊？大令还是娘子官人？"冯先生说："叫了一辈子小妹了，接着叫小妹。她还叫我二哥。"黄宗英反驳说："哪里，我老老实实叫他二哥，人家时不时管我叫安娜！反正我知道那是叫我就行。"说得冯先生不好意思："得有个过程才行。"

半生的朋友结为秦晋，一切都是那么自然。黄宗英快人快语，大家风范，冯亦代稳健老成，但终于受了黄宗英的感染，时时忍俊不禁。看得出，他们都各自从丧失亲人的不幸中走了出来，扶携着，相伴着，走上了新的生活之路。冯先生对安娜的怀念和黄先生对赵丹的怀念，只能更加深老两口之间的感情。

最初到冯先生家，总是看他和安娜夫人对面坐在大桌子旁，读书译书，安娜时时起来去照看厨房、为冯先生倒水拿书。如今我看到的是冯先生面壁而坐在桌前写字，黄先生坐在床边的小活动桌前写字，那情景虽陌生但似曾相识。

黄宗英说家里来个人正好休息放松一下，否则冯先生一天要坐在桌前写十来个小时。"他这人，不写就难受，写完一篇东西就很幸福。"而黄先生自己不也是写作狂？她在忙写赵丹传，写散文杂文书评，每周二晚去北师大读夜校英语班，为的是能帮冯先生译书译材料，也是为了与冯先生有更多交流的语言。"冯先生太忙，一些基础的英语，我能自学就自学，不耽误他时间。"黄先生仍像年轻人一样自信好胜，以她的天分，区区英文算什么？

"就是记性不好，好几次走丢了，找不到家门儿了。"黄宗英啼笑皆非地说。好几次其实就在家附近转悠，硬是不辨东西，而冯先生坐在家中望眼欲穿，而人近在咫尺却不得相见，那情形说起来又足以让人笑一阵子。

那天两部相机同时启动，从不同角度拍摄他们，一时间屋里闪光灯频亮，相机咔咔作响。冯先生很不习惯地躲闪，而黄宗英则十分自然，对着镜头微笑，拉着他一起合影。

黄宗英的到来，带来的是更多的活力和笑声，冯先生确是比以前年轻多了。有一次打电话，他告诉我他居然让黄宗英领着游了一遍海南岛！好像黄宗英又要上青藏高原拍电视，听得出，冯先生为自己的媳妇骄傲又担心。而这个冯家媳妇却是一如既往地不服老，一如既往地东闯西闯。冯亦代的心情真可以用一句通俗歌儿的标题来描摹——"让我欢喜让我忧"。

但冯先生毕竟年事已高，加上多年病魔缠身，之后还是经常病倒。一个夏天我去办事，病愈的冯先生在有空调的房间里休息，我们的大明星黄宗英则素面朝天、白发散乱着在外屋的饭桌旁读书。这情景依旧是那么平常而感人。

突然有一天有人告诉我看到《大学生》杂志上冯先生为我的第一部长篇小说《混在北京》写了很长的书评，还在报纸记者采访时顺便表扬拙作。那本评论家们不屑一顾的小说是我不经意间送给冯先生的，可他却那么认真地对待我，是出自一个老翻译家对一个敢涉足创作的翻译界后生的怜惜。后来书要再版，我私心顿起，要求先生允许把这篇书评收入作为代序，先生来信慨然授权，戏言"荣幸"。之后根据小说拍的电影得了上海的记者奖和百花奖，尽管是导演和演员们的成功，但年高德劭的冯先生的评论对大家的观点不能不说是有影响的。我还在过期的《读书》杂志上偶然读到冯先生谈劳伦斯的文章，里面竟然谈到我翻译的劳伦斯小说《恋爱中的女人》，多有褒奖。可我却是在几年后才看到，连补说一个感谢都不好意思。冯先生都是在默默地提携我，怎么能不让我感念！

这就是我在去与冯先生告别的路上看到飞舞的雪花时想到的。我感到冯先生就像春雪，广施爱心，呵护了很多幼苗，真是雪落无声，大德无形。

老人仙逝后报界朋友立即要我写回忆文字，但我一个也没敢答应。因为我只是冯先生当年慈悲为怀提携过的无数普通文学青年之一，那在于他是一个文坛前辈对一个后进的善举，我和先生没有深交，没有资格和更好的机缘深入了解冯先生，因此不配在那个特殊时刻在媒体上抒发私人化的感念。但我一定要写点什么来告诉大家我见过的冯亦代，在一个平常的时候。

作为一个记者，因为翻译文学和写小说，而与冯先生多了些接触，见证了很多他平凡而又快乐的时刻，这是我感到荣幸的事。但要说理解他、懂他，还是在读了李辉编辑的冯与黄的情书出版之后。

2006年的7月似乎是多年来最炽热的一个月，冯亦代和黄宗英二人十几年前的情书结集出版并在7月上市，那一封封滚烫的情书，比这7月的天气还要热。写情书的冯先生令我感到十足的陌生但也十足惊喜，我看到了恋爱中的冯先生的另一面。这个有着20岁小伙子激情的情圣和阅尽人间沧桑、醒世冷峻、待友宽厚的冯亦代是同一个人吗？这是我们高山仰止的文坛耆宿冯伯伯吗？

读了这些情书，我才明白，先生在世时留给我的印象似乎都止于理性和智识。冯先生在我们这些本该称他爷爷却随着其他长辈称他为伯伯的后进面前一直是一座理性的丰碑，只是偶尔在采访中谈到儿时失去母亲时略露一丝感伤，但那丝哀愁转瞬即逝；只是谈到忙于事务耽误了自己的文学梦，历尽劫难后多次中风，想写本自传小说却"写不动了"时，眼角里泛起过瞬间的晶莹；只是在等待迎娶黄宗英的那个秋天，先是振臂一挥告诉我"我要结婚了"，然后和我谈起"黄妈妈"还有几天才能来时不安地在屋里踱步。除此之外，我认识的冯先生是不苟言笑、不动声色的，是操着浓重的江浙口音费力地说普通话的智者长辈。

但是在黄昏恋中，冯伯伯真正释放了自己豪情奔放的一面，那如同沉寂多年的火山爆发般的爱欲，让冯伯伯再次重返弱冠。我们这些熟悉先生的晚辈，终于因了这些公开发表的情书而认识了整个的冯伯伯，尽管是在他去世之后，仍为此感到十分欣慰。冯先生在他的情书中告诉黄宗英说不想在他在世时发表这些情书，生怕有对年轻人"教唆"的嫌疑。这个可爱的冯老，他哪里知道，他这样学贯中西，以中西合璧的表达方式写出的情书，真真是给华语年轻人写的情书范文呢。多年前我编辑过一本英文书信大全，里面有一类情书范文，但即使找了双语俱佳的译者翻译出中文对照文本，还是翻译腔十足，很难让恋爱中的人照抄不误，关键时刻还得原文照搬英文，才觉得朗朗上口，以求打动芳心。而冯先生是把西洋的表达融化到他的中文表达中了，一篇篇似水柔情和似火激情的爱欲之书，字字珠玑，行云流水般的情色性爱诗篇无不浮现着西洋文化的意象，透着中国文化的浸润。如果说这样的情书是"教唆"，恋爱中的年轻人倒不妨受一受，那是一个中西文化天衣无缝地融合于一身的人真性情的表达，果真能偷得其一缕真谛并能亦步亦趋，那也需要某种天资和学养而不可。

　　当然，能激发冯先生聊发少年狂做了"爱哥哥"的那个"小妹"则是冯先生这些激情倾诉文字的动力来源。我们的大明星兼大作家黄宗英，抱着"嫁过高山（赵丹）只能嫁大海（冯亦代）"的信念，在年近古稀时向冯先生发出了爱的信号，本是情理重于男女之爱的，却不料激起冯先生如此喷薄的爱情火山爆发，最终黄宗英自己也被这座火山融化，写出了"深深深深地亲你"和"吮你我的爱"这样的句子。一对"爱哥哥"和"渴望共枕的小妹"，就这样鱼雁传情八个多月，为广大读者留下了一本火热而厚重的爱欲之书，这是一段美丽的恋情佳话，读了，除了感动，除了感染，更为这一对老爱人感到幸福。他们分别与自己心爱的人（安娜和赵丹）度过大半生后又才子佳人牵手黄昏，度过了一段幸福的爱情生涯，是才女明星的黄宗英使学富五车的老夫子冯亦代焕发青春，是热烈智慧的冯亦代成了黄宗英心灵的港湾，珠联璧合，欲罢不能，这是他们前生今世修下的福分，而他们的情书必将造福于恋爱中的男男女女，无论长幼。

　　冯先生在给黄宗英的信中提到了我。那正是他急切等待大明星北上的时候，我去看了他。他把那些天里每天来看他的人和事都讲给黄宗英听，称我和朱世达（朱老师是研究外国文学的研究员，也写小说和散文）是他的"小朋友"。他因为看过我在电视台做的节目，见我时不时在镜头前说点什么，就误以为那叫主持人，便在信里对黄宗英说我是主持人，其实我干的是出镜记者的活儿。1990年代初"主持人"这个词刚刚出现，冯老可能以为这个词很时髦，就错误地赶了一回时髦，这也说明他老来可爱之处。读了他的信，于是我在脑海里真正把他同我们谈话的情景与我们走后他给黄宗英写信的情境"合二为一"了。那半个月果真是冯先生最最幸福的一段日子，否则他不会事无巨细都汇报给黄宗英，那简直就是痴人说梦般的幸福。要知道，黄宗英压根不知道我们这些小朋友何许人也，而冯先生还是不厌其烦地讲给她听，要不是被幸福"冲昏头脑"，谁会这样失态？我有幸见证了冯先生的幸福"失态"，又从他的情书里得到了证实。所以至今想起冯先生，我想到的都是他幸福开心的模样。

　　（本文部分首发于《文艺报》《中华儿女》和《文汇读书周报》，发表时署名为毕冰宾和黑马。）

大佛寺西街访赵萝蕤

作为大学教材的《欧洲文学史》从恢复高考后一直在大学里通用，可说是经久不衰，它一直是所有学习欧洲文学师生的"圣经"。我是在1970年代末它的修订新版出来时的第一批读者，以后也一直把它当作必备的参考书。估计从事外国文学研究的人都不例外。

当教材和参考书之余，我还对封面上印的

赵萝蕤

几个主编之一的名字特别感兴趣，那个名字是赵萝蕤，它让偷着写点诗的我经常畅想，有着这样名字的人该多么有诗意，让我想到爬满别墅石墙的藤萝和满墙散发着幽香的紫藤花，想到"兰叶萋葳蕤"的诗句。那个时候没有互联网，获取资讯的手段很落后，想了解点什么，除了看书看报，就是"听说"，听别人说。因此我一直留意着这个名字，一直留意着听教授们偶尔说起这个名字和这个人。因此断断续续知道了这位大名鼎鼎的北京大学西语系赵萝蕤教授，知道了她的惠特曼研究和翻译，知道了她与新月派的关系。

到我研究生毕业第二年的1985年，看到北大招收博士研究生的启事，便想到了赵教授，看下去，果然发现她开始招收博士生了。于是我兴冲冲地骑车赶到北大领了一份招生简章，顺便逛逛这个我梦中的大学。那个时候的北大暑假期间，没有现在这种熙熙攘攘的旅游团，没有堵成一团的大巴小巴轿车，更没有现在这种大小饭馆里排风扇抽出来的浓烈油烟味，十分宁静，未名湖畔只有三三两两的人影，真个是修身养性、发思古幽情的葳蕤之地。我畅想着能在这里，在赵教授门下读书的未来，那一日北大游让我感到甚是超凡脱俗。看来我是最早的"大学游"实践者，我这样骑着自行车逛过好几所京城著名大学。

但我没有报名，给自己开脱的理由是赵先生的指导方向是19世纪小说，而我想读的是20世纪初的现代英国文学。其实我是自惭形秽，以我的浅薄，报了名也考不上，去趟北大，纯属年少冲动，满足一下自己接近名师名校的夙愿而已，做一场白日梦罢了。梦了，醒了，也就罢了。人总要做白日梦的，要做梦就要有梦想的对象，能接近这梦想对象当然是圆梦的第一步。既然不是读博士的料，就别为此孜孜以求，掉转头去做自己能做且能做好的事最要紧。

幸运的是，在那一年之后，我作为编辑参加在厦门大学召开的全国美国文学年会，在会上见到了这个领域内几乎所有的大家，其中就有赵萝蕤教授。用现在的时髦语言说，她是这个领域里的"大姐大"了，那些大专家中不少都是她的学生。年逾古稀的赵先生在那个场合下一派大家风范，又十分平易近人，幽默风趣。会议期间大家在厦门岛游览，大家闲聊时说，这么多人声势浩大地出来游览，会不会被人说成腐败呀。赵老坚定地说：我们还能腐败吗？开文学会当然要在这种美丽的地方，我不反对顺便游山玩水。

我于是鼓足勇气向她讨要了电话，希望回北京后能登门拜访请教。

待我开始给报纸写译界名人专访后，就很快约见赵先生，那正是1989年的春天，乍暖还寒时分。她住在美术馆后街22号的老四合院里，而不是在北大的燕园。对于这座四合院，我当初没有太多注意，因为据说"文革"期间被安排住进来一些住房困难的市民，典雅的院落从此变得杂乱了许多，被我当成了那种北京大杂院。不同的是赵老和他的兄弟所住的这一进院子还是相对独立的，还能看出这院子当年优雅的影子。我没想到的是十年后这个美术馆后街22号成了海内外关注的文物保护对象，原来它有着非同一般的历史。但它最终遭受到的厄运也是历史性的，是文物保护史上耻辱黑暗的一笔。

终于又见到了赵萝蕤，在这闹市中的小四合院：坑坑洼洼的方砖地，房屋古旧颓然，静谧如古寺。但毕竟是春天了，一场细雨刚刚把小院儿洗了一遍，院子里漾着隐隐的泥土腥香，草木早就绿了砖缝，花儿早开过了一茬儿。正是经济大潮涌动的时候，正是"研究导弹不如卖茶叶蛋"的嘲弄之声响遍全国的时候，也正是一场狂风暴雨正在蓄势待发之时。进到她的房间里，迎面就是一个高大的铁煤炉，那个炉子奇大，像单位里的小锅炉一般大小，而一般老百姓家里都是烧那种很小的铁炉子，炉膛里最多装三块蜂窝煤。外间屋里排列着几排大书架，那种排法很像单位的大资料室，而不是普通人家书房里当装饰的书架。里屋是她的卧室兼工作间和会客室。她就是在这里花了12年的时间翻译完了惠特曼诗歌全集，创造了翻译史上一个奇迹。

刚一落座，她就风趣地说："你采访我干什么呀，我现在可是个带'傻'博士的'穷'教授啊，人家说我又穷又傻。"顺便就说起了物价飞涨，她这个一级教授花四块四买了四个古巴柑子，一天吃一个。"富日子富过，穷日子穷过。我想得开，不会跟自己过不去。"我想说我月工资连100块都不到，这样一块一一个的古巴柑子我们小青年儿连想都不敢想，等写完你的专访挣了稿费我一定去买古巴柑子，但没敢贫嘴，因为跟她还不算熟。

不知怎么就说起了她已故的丈夫、新月派著名诗人陈梦家。赵先生摇摇头说："陈梦家这个人脸皮儿太薄，受不了人们的污辱，是自杀死的，在1966年。我脸皮厚，剃光头游街罚跪都没把我逼死。脸皮厚的人活得久。"

恬淡，宁静，天上人间，往事烟儿似的几句带过。可那是她生命中最黑暗的一段往事啊，往事怎能如烟！1948年她在芝加哥大学拿到博士学位生怕战火硝烟把自己永远阻挡在祖国之外，就匆忙赶回北平。那个时候人们有本事的都坐飞机往北平外面逃，可她为了与丈夫和家人团聚，什么都不顾了，一个女流之辈，竟敢坐一架国民党运粮飞机穿过陆地解放军高射炮的弹雨飞进傅作义控制下的孤城北平，在天坛公园的树林中降落。没有舷梯，就从空中往铺在地上的棉被上纵身一跳，算是回家了。以后的日子，在"思想改造运动"中，作为燕京大学西语系的主任和教授她要不断检讨自己"重业务，轻政治"的错误，要承受父亲被批判和上级要她与亲爱的父亲划清界限的压力，后来丈夫被打成右派去甘肃工作，导致她精神分裂，一生受着病痛的折磨。"文革"中丈夫不堪折磨而自缢，给了赵萝蕤更大的打击。没有子女，她就是这样孤身一人熬过来的。从小在诗书、花园和钢琴的氛围内长大的"温室花朵"、大家闺秀，竟然能承受这样的苦难，最终用一个"脸皮厚"来说明自己的坚强，这是多么令人哀叹的黑色幽默呀。她是中国的阿赫玛托娃，她和丈夫陈梦家简直就是中国的阿赫玛托娃和古米廖夫。

似看非看地瞭一眼大玻璃窗外的"景致"，赵先生说算了，咱们还是说诗的事儿吧。于是她一下子就年轻起来，再也不像77岁的老人。

人们习惯上称她是"翻译家、教授兼诗人"，其实她在青年时代一心写诗，毫无成为学者的准备。她自幼受到父亲的影响，谙熟中国古典诗词。后又从师著名女作家苏雪林，大学期间有幸从师冰心、周作人和郭绍虞等大师，边读书边作诗，立志当诗人，她的诗只有少量公开发表，她是打算写出力作一举成名的。

但是她却没有读完中文系就转入外文系学习外语和外国文学了。这一偶然的转折本是她一时的打算，却成就了她的终生职业。她那凝着心血的厚厚诗稿也在"文革"中被造反的红卫兵付之一炬，留下的只有少量20世纪二三十年代发过的短诗。

1935年戴望舒请她翻译T.S.艾略特的《荒原》，还是清华研究生的她不负众望，成功地第一个把这部现代派代表作译成中文出版，为中国的诗坛注入一股新潮。此书在1980年代又被三家出版社重印，发行量可观。赵译《荒原》半个多世纪来堪称佳作。本以为赵先生会就这部译作的历史地位深感欣幸，没想到她却淡淡地说："我一点都不喜欢《荒原》，现在快把它忘光了。"至于她为此下了功夫，她说那是应该的，因为"答应人家的事就该认真做好，不管喜欢不喜欢"。她引用著名学者叶公超的《荒原·译序》说："以影响而论，可以认为本书的价值不比它的影响大。"她认为叶公的话是经得住历史考验的。

她与陈梦家先生结婚后仍然在写诗。但她断然否认她的诗风受到新月派的影响。她认为新月诗人们太浪漫，太重情绪，同时也不能说不肤浅。"我的诗风与新月派南辕北辙，梦家一开始还拉我参加他们的活动，后来看我不热心，也就算了。"她说她更注重心智的活动，她的诗如果说受谁影响的话，似乎是玄学派。"我从没写过爱情。"倒爱写些诸如"北平没有大海/北平的巨浪是看不见的"（《北平》）。她这样理性的知识分子女诗人和感性的职业女诗人的区别似乎就在这里，后来我采访的另一个女教授和诗人郑敏也号称从来都不写爱情。

赵先生悠悠地说：老实的知识分子讨厌dirty politics（肮脏的政治）和臭铜商气，做学问可乐而忘忧，理性的世界是个好去处。她潜心研究的是亨利·詹姆斯，并以此项研究在美国获博士学位。可是回国后的30多年中却无法研究下去。1978年后她受上海译文出版社委托翻译惠特曼全集，本以为不久即可交稿。可她却花了十几年时间才交稿。"我本不大喜欢惠特曼，可译起来我喜欢上了，发现如果不研究他就无法翻译他。惠特曼是最地道的美国诗人。"于是，赵先生以65岁高龄开始边研究边译书，几易其稿，使其成为国内最权威的译本，她同时还发表了几篇深刻的研究论文。"我把全部身心都扑在惠特曼的诗上。"正如她对《纽约时报》发表的谈话所说。她把她诗人的直觉体验和学者的严谨治学精神结合起来，让"惠特曼发出全新的歌声"。

赵先生在十年时间里是否同时完成了她自己的一部宏大的"行动派"史诗了？生命之树葳蕤。

专访是发在《文艺报》上，发表后我去给赵老送报纸，她"埋怨"我说："小伙子啊，这下大家都知道我写诗了，冰心老师看了你的文章，专门打电话来要我把诗送给她看呢。可我的诗都让红卫兵给烧了呀。"

但赵先生也给我留下了矛盾的印象：翻译艾略特，但号称根本不热爱这位大诗人，只是为了完成导师给的任务，那导师名气非常人可比，是做了民国外交部部长的叶公超。后来她在芝加哥大学靠研究詹姆斯得了当年稀有的英国文学博士学位，但又号称并不怎么喜欢詹姆斯，嫌他的文体冗长啰唆，用赵先生的话说就是"大从句套小从句"套个没完。她喜欢简洁有力的句子，因此爱诗，最珍爱的是自己写的诗，要做诗人。只因为全部诗稿在"文化大革命"中被红卫兵野蛮烧毁，其创作欲望也随之消弭，晚年才开始翻译惠特曼，以此代替自己未能实现的诗人理想。

她和萧乾一样都是在晚年因为翻译了外国大师的名作巨著而再度辉煌的。但在他们成功的顶峰时刻，他们都很理智地表示当翻译家不是自己的理想，翻译家只要两种语言俱佳并有奉献精神就可以做好。我有幸在他们的晚年采访了他们，本是期盼他们慷慨激昂地道一番翻译艺术的高见或精辟地传授他们高超的翻译技巧和心得，未承想他们如此平平淡淡地打发了我。

这种淡定，想来也是我的收获。现在还能栩栩如生地回忆起当年赵老太太在巨大的煤炉边悠悠然说她不喜欢这个不喜欢那个的情景，真是大家和大家闺秀啊，这世界不知道能入她法眼的都有什么，或人或文。但他们的际遇和经历从另一个方面告诉我们：做一个优秀的翻译家，看似无心插柳柳成荫，可绝非易事。一个人的语言知识、文学修养和人生历练都达到了萧乾和赵萝蕤先生那样的水平和境界，做一个优秀的翻译家就水到渠成了。立志做翻译家的人都要有这种"业余"的"专业"精神和思想准备。我想这就是我们国家极少有职业文学翻译家优秀译品却也不鲜见的缘故吧，因为好的译文来自这种"综合实力"的背景，事实上这种背景似乎也是成为翻译家的必须。

　　过了六年，在为萧乾翻译的《尤利西斯》举办的国际研讨会上，我又见到了精神矍铄的赵先生，彼时她已经是83岁高龄。我要采访她，问她还记得我吗？她居然马上说出了我的名字，还说了一句"小伙子"，真让我感动！六年不见了，她还记得一个小记者的名字。当然，我估计，这和翻译家往往很少受到媒体采访有关系，更和能够理解他们并把专访写得到位的专业记者人数寥寥有关。我写得水平高低暂且不论，但我能理解他们，能提出专业的问题而不仅仅是浮光掠影地写点见闻，可能这是他们能记住我的原因吧。

　　访谈中赵先生用英文字正腔圆地说萧乾首先是个作家，他的作家资质对他成为一个成功的翻译家有所帮助。看来她对翻译家的看法依然如故。节目播出前我把播出频道和时间打电话通知了她，她很客气地谢了我这个"小伙子"。

　　谁知道那之后才三年的时光，赵先生就走了，享年86岁。但我相信，是精神分裂症这病魔作祟，才折了她的寿数，让她过早地离世，否则以她强大的精神力量和毅力，她应该是能到期颐之年的。

　　但或许她在86岁上离开这个喧嚣的世界是她的福气，她因此躲过了她生命中遭遇的第四次巨大羞辱。如果说前三次因为自我改造、丈夫打成右派下放和自缢令她痛不欲生，她毕竟还是仗着年轻挺过来了，可这第四次是祖宅被强行拆除，而且就在她走后不久，如果她活着，她肯定无法忍受这种辱没。所以她及时地走了，躲了，却把这种羞辱留给她兄弟一个人去扛，好在她有一个坚强的八十多岁的老弟弟替她扛。

　　这就是震惊中外的美术馆后街22号院强行拆除案：

　　赵老的父亲赵紫宸先生是燕京大学神学院的院长，曾是世界基督教联合会六大主席之一。他也是一位诗人和翻译家，有诗集《琉璃声》和散文集《系狱记》出版，后者是他被关押在日本宪兵队的狱中纪实。赵萝蕤先生说她父亲还有两本著作拥有不少读者，一是《耶稣传》，一是《圣保罗传》。他于1950年买下了这座明末清初修建的传统四合院，一直住到1979年以91岁高龄逝世。这小院由于风格独特，因此在京城属于著名的民居之一，清朝乾隆年间的《乾隆京城全图》上都有标识，曾住过一位御医。文物专家对此评价甚高，称其"有着完整的院落格局，罕见的'象眼'砖雕与精美的落地雕花隔扇"。对这座古院子的去留问题，保护派认为：如果这个院落保不住，以后京城的传统民居就都保不住了；拆除派则说：如果此处拆不掉，那以后都别想拆了！

弟弟赵景心教授拼尽了全力呼吁社会各界帮助保护这座历史文物，此事引起海内外关注。但最后等来的是文物局的鉴定说此院不是文物、同意拆除的通知，拆除通知竟然要求赵家五天内搬进郊外的周转房内。这座被舒乙先生在《小院的悲哀》一文里称为"典型"的古院落终于在上世纪末的12月26日被推土机推倒。舒乙先生评论说：小院的价值，或许还在小院之外。因为，可以把它当作一个典型：一个判断是非的典型。一个解决"拆"与"保"争论的典型。一个代表千万座北京四合院命运的典型。一个如何正确对待自己历史的典型。

所以我说赵萝蕤先生以一死躲过了一大劫，如果她活着，她是没有力气为祖宅奔走呼吁的，她可能因心力交瘁而去；如果她眼看着在官方的允许下祖宅被强拆，她会当场伤心绝命。所以，命运让她安静地在这之前悄悄地走完了生命的全程，她不必活受。所以我说她还是有福的。

这就是我认识的、知道的和从小就想见到的赵萝蕤教授。

最近我看到网上有消息说浙江湖州师范学院建立了"赵紫宸赵萝蕤父女纪念馆"，很是为他们父女高兴，赵家的祖籍是湖州。当然如果祖宅不被拆除，北京美术馆后街22号应该是最理想的纪念馆地址。

查阅后得知，这条街民国时期甚至更早以前叫大佛寺西街，因东边的大佛寺得名。后来街南口建了中国美术馆，改为美术馆后街。

（本文专访部分首发于1989年5月20日的《文艺报》，署名毕冰宾。）

西苑坡上村访劳陇

"信步闲游，似孤云缥缈，把幽谷巉岩绕遍；蓦回首，水仙花开，璨璨金盏一片。绿荫下，翠湖边，迎风弄影舞翩跹。"

不明就里的读者，或许会以为这是某个唐宋词人的佳句。如果我说是出自当代人，大家也许会以为是哪位善旧体诗词的诗人作品。

都不是，它是英国湖畔派诗人华兹华斯《水仙》（The Daffodils）一诗的中译文，

劳陇

译者是本文的主人公翻译理论家劳陇教授。他把其题目翻译成《水仙辞》。

古今百年间，《水仙辞》不乏佳译，在文坛上流传颇为深远，但多是自由体。而劳译却别具一种飘逸隽永流丽的特色，刊出后，博得一片赞美，估计短时间内难以被超越了。

我有幸在1970年代末就欣赏到了这篇尚未发表的译文，那是在劳陇给我们本科生开的翻译课上。那是在"文化大革命"后百废待兴的年代里，我成了77级的一员上了大学学习英文。进校后不久就发现系里经常出现一个拎着破布兜子（里面全是书），耳朵上捂着个用发黑了的

白胶布粘住的破助听器，跟谁说话都在狂吼的聋老头，可大家都十分尊重他，原来他是那个年代里少有的教授！别人告诉我他叫许景渊，本来是北京国际关系学院的教师，"文化大革命"时代那个学院解散了，教师们都下放到河北农村接受劳动改造，1970年代初河北大学开始招收工农兵学员，英语专业急缺英文教师，劳陇就被当成人才就地调入。当初的河北大学在保定的郊外，虽不偏僻却荒凉。大学北院是当年的省委旧址，还很雅致，可外文系所在的南院却是新开辟的校区，荒芜一片，连条柏油路都没有，一到下雨天外文楼就成了一座泥泞中的孤岛。他是个大学者，能写一手漂亮的旧体诗，对翻译理论颇有研究。这样的人沦落到那个寒碜的地方大学，真是很委屈他。但我们却因祸得福，在一所普通大学里却有这样一位顶尖的教授当我们的老师。那个时代的河北大学很有一些他这样的特殊人才。系里还有一位英文精妙绝伦的老师，是当年中央大学的高才生，因为在"反右"中被打成政治犯在河北省监狱关押了20年，平反释放后"就地安置"，成了我们的老师，他的专长是汉诗英译，其译文在美国炙手可热，他的英文一派古典风范，令我们的外教惊叹：在美国能写此等优雅英文的人都难觅。那个特殊的年代里，我们这些没有进入一流学府读书的低分考生，怎能不感念自己是"因祸得福"呢。

不久这个让我们望而生畏的大教授居然开始给我们上翻译课了！他的第一堂课就讲湖畔诗人华兹华斯的《水仙辞》，那一篇译海绝笔十分令人倾倒。以后这篇译文就发表在了著名的《翻译通讯》上，为整个译界耳熟能详。

但谁也无法相信，他"磨"这首诗的环境竟是那样一间黢黑的小平房。那个时期学校里的住房条件很差，他就住在一间普通的小平房里，天天能看见他端着饭盒去很远的食堂买饭，买饭的路是校外通往学校门口的一条没有柏油的泥土路，雨雪天里十分泥泞。他蹒跚在泥土路上，衣着简朴甚至可以说不修边幅，不像文学家，倒像天天扎在实验室里的科学家似的。

但审美的心灵是自由而广阔的，现实的什么恶劣状况都无法阻隔。往往审美主体的环境与客体的境界之间有巨大的反差。至今，我耳畔萦回着的仍是他用浓重的无锡腔吟诵的《水仙辞》中译文。我知道他出身于无锡的名门，与无锡钱家是亲戚。跟他谈起我远在福州的导师是林则徐的五世孙时，他给了我一个惊喜，告诉我说他和林则徐也沾亲，他某一代祖母是林公的姑母，也就是说林则徐应该是他某一代祖父的表叔公。这个世界有时真的是很小，有时也很大。他和我的导师居然有亲缘，但这个大家族在几代之间就散落全国各地，成为路人，互不相干了。贵族血缘的他（包括我的导师），由于命运使然，与武绝缘投身于文学。当然我深知这是性情所至。偶然地弄文学是不会如此呕心沥血的。他自己（据说）半辈子中写了一大厚本旧体诗，连中文系的老先生们都深为叹服。以深厚的中文功底和文学素养去弄翻译，怎能不出惊世之作呢？

他是一个一点政治都不懂的人，却不知怎么在1957年的运动中获得了个右派"桂冠"，一戴就是20年，一直受歧视和压抑。"文革"中遭批斗，被"革命小将"把耳朵打聋，他后来干脆给自己起了笔名叫"劳陇"，是"老聋"的谐音，以此纪念一段恐怖非人的岁月。

他的翻译事业其实是在"文革"后才开始的，可谓晚矣。先是为国家翻译联合国各种文件，后来才真正"靠"上文学。他深感时光的紧迫，别有一种"不用扬鞭自奋蹄"的苦干精神。国际关系学院恢复后，他又回到了北京。平时除了偶尔从西郊赶到王府井的戏院听些个古装大戏和带带研究生，他是黑夜白日地坐在书房里与书为伍。最让他焦心的问题是翻译界愈来愈走向虚无，人们似乎都相信翻译就是把两种语言互相倒腾一下，没理论。于是，翻译界急功近利，抱本《新英汉词典》逐字查下来串成中文出成果者雨后春笋般蓬勃涌现，小荷处处露尖尖角，出水却不见半点泥。概念错误百出，译不出来就编名词儿，害苦了不懂外文只好埋头读译文以此吸取洋营养的人。忽而"消解主义"——忽而"解构主义"——忽而又"分解主义"，这还算轻的，只是让你眼花。顶让人无奈的是打着"直译"或"意译"或"信可牺牲达雅"或"达字第一"等等理论把人家的原文强奸，或"硬译"成让人看似天书（其实原文并不难），或"达雅"成相去甚远甚至相反的意思。比如译现代派的诗就是一绝好例证。到底现代派诗是不是我们看的中译文那个样子？不少译者甚至名人在半懂不懂状态下照字面意思按原来的词序抄写般地"翻"过来，还要国人也依此方式作诗即成现代派诗人。殊不知，中国诗如果不加任何技巧地弄成外文，就会淡似白水甚至给人"中国人发傻"的感觉。宗璞先生作品中颇有用心引的一首古诗就让什么人译成了英文大白话。亏得宗璞谙英文，对此提出批评。换个不识洋文的，还以为自己的一片心血早博得洋人激赏了呢！

劳陇先生多年来一直在不断地在《中国翻译》（前身是《翻译通讯》）和《外国语》等专业杂志上发表论文，探讨"直译""意译""译诗像诗""神似""形似""神寓于形"等根本性问题，通过具体阐明钱锺书先生的"化境"假说，从根本上解决了一些重大理论问题。他对问题的研究涉及文学、语言学、符号学、心理学等学科，其实是通过探讨翻译问题，达到了对人的心智活动的昭示。这使我想起北大赵萝蕤先生说过的一段话："一个真正的文学博士在进行文学研究之前所受到的全面严格训练，使他可以研究任何人文学科。"我想这就是为什么西方的文学类博士统称为Ph.D（哲学博士）了。劳陇先生虽没有博士头衔，但他走了博士的道路。劳陇先生的简历列入某某名人词典了，划入语言学家之列。

在搞研究之余，劳陇先生不断推出译作，以实践他的理论。他译的李约瑟著《四海之内》是国内公认的佳译；《三怪客泛舟记》更见他幽默睿智的语言天才；还翻译了林语堂的名著《朱门》。

他不懂政治，有时天真得像个老小孩儿，颇有路遇不平拔刀相助的义气；抨击时弊，疾恶如仇，常为一点子不顺眼的事气得什么似的。有一阵子一些学者提出要彻底否定中国文化，劳陇一怒之下写了文章，颇有血性地理论一番。那炽热的文字令我这未老先衰青年汗颜。

后来他看了电视剧《渴望》，居然被里面的孝顺媳妇形象感动得直流泪，激动之下给《北京晚报》写了信表扬那个电视剧。老人离开故乡无锡多年，总是想念家乡的小吃，只要进城到王府井的老剧院听京剧，就必然要挤公共汽车来东四十二条的稻香村食品店来买些南味点心，特别是那种无锡的小排骨"解馋"。因为我当时所在的出版社就在稻香村附近，他每次来稻香村买了东西，都顺便来我办公室坐坐，带来他新发表的翻译理论文章的复印件给我学习。他在我办公室山呼海啸地喊一通话，然后拎上他的无锡美味高高兴兴地挤公交车回颐和园附近的家，那种劲头真让我羡慕。因为我知道，从东四回颐和园，要挤车近一小时到动物园，再和无数的外地游客一起挤上332路车，晃荡一个小时左右才能到家。那两个小时连年轻人都犯怵，一个古稀老人怎么吃得消？可他为了自己的文化生活和老家口味小吃，就是能那么精神抖擞地挤车。我的同事每次听他吼着谈翻译理论，就躲到别的办公室去，等他走了才回来，总要揶揄我一番：天啊，你就是让这种疯狂的学究儿教出来的呀，你可别哪天也变成这样，那我们只能把办公室让给你一个人了。可我告诉他们劳陇的耳朵是如何遭难的，大家都难掩唏嘘并为他的顽强精神打动。等大家看到他翻译的书稿，简直惊叫起来：那遒劲的字体，一看便知老先生的书法功底；那几乎没有改动就一气呵成的译文，流畅考究，如同大作家的创作一般。大家都说，这样的才气，居然一直没有得到施展的机会，竟拖到了古稀之年才有作为，实在是可惜。作为他的学生，我一直在催着他翻译些东西，才有了他晚年的《三怪客泛舟记》和《朱门》，总算对他蹉跎的青春和荒废的才艺有所弥补。如果不是"反右"和"文化大革命"这些运动对他的摧残，他能翻译出多少杰作来！我们的译坛本会有一颗耀眼的文学翻译的北斗星。相形之下，我帮他出版的那点东西，对他来说不过是小试牛刀，都不是外国文学名著，仅仅是让他在晚年"消磨时光"和"有事做"而已。

对于我，老师其实一直想栽培我做些翻译理论的研究，可我却鬼迷心窍，一心喜欢翻译劳伦斯和写小说，辜负了他的希望和厚爱。老师对我的劳伦斯翻译和研究表示很不以为然，因为他认为劳伦斯这个人"品行不端"，理由是劳伦斯在家乡和女友交往多年甚至行了男女之道，却仍然"甩了人家"和一个教授的妻子私奔，简直是大逆不道，这样的作家不值得研究和翻译。对我写的小说《混在北京》他也持批评态度，哈哈笑着说我怎么写了那么些庸俗的男女，虽然刻画得"逼真"，但是趣味不高雅。他欣赏的是《渴望》这样写中国妇女心灵美的小说。这就从根本上否定了我所从事的最主要的两样"事业"，自然让我无地自容，但他是老师，我也只能沉默。但让我这个情趣不高雅的人去钻研翻译理论，断乎是朽木难雕。老师见不能改变我，也就不再鼓励我了。

他还会经常把他的学生翻译和写作的一些西洋文学理论和诗论转赠给我，笑说：这些个新玩意儿我是懒得看了，给你吧，别还我了。我因此得了好几本诸如《文学反应动力学》之类的玄妙理论书籍。老师如同厌恶劳伦斯一样，不接受这类高谈阔论，只顾研究他热心的奈达之类的翻译理论家的著作，不停地在杂志上发表文章与人争论得天翻地覆，他女儿对我说他简直就像堂吉诃德大战风车，与凡是不同意他的理论的人进行争论，耄耋之年照样战斗不息。有一次过年我去看他，他拿给我一份发表在《外国语》上的论文说那是他的封山之作，为他晚年的翻译理论做了一个完美的总结，可以休息了。可惜他的那些论文因为难以为出版社赚钱甚至是"平本"而没能结集出版，估计他是带着这个巨大的遗憾辞世的，无论如何那是一个老学者晚年的心血，而且是很有经典价值的翻译理论。在他逝世多年后许家长女许慧终于将老师散落在各个刊物上的论文搜集齐全交出版社出版了，我目睹了整个出版过程，为此感到欣慰。

在他生命的最后几年里，他热心于研读堂舅哥钱锺书的诗作，还自费把他与钱先生唱和的一些诗稿及往来信件印成小册子分发给亲朋好友学习，我有幸得到了一册，那是我从他那里得到的最后一份馈赠。

而我却对老师无以回报，只能把我出版的一些劳伦斯作品译文和长篇小说、散文寄给他，他会偶尔用颤抖的手写信来表扬我勤奋努力。最后一次去看他时，他还说：翻译这东西等你老了再做还来得及，现在趁着年轻，你应该把主要精力用在创作上，毕竟那是你自己的东西，翻译毕竟是别人的东西。我懂得他的心思，他虽然不喜欢我写的东西，也不喜欢劳伦斯，但两者相比，他更愿意我做些创作，因为那毕竟是原创。或许，他说这番话是因为他自己一直写旧体诗的缘故，深得创作的甘苦：诗言志与借他人之酒浇心头块垒相比毕竟更直接畅快。对我这个浅薄但又固执的差学生，他能点拨的也就这些了：在两样他都不喜欢的东西里挑选了一个他认为更有价值的，我自嘲为：两害之中取其轻。没有办法，我是个胡同大杂院里长大的野孩子，过于放任自由，几乎让所有喜欢我并有意栽培我在某一方面发展的老师都失望了，这其中包括大学者劳陇。这也就是我至今既非学者也非作家，既不当官也不发财，浅薄混世的原因吧。但我的确得到了劳陇这样的名家的青睐和栽培，那是我的福分，我应该感谢一辈子的。

2000年我在英国旅游时，发现湖区卖的明信片中有一种，上面的水仙花旁印着华兹华斯的《水仙辞》，就想，这首英文诗下面再印上劳陇的中译文就十全十美了，他的译文应该是全世界所有语言中最美的译文了。译者曾经是我过从甚密的老师。

（本文首发于1989年11月29日的《新闻出版报》，
署名毕冰宾，有改动。）

西苑坡上村访郑永慧

郑永慧

去年就听译界一位老先生说起郑永慧教授这些年翻译法国文学颇有建树，后来又听说郑译《卡门》甚至比傅雷先生技高一筹。一位湖南学者专写了比较文章，挑了傅译本中不少明显错误并以郑译做鉴，证明傅雷大师在翻译上出了他那个段位上不应该出的错误。文章寄到《中国翻译》，被婉言退回。几经周折发表后送给一位老前辈看，她根据作者的对比，欣然命笔回信，称"郑教授译文后来居上……"

见到郑教授，他谈起自己译《高龙巴》时有意识对傅雷的旧译本进行纠正，又发现傅先生本子中"任意删削"和由于理解错误进而自以为是地做发挥性注解的错误达几十处。

郑教授的这番工作似乎不很得人心，但他还是坚持做了。我以为对傅译的错误应该不顾"面子或没面子"进行修正，为的是给读者留下完美的遗产。傅译被公认为是"达""雅"皆佳的本子，但在"信"上却不够，纠正错误以使其真正"炉火纯青"起来，是件大好事。对于郑教授的劳动，译界和出版界应有公正评价。当然，郑教授对此很自信，正如那位老前辈信中指出的："塞万提斯所谓真理如油在水中自然浮现，识者自会分辨是非。"

郑教授的译文首先强调一个"信"字，在此基础上尽可能做到"达"，是否"雅"要视其原文的雅俗程度而论，依此做到信的雅或信的俗。这是他几十年来恪守的基本原则。正如某老先生所说，郑教授所以敢于严格谈"信"字，是因他自幼在国外学得正宗法文，有良好的法文语感的缘故。法文之于他犹如母语一般。加之多年从事法国文学的翻译及法文的教学，使他的法语造诣更为深湛。

当然，郑教授承认，法国文学的日新月异也有令他这法国通瞠目的时候。他在巴黎看"新小说"派的电影，往往要看二遍才有所悟。罗伯·格里耶与他一晤，赠书并请他翻译，其用心可谓良苦。但郑教授似并不大喜欢这类文学。使他醉心的仍是巴尔扎克、雨果、梅里美和左拉等大师的作品。他觉得译这类作品时尽可以把玩语言并从中获得自娱。而那些后现代派文学似乎破坏了一切，破坏了美的语言，也破坏了美。所以，虽有罗伯·格里耶的盛情，郑教授眼下仍无所动作。所谓爱我所爱，译我所爱吧，这也是一种"信"，是信念。

他不翻译后现代派作品的另一原因是，他认为"新小说"在中国不会成气候，硬译过来让国人费脑筋读也无必要，"中国离那（一步）还远着呢"，郑教授如是说。谈到这里，他仍强调现代派文学与现代西方文明变化的必然联系。中国没那个土壤，硬要赶着装出"新小说"的姿态，其实是徒劳。无根之木，无源之水罢了。谈到这，我的头脑中突然响起前一阵国内学者所谓中国的"真"与"伪"现代派之喊叫，似乎都忘了"语言"这个根本性或半根本性的问题。希望人们再次注意：翻译过来的已不再是原来的"本文"，正如瓦雷里说过的，一翻译，作品"差不多全失掉他们艺术的本质"。后现代派文学这类更注重语言实验的作品怕更容易让人把本质翻译没了吧。

郑教授这三十来年，共译六百多万字、三十多部作品。用他的话说，难得有一天休息，春节都在翻译。其主要译品有：《巴尔扎克中短篇小说选》《九三年》《笑面人》《娜娜》《梅里美小说选》《厌恶及其他》。他是北京国际关系学院教授，中国法国文学研究会理事。

　　笔者不懂法文，对法国文学也不甚了了，对郑教授有关现代派和后现代派的观点也不尽苟同，但作为记者还是忠实地记录下他的主要论点。窃以为，郑教授对19世纪文学的偏爱及对当代文学的否定态度无论如何都是出自他的真诚，表达的是他的真性情。唯其如此，他才能在古典文学的翻译上取得了非凡的成就，因为他痴迷于此，凡痴迷其中者，必能得其真质。用老百姓的话说，就是他"走这一经"。

　　整理这篇早期的访问录时我上网查询了一下郑先生的翻译成就近况，惊讶地发现他翻译了罗伯·格里耶的作品《窥视者》，而且是在2007年出版的。为此我感到了一丝窃喜：郑教授终于改变了当年的坚定观念，开始翻译新小说派作品了。至于他是否开始欣赏后现代派作品，不得而知，也不便在他耄耋之年打扰采访他。如果是，那当然好，以他高超的法文造诣，为读者提供更与时代贴近的法国文学译文，那是中国读者的福气，省得大家受那些自欺欺人的所谓名家译文的误导。如果他仍不欣赏，说明他是出于一个职业翻译家的工作角度，试图尝试各种风格的作品，那样冷静地翻译自己并不热衷的作品，态度更加客观，译文可能反倒更准确，更"信"。所谓翻译家，应该对各种风格都应付裕如。所以郑先生应该是真正的翻译家，而不仅仅是某个作家作品或某类作品方面的专家。

（本文首发于1989年9月2日的《文汇读书周报》，

署名毕冰宾，有改动。）

西苑坡上村访巫宁坤

巫宁坤

"我越来越没人缘儿了……"巫宁坤教授和我的谈话是这样开始的。

作为北京地区高校外国语言文学类高级职称评定小组的五个成员之一，巫教授可谓是教授中的教授。这些高校也经常请他去为博士生答辩会担任主席或副主席。可这位先生却事事认真，常常不顾邀请人的面子（多为老朋友和老专家），对人家的学生细细考问，还常在最后令人心跳地投一张反对票，弄得人家脸上无甚光彩。渐渐的，巫先生门前冷清了，人家不敢再请，因为请他壮门面不成，还有拆台的危险。而有的大学者（巫宁坤指名道姓，但我不便在此公开）参加答辩却不提问题，声称："对这专题，我不懂，是来学习的。"只管投赞成票。巫先生不明白：不懂你来干什么？不懂你凭什么赞成？被人们普遍认为是高度纯洁的象牙塔的外国文学界尚且如此，可以想见学术界的风气如何了。1980年代学术界这种"不懂、来学习"的相互捧场和照应已经让巫宁坤看不下去了，再过20年大家来相会，学术界的黑暗和污浊估计会令他窒息。还好他早早抽身去了美国，以后的好光景他没看到。

"这样好，"巫先生说，"请我去我就要说真话。"

当年留学芝加哥大学的博士生巫宁坤同学放弃了就要到手的博士

学位，毅然回到新中国成立后的北京到燕京大学任教。可好景不长，他被流放兴凯湖、关监狱、下徽州，九死一生。终于等到"文化大革命"结束，他又回到了北京，开始了新的生活。苦难中长大的儿女都出国留洋定居了，自己和老伴儿（救他一命的非凡女性）却选择"不走"，人到古稀，教书、写作、翻译，发挥着"余热"。可他愈来愈对眼下的学术界不解，因此总要见机就放一炮，直愣愣地见什么不顺眼就批评。

巫博士是"芝加哥学派"的死党，坚决要"重新发现亚里士多德"。他一方面批评人们把亚里士多德曲解、教条化，另一方面对"新批评"以来的诸多新派理论如"拆散主义"（即解构主义）在中国的应用性表示怀疑。

他认为，亚里士多德主义强调的是情节而非语言。"情节是悲剧的灵魂。"芝加哥学派进而发展之，认为语言最重要也最不重要，它与解构主义的共同点是强调作品在"差异"上的价值；不同之处是它坚持作品之情节的重要性。巫先生批评说，新派理论研究莎士比亚，只见语言忘了悲剧，如"新批评"的"细读"，只见字词不见人。为此，巫说，芝加哥学派坚持的亚里士多德的方法论对眼下的中国学术界"有用"。解构主义咱们玩不转的，"我们是外国人，先别忙着论，先仔细读书、弄弄清楚再说。比如《等待戈多》一戏，就被解释得很庸俗"。言外之意，国人对《等待戈多》的那种理解本身就是一出荒诞戏，这不成了行动派艺术了？是很让人困解——巫指的是现在做学问的阵势。"他们介绍（新派理论），但自己不懂，更不会用，自己信奉这理论那理论，写出研究论文来竟说不出用的是哪一派理论，不知所云。总之，不会读书，reading as an art（读书的艺术）对他们来说成问题。他们什么都能论一气，就是不论作品，因为他们看不懂。"基础太差，谈何出大家？却人人做一派雍容大气状，倒似闹剧。

巫是一位难得的大智大悟者，听他侃东侃西，时间过得飞快。问及他个人的身世，他淡然一笑道："我从来不觉得自己太怎么样，我常正题反论。如有人总抱怨：'我怎么这样倒霉'，我会问："我为什么不可以倒霉？'"他的同学里名人多了，其中一个就是杨振宁，自然是誉满天下了。"若要非跟人家比，干脆别活了。"巫似乎是说，作为一个人，你无法抗拒命运，但你却可以艺术地把握自己的生命经验，作为文人更如此，苦难会成为财富。巫的英文传记《从半步桥到剑桥》（半步桥曾为北京一监狱狱址）在国内外引起不小的震动。我读了，总觉得那语言淡得无法再淡，像是茶余饭后笑谈隔世的某个别人。那么多的生生死死，他却没事儿人似的让它过去了。正是这种雅量、这种超俗、这种机智和幽默征服了读者。有英人说这是剑桥对他的修炼。说得轻巧！剑桥无这本事。巫是道地的中国知识分子，真正的"Made in China"（中国产品）。

采访他十几年后的2004和2005年，我终于又在北京见到偶尔回国的巫宁坤先生。他晚年的回忆录《一滴泪》感动了很多人，也得罪了很多人，更让他失去了很多。这些年他在美国做"寓公"，年近九旬，思念家乡，想叶落归根，但回来又没有落脚之地，这实在是让他"心苦"。但他精神很好，步态轻盈，谈锋依旧犀利，经常在美国各个大学和图书馆开设公开讲座，用英文发表文学作品，对晚年的文学生涯，他戏称之为"一室一厅藏拙处，三更三点忆旧时"，"夜长人不寐，信笔涂鸦"。

和巫宁坤同期的那些外国文学界的巨匠们大多离去了，他在写着一篇又一篇的回忆文章，回忆着赵萝蕤、查良铮、周珏良，"忍看朋辈成新鬼"，说不尽的感伤，道不尽的乡愁。尽管他是那么乐观，那么坚持自己的信念，身体那么硬朗，但他还是在给我的一篇文章的复印件上用刚劲的字体抄录了陈寅恪赠吴宓的诗句："暮年一晤非容易，应作生离死别看。"

我期待着巫宁坤哪一天又精神矍铄地出现在北京，期待着他能讨回他曾经居住过的房子。

（本文首发于1990年10月6日的《文汇读书周报》，

署名毕冰宾，有改动。）

清华园访郑敏

郑敏

在没有互联网的年代里，我们靠诗书了解别人，偶尔遇见一本心仪的书便期待见到这个人好当面讨教。碰巧在弱冠之年学习现代诗的时候，遍读能借到的书均不合胃口，读到了北师大教授、也是著名的九叶诗人郑敏的书《英美诗歌戏剧研究》，感觉如醍醐灌顶。那本一块三一本的书是北师大出版社1982年出版的，封面极其简陋，用纸与内文纸几乎一般薄，感觉像内部学习材料或那个年代的油印课堂讲义。而封面上作者名"郑敏"二字是六号字体，几乎可以忽略。但就是这本书让我如获至宝，让我对现代欧美诗歌有所领悟。这是因为郑敏既是教授同时更是诗人和翻译家，她的理论著述有其诗歌创作这丰厚的感性体验为基础，其创作的心得又有高深的理论相观照，自己身心的体验和经验之谈与理论水乳交融、相得益彰。这样的论述怎么能不切中肯綮。所谓学者型作家和作家型学者在于郑教授是自然地兼而有之、相生相伴。反之，读某些大研究员、大教授的理论，常常因为其纯粹的"灰色"枯燥而无"生命之树"的绿色底蕴让我感到与诗歌隔了一层，而某些大诗人的创作体会又因为其过于主观和非理性而读来难得其要领。郑敏恰巧在我最困惑、最无奈的时候出版了这本书，不敢说其最妙，但最合我的胃口却是真。

于是我毕业到出版社工作后就全力推进一本欧美现代诗集的出版工作，并非因为我是诗歌的狂热爱好者，而是觉得应该，而且希望通过请郑先生主编来好好讨教一下、上一课，以此增进自己在这方面的学识。终于联系到她，她却婉言推了。她解释说是觉得上了年纪，总想多留些时间总结自己、革命自己以求"更上一层楼"。后来她告诉我她怕的是图书市场严重萎缩，以她68岁高龄辛苦折腾一大本洋诗却让出版社以不够多少册的起印数为理由璧还，或让她包销多少册。她笑说：那样的话，她就是把老命搭上也还是销不出去。她的担心是有充足的理由的，也是1980年代末出版界开始衰落的真实写照。就是从那时起，出版社开始卖书号，开始要求作者拉印数、包销和自费出版书。作为一个老教授，她宁可不出书，也不愿意如此斯文扫地。

作为一个年轻编辑，我能理解她的苦衷，也敢暴虎冯河，竟敢化名冬淼自己做主编，搜罗材料、组织作者和译者，干了起来。当然我还是很感谢郑教授，是她冒着出版不了的危险独自翻译了诗集中的美国部分，这是对我这个"粉丝"加"主编"的最大支持。

或许是因为译者中有郑敏和飞白的大名，在纷乱的1989年上半年，无名的冬淼编的诗集竟有6500册的征订数，开机啦！我们所有人悬着的心都一块石头落了地。这本诗集的封面上署名是：冬淼编、郑敏等译，一个弱冠之年的小青年在无奈中当了主编，大教授和诗人仅仅是其中的译者，这实在是时代的耻辱。但无论如何我们的诗集是出版了，这就令人欢欣鼓舞了。我更是暗自得意，因此我得以与郑敏有了合作。

编着郑先生的译文和评析文章，我明显地"号"出她的崭新脉络，那脉向走动如跳跃，铮铮作响的是追求与欲望裂变的轰鸣。我惊异于她心的年轻。于是在我们的诗集出版后我见到了清华园里的郑敏教授。

对我眼前这位女诗人、老先生，我该怎么记下我的印象？她的白发与她那乐感极强的声音，奔驰如春水的思潮，活力与热情所构成的成熟、练达、儒雅、幽默，衰老与青春交叠的活生生存在，令我辞穷，更令我敬佩。我宁可用她自己的话，把她看作是"强烈的愿望"，"是戴着白雪帽子的额头下翻腾、旋转思考着的湍流"。

她的创作诗集《寻觅集》获近年新诗集大奖，近半个世纪的勤奋生产似得到其应得的承认。当然，对诗人真正的认可应是来自爱她诗风诗韵的读者。所以，对至今国家级出版社仍未出一本她的集子，这个事实她似乎不那么上神经。

她自然忙得很。不停地铸造一座座诗塔（她说过诗是时代的宝塔尖），不停地抛出一篇篇诗塔的构图说明书，创作和理论双向并进。与此同时，她还在带英美文学的博士研究生。我知道，做她的学生不是太幸福就是太难受，两者只能择其一。因为她是个太与众不同的导师——比如我问她："创作与理论并行往往会窒息艺术，您不认为您的理论研究危害了您的创作吗？"她回答说："我本来就弄不来学院派的理论，我的理论是我自己在创作中摸索出来的，我只信我能感受到的理论。"这样个性化的教学如果在中学，将会让升学率停在零上吧？幸亏她指导的是博士生。

她承认她也在探讨，"常常觉得自己不行，着急"。现在有的学者压根没钻研进去，只根据几个不成熟的译本就长篇大论起来，颇让国人摸不着头脑。总的来说是盲目，更多的怕是各取所需，砍一根白桦就称找到一片白桦林。这主义那主义，其实我们尚未弄通。

郑教授称我国的文学发展在"五四"时期是受教学的引导，有人较系统地引进理论，推动文学潮流的进展。可新时期以来，教育界却与文学创作的丰富现状格格不入，这是为什么？原因就在于教育的落后。而郑敏正是在身体力行，集创作、翻译、研究和教学于一身，这样多元且成功的诗人应该是很鲜见的。

所以，教育是关键。关键的关键当然是教师本身的素质……看来这个问题说来话太长了。

郑先生力图站在景观中西文化的某一个独特角度，对当代诗学进行

"切入"，并结合自己的创作体验，从理论到实践做一次沉重的飞跃。

她说她正回头走向中国古典诗词。这是否是她追求失败后落魄还乡呢？她说绝不是。她说她崇尚中国古典诗中的"灵"，她要重新从中挖掘出它真正的内在精神来。她颇为反讽地说，不知道原先人们是如何教人"欣赏"古诗的，弄得国人只觉得古诗有霉味儿。其实不然。

她说她极少写或不写爱情诗。她说她的诗无法香艳、无法凄艳，尽管香艳和凄艳的诗有充足的理由存在。还有就是，她的诗无法豪迈，尤其做不到"语不惊人死不休"。她最怕折腾一通只是"惊人而已"。她不赞成立体主义式的诗，倒喜欢"马蒂斯式的流畅"，并依此原则作诗。我不懂美术，只好实录她的话，供智者明察。

又一个不写爱情的女诗人，在这之前我刚采访过同样的赵萝蕤教授，坚称不写爱情，而郑教授干脆罗列出爱情诗的香艳和凄艳等等大加嘲讽。此举怕是很特立独行。一个女诗人，怎么也得让"艳"成为自己诗歌创作的哪怕很小的一点成分吧？但郑敏和赵萝蕤都拒斥这个，一个号称是玄学派，一个号称是马蒂斯式。或许这就是这类教授型女诗人与其他类女诗人的区别？她们是否在拒斥女性的某一种特质？不得而知。

修改这篇文章准备收入集子时，我上网看了一下，键入"郑敏教授诗人"，屏幕上显示，她刚刚获得央视2006年新年新诗会授予的年度诗人，被誉为"中国女性现代性汉诗之母"。老一辈的女诗人里，有三位出自福建，一是冰心；二是林徽因；然后就是郑敏。前两位，冰心的散文创作成就盖过了诗歌，林徽因的诗歌创作因其非凡的建筑设计才华而暗淡，只有郑敏，在超过八旬的高龄上还在进行诗歌创作和诗歌理论的研究，还在寻觅，是名副其实的诗人。至于那个"女性现代性汉诗之母"的光荣称号，普通人听起来一定觉得拗口并莫名其妙，那个词过于专业了，估计郑敏教授心里不那么受用。奖项和颁奖词只代表一类人的一种看法，真正的光荣称号仅仅是著名诗人就够了。

（本文采访部分发表于1990年2月10日的《文艺报》，署名毕冰宾。）

虎坊桥访毕朔望

毕朔望

　　从小就痛恨自己的这个毕姓，这个姓太各色。整个学生时代，特别是小学阶段，这个姓氏在同学们眼里简直等同怪物一般，每到一个新的班级和新的学校，第一次点名，肯定招来一阵哄笑和交头接耳。于是小时候曾拿着户口簿跑到派出所对警察说我要改姓，但警察不允许，说要家长领着来方可，也就作罢。好在上学期间比较争气，每次进了新地方都能迅速地在学业上崭露头角，从而转变别人对毕姓的不良态度。

　　因为是这种特殊的"少数民族"，每当我认识一个姓毕的人就感到如同他乡遇故知一般亲切。在没有互联网的年代里，读报纸听广播看电视，看到有哪个名人姓毕，自己就仿佛觉得那是自己的家人，从而感到不那么孤独。这就是姓毕的人远离自己的大家族所在地的后果之一。在我的老家山东一带，毕姓人遍布全省，所以那里姓毕的人就少了这种各色感和孤独感。

　　小时候频频听到的一个名字叫毕季龙，是中国著名的外交家，官至联合国副秘书长。这个名字总让我感到无比骄傲，和小伙伴们聊国家大事时时不时提起这个名字，虽然没敢冒充是他的远房亲戚，但每次提到这个名字，脸上真的是觉得有点热乎。

再后来知道著名的作家里也有一个姓毕的，叫毕朔望，心里自然感到得意，尽管连毕朔望都写过什么、如何著名都不清楚，就是在报纸上总看到这个名字，就感到很亲切。

谁知工作后不出几年，在出版圈混了几年，我竟频频被认定是毕朔望的公子，常被问及"令尊可好"或赋予"代问令尊好"的重任。甚至连严文井老先生也将信将疑地问起："你是毕朔望的——公子吗？"我才知道原因很简单，因为毕朔望的一个重要身份是翻译家，还在作家协会分管外事工作。而我偏偏也从事文学翻译，就自然被认为是子承父业，在文化圈里毕姓人寥寥可数的情况下，当然就非毕朔望的公子莫属了。于是我就经常向人们抱歉，解释我与毕朔望没有半点瓜葛。虽然都在北京，可我同这个人竟缘悭一面。足见世界很小，也很大。

那天去译协开个新年茶话会，一进门落座，大家互递名片，就引起一阵交头接耳，随之就被告知"你爹"来了，父子同场，简直是美谈。这下我不能再等，坚决要求新世界出版社的陈总编引我去认这个"爹"。陈总编被此等笑话引得哭笑不得，带我到了毕朔望所在的那一桌，冲一位极不修边幅的胖老头喊：老毕，我把你儿子带来了。引得满场惊诧，毕老更是目瞪口呆了一下。陈总解释了刚才发生的笑话，这边自然笑成了一团。我得以认识了一直想认识的毕老或曰老毕，自然不能放过采访他的机会，当场约定改日上门好好聊聊。

毕朔望果然如这毕姓一样"各"——这是他自己的话。他用英文说他非常"独特"，我倒愿意说成"各"。

去他在虎坊桥的家那天是阴天，飘着雪糁。他住在一座普通的红砖宿舍楼的一楼，但不开灯，好半天才看清那个乱糟糟的书房。从地到顶，全是书，地板上散扔数册。书桌与书柜之间挤出地方放了椅子和沙发，坐下去大有被吞没之感。他不修边幅，一脸的花白硬胡茬蓬乱着，胖大的腹部在大睡袍下凸着，偶尔咳一声，如雷贯耳，说起话来声似洪钟。

我好奇地问他，翻译家协会编纂的权威的《中国翻译家词典》里为何没有收入他这个大诗人和大译家？我一般在采访翻译家之前都习惯性地查阅这本词典，了解被采访者的基本信息，可意外地发现里面没有他的名字。他摇摇头，说他收到了编委会给他的邀请信和表格，但没填，编者也不勉强，也没有找人代写，所以就自然没有毕朔望这个词条。

对此他解释说他是不愿意被编排进去。他说有的人几乎像写悼词一样写自己从事翻译事业的履历，好些名人辞典都犯这毛病。他不愿给自己写"悼词"。什么叫名人辞典，不过是在某一方面出了成果的人的人名录罢了，为什么要写那么多与职业无关的东西？随即他告诫我："你还年轻，千万别学坏，不要沾染那些个功名虚夸作风，干点实际事儿，没人敢不承认你。"

毕老的话也是他自己的写照。他其实没译过整部头的文学名著，倒是负责审校，与人合译过不少外交和语言工具方面的书。他从事几十年外交工作，驻外工作多年，更多的工作是中译英。后来成为作家，多写些散文和诗词。如今是外交学院的教授，任中国笔会中心书记，中华诗词学会副会长，国际文化出版公司副董事长。

说起他的散文创作，毕老又是一"各"。他说他从来不会吟花弄月、寄情山水，那类美文他作不出，他爱写的是些论事论人的小品文。尤不爱无病呻吟，做无端奇想。他是那种有"病"也不会呻吟，一贯婉约不起来的人。

与他谈话，只觉一股森严正气。因为遇上了一个毕姓名人，心里一热，我称毕老是"咱们山东硬汉"，因我认定毕姓者均如我一样是山东种。毕老纠正道，姓毕的不都是山东人，他是扬州人。他告诉我，毕姓祖先是陕西河南一带人，先流落到山东，后又有人散落到别处。估计他的祖先就是"散落"的那些人。

临别，毕老送我一部他审编的《美国俚语大全》，沉甸甸几十万字，又是他古稀之年"干点实际事"的证明。我问他接下来译什么写什么，他说他正埋头研究近代史，欲写一部太平天国题材的长篇小说。他认为中华民族近代以来的不少重大问题都可以从此找到症结。我这才发现，他做了满桌子的卡片，连灯罩上都别满了密密实实的卡片。这种紧张忙碌的氛围让我感到我必须赶快逃出去，学着毕老的样子去"干点实际事儿"，给毕姓争点光。

很久以后方才知道，毕朔望与毕季龙竟然是亲兄弟，他们的大哥是地质学家，在台湾大学任教授。毕家祖上是江苏仪征的名门望族，毕氏兄弟的父亲则是民国初年"今之小说无敌手"的"鸳鸯蝴蝶派"作家毕绮虹（本名毕振达）。作为诗人的毕朔望善写古体诗，亦作新诗，人称"江左才子"。据网上文章载："1979年秋，时任中国作协外事办公室主任的毕朔望陪外国友人赴杭州参观访问。在奔驰的火车上，他读到张志新事迹，掩面大恸而泣下，几乎呜咽有声。入夜辗转反侧，几不能寐，以愤怒的笔触，为烈士不屈的英灵、血海般的冤情写下了那首京华为之轰动、名噪一时的《只因……》"：

只因……

只因你牺牲于日出之际，监斩官佩带的勋章上显出了斑斑血迹。

只因你胸前那朵血色的纸花，几千年御赐的红珊瑚顶子登时变得像坏猪肚一般可鄙可笑。

只因夜莺的珠喉戛然断了，她的同伴再也不忍在白昼做清闲的饶舌。

只因你的一曲《谁之罪》，使一切有良知的诗人夜半重新审视自己的集子。

只因你恬静的夜读图，孩子们认识了勇气的来历。

只因你的大苦大难，中华民族其将大彻大悟？

　　写作这首诗时毕朔望已经61岁，但其笔力苍劲、感情奔放，与其说是作诗不如说是饱蘸心血写诗。

　　但是毕朔望终于是没能完成他的那部太平天国题材的小说就在20世纪末撒手而去，这不能不说是一个巨大的遗憾，他为之付出了巨大的心血，那是我亲眼看到的情景。

　　（本文部分首发于1990年12月15日的《新闻出版报》，署名毕冰宾。）

恭俭胡同访叶君健

叶君健先生是在三九天到来之前去世的，作为一个九年前在三九天里采访过先生的记者，不配怀念，不配追忆，以免有附骥之嫌。但自觉应该写一篇文字，谈谈我心目中的叶君健先生。

叶君健先生给我最深的印象是，他的名声存在于种种巨大的反差与矛盾中。有着剑桥背景和在英国出版过英文小说的

叶君健

他，身为中国作家协会的高层领导，多年身负对外宣传的重任，在意识形态斗争复杂的年代里，他地位显赫，他的存在似乎就是对海外的一种有效"宣传"。他以安徒生译者和童话作家的声望饮誉海内外。作为中国的"革命文学"作家，他的小说极其例外地受到西方文学与出版界的高度评价，被奉为解读中国革命的文学文本。但在国内，他似乎仅仅被看作是一个儿童文学大师，他的其他创作不仅没受到欢呼，反而面对沉寂，无论"主流"还是"非主流"的文学从业者似乎都保持沉默。墙外开花有时并非墙内也红。

他早年在英国时曾与布鲁姆斯伯里文学圈的领军人物伍尔夫夫人等现代派作家过从甚密，但他从来也不公开谈论这个文学圈，估计是出

自自我保护的目的吧。直到改革开放后，他才偶尔提起自己与现代派的关系。在现代派受到追捧的时候，他也并没有言辞过甚地标榜自己的现代派背景。事实上，国内真正与这个圈子有过交往的只有叶先生。同时在英国的萧乾与这个圈子亦有接触，但应该说是间接的，因为他的老朋友福斯特只是这个圈子的边缘人物，其写作风格也不属于现代派。他对诺贝尔文学奖不无訾议，理由很简单，这个奖排斥无产阶级革命文学。不知道，是否他的地位决定了他必须在各种错综复杂的关系中折冲樽俎，因此连他的文学定位都成了一个问题。这是因为中国的文学一直是官方政治的一部分，叶在位的时候更是如此。

这种种的反差与矛盾，似毫无内在联系，但它们构成了叶君健文学的坐标及其文学的理智与感情的构成。这样的文学的存在发人深思。

九年前的冬天里，我去采访先生时，本是要谈安徒生和中国的童话创作的。在这之前我刚刚陪着两个著名的中国童话爷爷严文井和陈伯吹到东京开国际儿童读物理事会的年会，领教了童话爷爷们的不同风采，总的感觉是他们都不像我童年时想象的童话作家：严先生一派大将风度，言谈犀利；陈先生谨慎严肃，像个小学校长。因此我想见识第三位童话爷爷叶君健，想见识一下这个报刊照片上和蔼地微笑着的老人是否也有另外一面。这个小小的居心应该说不算高尚。

因为在电话里我谈到我们共同的朋友——澳大利亚儿童文学批评家萨克斯比，叶老就爽快地答应了我的采访要求。

来到景山后面胡同里叶老居住的传统北京四合院，院门是中小型的"如意门"，这在老北京的生活中应该算是中产阶级人家的院子，估计原先的主人是殷实的买卖人之类吧。相比之下，他的亲家傅惟慈的祖宅则有一个"鹰不落"小门，里面是一个小院子，一看就知是小康之家。据说够得上大户人家的至少要是那种门口有小狮子、有高大门廊的"广亮大门"，似乎梅兰芳故居的门就是这种广亮大门，看上去气派不凡。

冬天的院子里草木萧条，显得院子很空旷，也很大，房子是那种典型的高台阶老平房。身居闹市，能有这么一个宽敞幽静的四合院，真是滋润。

落座后就谈起我们的朋友萨克斯比教授，我说萨教授一开始说起中国的著名作家YEHCHUN-CHAN，我居然说不知道这个人。萨教授很惊讶，说这个人是中国最著名的安徒生童话翻译家和作家，你怎么会不知道？我这才反应过来，这个英文名字是老式的拼音拼法，现在早就不这么拼了。YEHCHUN-CHAN就是叶君健。

没想到的是，这个名字的拼法问题，把我们的话题迅速从童话转向中国革命及革命文学的艺术表现。叶老说他早年在英国时就用这个拼音名字发表英文作品，如果改成现在的拼音，反倒外国人就不知道他了。他在国外出版作品都是用这个名字。随之，我的视线被先生"啪"地摊在案上的英国版中国革命文学三部曲《寂静的群山》所吸引。这是英国费伯—费伯出版社（Faber&Faber）的新书。于是先生开始滔滔不绝地谈中国革命的本质问题及其艺术表现。

他的中文手稿交给了中国的出版社，而出版社则在五年后才印出五百本，结果是比翻译后的英文版出得还晚，据说是为1989年秋天的全国书展有革命题材才出版的，出版者是河南一家出版社，其印刷和装帧与英国的精装本相比很是相形见绌，但已经很难得了。叶老当然并不为此兴奋。因为他遇到的是来自评论界的沉默。

长篇巨构《寂静的群山》在英国出书一年即再版，可中国文艺界这回不再像先前那样，一部作品获得洋人激赏后或趋之若鹜争相表示英雄所见略同或嗤之以鼻以示我自岿然不动。干脆沉默。

我问他："大作一二年内会在国内产生巨大反响吗？像在英国那样。"他断然否定："根本不可能。"此话不幸而言中。明知会如此，依然故我，他是坚守自己的风格，坚定地为自己的文学理念而写作的。无论如何，这种坚定是可贵的。我曾在那篇发表在《文汇读书周报》上的文章中称他的著作是"沉寂的山"。

"印数太小，大家看不到，就自然无法评论"，我试图宽慰道。

"非也"，叶先生否定了我的话。那又何说起、如何说起？叶先生认为这三座寂静的大山有点生不逢时。一方面，不少人一听是这个题材就不会看，以为又是那种冲冲杀杀的场面组接；另一方面，感兴趣的人会觉得叶先生的写法太出格，那似乎违背了人们心目中的创作原理，不是"内容的形式"了——他居然用唐人小说的笔法如此冷静地处理轰轰烈烈的大革命。如此镇定地"歌颂中国共产党领导下的中国革命"（叶先生原话），岂非大逆不道。人家不明白，自然不去评了。

只有沉寂，叶先生对此似乎又是满意的，有点众人皆醉我独醒的意味。

有人"玩的就是心跳"。叶老呢？难道是创造沉寂不成？这话似大有不恭。

对这类题材来自出版和评论两方面的误解均出自一个形式问题。至少表面上是。原来那种热情有余甚至过左的写法让人倒了胃口，对中国革命这样大的历史现象竟弄到无人读的地步，这太可叹可惜。而叶的三部曲现在由英国专出现代派作品的费伯—费伯出版社印行，被认为是"稀有的简洁方式……在西方难得找出的模式"。"'文化大革命'那种枯燥无味的宣传方式的产品已经把英国读者从一切中国事物疏远开了。"叶的作品"又把那断了的高质量艺术溪流接上了，重新燃起人们对'黄土地'国家传统魅力的火焰"。"叶的规划可以启发未来好几代的中国作家，把他们的注意力引向他们国家迷人的、理所当然地应该受到重视的过去。"

叶先生自称他揭示的是中国革命的本质问题，如土地问题。他说他是"跳出中国"来写中国的，是从历史的真实上艺术地、学术性地处理中国革命这一马克思主义意义上的"特殊现象"，把中国放在世界中写。因此他的作品不是《三国演义》式的。没有渲染，没有浮躁。真正面对历史的人不会不懂他的用心。

那次采访，叶老时而冲动地站起身，来回踱步，铿锵有力地批评汗牛充栋的革命文学作品们浮躁苍白，批评这些作家不懂中国革命。

"恐怕某某某也不懂中国革命的本质问题。"我被叶老说出的这个名字吓了一跳,不是到极度愤怒,以他的高位,是不会这么说的。他夫人听到后在一旁反讽道:"行了,行了,就你懂!"那一幕我至今记忆犹新。那是1990年初的时候,叶老已经敢于指责身份如此显赫的党和国家领导人了。

他认为他对中国革命的主题处理是学术性和艺术性的,笔法"冷静得残酷"——是唐人小说的笔法。他认为这种"跳出中国写中国"的形式才能揭示历史的真实。于是西方人接受了他的作品,英国报刊评论说叶的写作方式是"稀有的简洁","可以启发未来几代人"。叶君健一直强调他的表现形式,认为是这种形式使中国革命的作品在西方被当作文学接受而非宣传。他们评价这种手法是"大师的艺术手法"。

看来,形式确是个关键问题了。叶说,西方的知识分子们对他的小说题材(内容)并无偏见,只是对以前那种写法头疼了。同样的题材,让叶一处理,就被认为是"大师的艺术手法"。当然,BBC的记者也认为,这种大师的艺术手法却要西方人来发现,委实"很有意思"。

以上那些评论文字是刊登在叶老湖北家乡某地的一本地区级杂志上的,我忘了那本杂志的刊名了,是大32开的那种杂志,不是文学杂志,那篇文章报道的是叶老这个家乡名人的近况。于是我心领神会,没敢问还有哪些报刊可供我引用,如果有,他肯定会给我看。我只从这个杂志上抄录了一些。

那段时间正值中国的现代派文学蒸蒸日上,对人气颇旺的现代派作品出现了激烈争论,焦点是中国有没有现代派文学,抑或是"伪现代派"也未可知。叶君健则冷漠地评骘道:只有戴望舒算现代派,"别人都不够格"。新时期的现代派甚至让他感到"滑稽"。叶的判断似乎很简单:现代派之为现代派,主要是个语言革命的问题。中国的现代派不通原文,只根据译本模仿,只学得个皮毛。照叶的说法,非死啃一通原文不可,要不就别学。

他说这番话是有自己的深厚背景的。叶在英国期间与布鲁姆斯伯里文学圈的现代派作家过从较密，他是否是个现代派？叶不承认自己是，但他说他佩服他们，尤其佩服伍尔夫夫人的语言天才，自称大受其影响。不知他那种"跳出中国写中国"的叙述形式是否是受了弗吉尼亚·伍尔夫的影响的结果呢？一个人承认受了别人"语言天才"的影响，是否意味着潜移默化中受了更多的影响呢？因为语言这东西最诡谲，是思想的载体，是认知方式的表现，是一种生命的"态度"。一旦一个人受了另一个人语言上的影响，就难说不受其他方面的影响。估计以后这可以作为比较文学的一个题目来研究。

叶老是湖北红安人。那儿出了二百多个红军将军，有名气。他这个统帅着几百万上千万铅字的人应有个甚头衔？答案应在寂静的群山里。叶不仅用英文写作，亦教授英文，曾是中央大学和复旦大学的英文教授。

本是去看望"和蔼可亲的童话爷爷"的，期望他讲童话般地展现一把童心。可他让我看到了一个冷峻、尖锐的叶君健。他让我有了一份意外的收获。

于是九年之后，我用这篇冷静的文字冷静地纪念一个"冷静得残酷"的小说家——叶君健。

（根据首发于1990年的《文汇读书周报》和1999年1月23日《文汇报》的两篇作品改写。）

什刹海访孙绳武

●孙绳武，诗译家，译有诗集《人》
等多种。曾任人民文学出版社编审委员会主
任，中国译协常务理事。
▲记者。

孙绳武

▲孙老，我是读了您用笔名"孙玮"发
表的译诗《人》以后，几经打听才知道您的
真名和职务的。《人》之所以深深地打动了
我，是与您那年轻、血运旺盛的译笔分不开
的。其实不少优秀的外国诗原文极漂亮，极有生命力，可被不少中译者
给弄得别别扭扭，让人无法卒读，真委屈了这些大诗人。市上汗牛充栋
的译诗集们，优者寡，次品实在坑人不浅。同样，不少意蕴高深的中国
诗让人译成外文后成了白水一碗，害得洋人把中国诗人当成庸才，对
"诗国"嗤之以鼻。这类误会不能不说是译者的过错。

大诗圣瓦雷里说，诗根本不可译，一译"差不多全失掉它们艺术
的本质"。可又不能要求人人通几门外文，所以还需要译者，需要的自
然是高手而不是混子。现在的问题是中国译诗界混子太多。他们倒腾成
中文的洋诗，离"本文"相去太远，还自以为是地要求国人依此作诗成

"现代派"。其实现代派和后现代派压根是两码事，却让不少理论家云山雾罩地扯成一团，不仅蒙了老人，还蒙了青年，甚至造成一些不该有的"代沟"和误解。

●其实并不是老年人都不加区分地一律反对现代派。我年轻时就爱读维尔哈伦和戴望舒这些个中外现代派的诗。但我总觉得现在的诗正走向平庸，全世界各国情况都一样。诗界很难再出巨人，诗人和普通人混为一体了，人人都可以写出那样的诗，诗就该死了。

▲您译的梅热拉伊蒂斯的《人》可能就是您理想的好诗吧？在他笔下，人从精神到肉体都流溢着莎士比亚式的"万物灵长"的自尊与崇高，但又不像莎士比亚那样深化、抽象化。《人》是生命的冲动节奏，是欲望的喘息与喷薄。您1960年代译这本书时料到它后来对中国诗坛的强烈冲击了吗？"文革"后的新诗人中据说当年偷读这诗并大受影响的为数不少。这该部分地归功于您那神形兼备的译笔。说俗了，您何以译得那么"好"？

●看来我是"种瓜得豆"了。当时是"批修"的需要让译一些做参考的。可我无法批它，因为我太喜欢。我必须忠于原文，忠于诗人的艺术。我照译不误，有人来批就由他们批去。种瓜得豆，没我的功劳。至于这诗的成功，应归功于时代，也归功于作者能批判地继承现代派诗歌的优秀传统，把维尔哈伦和里尔克的现代诗艺与本民族的文化传统有机地糅合一体。梅热拉伊蒂斯其实是个"杂交派"。杂交最有力。

如果说我译成功了，也是因为我喜欢这诗，我与它有共鸣。我说过我年轻时也是喜欢维尔哈伦的，他也很受维尔哈伦影响。另外，我不喜欢太"花"的诗，如叶夫图申科的。我爱雄浑、清壮些的，畅达些的。偏偏《人》很投我的脾性。

▲这可不容易，这不仅是巧合，而且是个契合的问题。您是否也

这样认为？

●是的，译者从个人经验、感受、性格和文化修养上都能与作者有所相似才好。这就如同创作一样。有了这些共同点，译起来就得心应手，感到自己也是在创作。

▲这要求太高了点吧？人生的机遇太少了。

●译者应该甘于寂寞，耐心等待。否则有订货就生产，那种译法糟蹋人家诗人，自己也难受。

▲这需要一种境界。除此之外，技巧也很重要，尤其是语言的理解—转型—再表达。

●当然，译自由诗就该把握人家语言的现代特征，即口语化与自然流畅。不要冷不丁儿在一句明明白白的话中套中文成语，如来个"层林尽染"。总之，一定要中外文都过关再来译。缺少对原文的语感，单靠查字典不是法子。

▲我想您是在说诗译者应有足够的诗人的激情和情感体验，要在寂寞中磨炼语言功夫，加强中外文的语感训练，一旦有机遇，即可一译而成功。这或许就是偶然和必然的关系。

● 还有一条，就是不可媚俗。

后记：采访孙绳武是我在编选《欧美现代派诗集》时产生的想法。诗集中收入的梅热拉伊蒂斯的《人》节选居然在1960年代是被当作反面材料翻译出来供内部批判用的。就是这样被批判的苏联诗歌，成为地下读物在诗人和文学界广为流传，影响了改革开放后涌现出来的那批青年诗人的创作，这应该说是荒唐的神话。而孙绳武先生当年接受了翻译批判材料的任务后居然满怀激情地再现了原作的激情，这在政治高压的年代需要怎样的勇气和意志！他的译文对当代中国新诗群的崛起是功不可没的，但这样的人很容易被忘却和忽视。于是我决定采访这个叫"孙玮"的译者。

几经打听才知道了他就是人民文学出版社的领导孙绳武。年过花甲的他曾有过对现代派诗歌深入阅读的学生时代，那个时候现代派诗歌是自然而然地在中国流传的，他并不以为稀奇。而经过几十年的对现代派的封锁后，我们读到那个时期的现代派诗歌反倒觉得如梦初醒，并且开始对现代派做出些莫名其妙的解释，这些皆归咎于闭关锁国的国策。又有谁知道，新诗人们竟然是通过对苏联这个诗人的批判间接地受到了西方现代派的影响呢？荒唐的年代里结出了畸形的诗歌之果，这实在令人不堪回首。

孙老接受采访时态度平和，毫不激情澎湃，可正是这样的人默默地奉献了一部影响了一个时代的诗集。

从他家出来时看到同一个院子里有一个外国老人出出进进地忙碌，孙老告诉我那是他的邻居沙博理，并说如果我想采访沙博理的话他可以引见。可我当时就是一个心眼只想采访外译中的翻译家，因此没有响应。现在看来当时是有点少不更事，因此错过了很多这样的优秀人物。如果我不是那么一根筋，我的人物特写会是另一番光景。很多事很多人，就这么轻易地失之交臂。人生也是如此。

（本文首发于1990年6期的河北《诗神》杂志，署名毕冰宾。）

紫竹院访高莽

现在想想我在1990年代初做自由记者时很会优化时间，常常安排顺路连访或定点群访，一天"解决"两个采访对象。被采访者中不少是社科院的研究员，又都住在紫竹院的宿舍，很是方便了我采访。但也有因此出丑的时候。那次采访高莽先生就很尴尬。本来是约好上午访林非家下午访高莽家，可走到那一片板儿楼跟前，翻开笔记本查他们的门牌时却发现他们都住"601"。没记单元

高莽

号，就凭记忆索性敲开可能是林非家的那个601。门打开，竟是下午才要访的高莽，他正一览无余着发了福的上身汗巴流水地拖地板。"你怎么这么早？"高莽诧异地问，估计他觉得这个记者太没脑子，连采访时间都不靠谱。我不好意思地说明了原委，因此暴露了我的"统筹"采访方式。他把我指向隔单元的601林家，回头接着墩地。

下午再见他时，他90岁的老母亲和小外孙正在很典雅的客厅里看台湾电视剧《含羞草》，只好"委屈"我在一间堆满杂物的小屋里采访他。坐定才发现里面堆着旧年间贴着"五谷丰登"之类年画的旧炕橱和1950年代的旧家具，很像进了老四合院平房，这里与那个洋气的客厅

风格迥异，倒让我觉得亲切，感觉又回到了童年大杂院的奶奶家里，有炕橱，有板柜，年画上的白胖小子怀里抱着大鲤鱼，那是多么温暖人心的房间！没想到我在大翻译家高莽的高层大楼宿舍里又重温了这种氛围，真是好福气。只是这种摆设与他从事的西洋诗歌翻译反差很大，让我一时醒不过闷儿来。

或许他是觉得这些旧家什过于寒碜，也许是他以为我不懂那些老家什的价值，以为他阮囊羞涩，他马上说他没钱，刚刚"纯粹为钱"译了一本毫无艺术价值的书（声明：不是黄色，也非暴力），值钱的东西全摆在那间光鲜的厅里。其实，这些旧家具和老年画过些年赶上复古潮流，反倒最时髦，甚至价值连城。但愿高莽没把那些炕橱卖了换成板材洋式家具，那间小屋确实像个小博物馆。转眼到了新世纪，最时髦的就是在洋房里摆满这种老中式家具，希望高莽以不变应万变，反而能不经意间引领了潮流，高莽着实很后现代呢。

这位《世界文学》前主编自称退休后比在任时更忙了，"休息是负担"。原先当主编时老想有点自己的时间种自留地，现在真的撒丫子爱干什么干什么了。

首先，他开始不停笔地写一篇篇相互不搭界的散文，想起什么来就写什么，一万字一万字地招呼。论中国戏曲的，回忆中苏文化交流的，回忆故知的，怀念童年在哈尔滨堆雪人看冰灯的……无论哪种，全用抒情散文的笔调。高莽说他干了半辈子翻译，现在要过的是写作瘾，要"找补"，就要狠写。读他的散文，觉得诗意甚浓，这是因为他爱诗，既译又写兼研究。记得前几年见到高莽时我曾向他推荐一本令我动心的《苏联女诗人抒情诗选》，并声称发现了本书译者乌兰汗是位了不起的人。高莽笑道："你不是故意表扬我吧，我就是乌兰汗啊。"

让高莽过足了写作瘾的，是他当时的新作《诗人之恋》，写的是马雅可夫斯基、叶赛宁和帕斯捷尔纳克这些大诗人的爱情悲剧。诗、爱、女人、情妇、悲剧，高莽在60岁上尽情地把玩这些主题，汪洋恣肆地放笔，吟诵礼赞，哀痛悲泣，种种情感，任他宣泄。这通儿瘾不见得让他轻松，宣泄其实是挺累其筋骨空乏其身的运动。

再有就是写诗。高莽声称"不写诗的人译不好诗"。他写诗是为了译诗，而译诗又滋润了他的创作，相得益彰。这次见他，正赶上他从缅甸访问回来，伊洛瓦底的风物人情激发了他的诗兴，他写了一组诗，饱含深情地念给我听。不知怎的，我发现那些诗都那么湿漉漉，缠缠绵绵，不像他这个东北大汉所写。果然，他念起一首"这儿的姑娘真让人心醉"，平白又古典，可末尾又写成"妻，别生我的气/妻，你别妒忌/你才是我始终的爱"。整个儿一个1950年代情调。可他说这份情特真实，他特听玉兰（高莽妻子）的话，这么些年了，一直。

高莽的真正"正"业是绘画，自认为首先是个画家，其次才是别的如翻译家和诗人什么的。他是身兼中国作协会员和美协会员的"一小撮"稀有的人才之一，真正是稀为贵。

从小在哈尔滨学油画，受的是19世纪俄罗斯艺术的影响，可画着画着却形成了油画风格的中国国画的画法。没办法，吃的是中国粮食。

他主要画的还是苏俄作家诗人的肖像，也画过屈原。那种油画的凝重、磅礴与中国国画的潇洒写意，浑然一体，倾倒无数中外名家和观众。为此，索画者源源不断。把我们的高老头儿累惨了。可是，他的贤妻却一再劝告他："咱不是什么大人物，没什么了不起，千万别揣架子。答应的事不能不干。"一听到这个相濡以沫的声音，高莽就会接着画下去，接着画完了送出去。说不定过些年他的画就能上拍卖会呢。

正巧我所在的出版社办的一个杂志为庆祝办刊100期搜集名人画，发现我居然认识高老头儿，非要我一定要他画一张。于是高莽在三伏天硬是"为青年"（这家是青年刊物）义画一张《普希金登长城》。这家杂志实在不忍心义收，但又出不起大价钱买这无价之情，只好打算出画册后开一笔百十块的稿酬聊表寸心。我抱歉地告诉他社领导这个决定，说就算是防暑降温费吧。

高莽（乌兰汗），写书译诗绘画，真是少有的大才子。可惜，高莽叹道，他家除他之外竟无一人爱艺术。"将来，这些书画只能论斤儿卖了。"

高莽仍然为可能有一天"论斤卖"的财富忙得不可开交。

（本文首发于1992年4月11日的《文汇读书周报》，署名鲁冀。）

紫竹院访李文俊

　　进了《世界文学》主编李文俊先生家，那一屋子明清家具立即吸引了我的眼球，赞美了好半天才想起今天是来请他谈福克纳的，他是福克纳专家。如果我再为时尚杂志写稿就好了，可以请李先生谈两个话题：福克纳与明清家具收藏。其实采访李文俊这样的大学者，往往可以写他几个侧面，有时请他们谈生活之道或许更有趣儿，他们的嗜好可能对一般读者来说更有吸引力，毕竟想懂

李文俊

并且能懂福克纳的人太少。所以我写名人访谈，往往要扯些与文学无干的边角料，如名人的家和他们的嗜好之类，因此文章显得更有趣味了。当然写这些首先不是考虑文章的趣味，而是首先满足自己对人家居家生活方式的观察欲望。因为我有这样那样的观察兴趣，所以顺便使文章更有了点游离的趣味。

　　说起这些古典家具，李文俊说："看来你是外行，你没看出好几件是假的？"他说全套的明清家具一次可置办不起，得慢慢儿攒。眼下先用看似逼真的代替着。原来是仿古家具。

　　李先生置办红木家具的方式竟与他向国人介绍福克纳的方式颇相

似。不同之处是，一次性置齐高档家具他尚觉手头儿紧，而一次性揭开福克纳的真面目对他来说却不难，但他总留一手儿不肯和盘托出他的高见，而是要"一浪接一浪地分层次来"。为什么？

李透露，福克纳绝不容易让中国人弄懂，如果一次性把福克纳说成与乔伊斯或弗吉尼亚·伍尔夫同样"难啃"的作家，中国老百姓还会有几个人去买福克纳来读？"高处不胜寒"，让人家一听就怕，何必？

于是李文俊是"由浅入深"地介绍福克纳的。首先让中国人觉得这个美国现代派容易接近，"可以借鉴"，可以"攻玉"等等。李说他宁可一开始显得自己不那么"专家"，这样对在中国普及福克纳作品反倒有利。假若他一上场就一通儿云里雾里的新名词，把闭关自守了多年的国人吓跑，与谁都不利。其结果是，福克纳的作品印数大大高于其他现代派作品。

这一招实在高，与几年后萧乾先生介绍乔伊斯的《尤利西斯》手法大有异曲同工之处。记得当年"策划于密室"时萧乾就为宣传《尤利西斯》定下了调子：就大张旗鼓地讲这书的"意识流"叙述手法和它厚重的文化含量，讲它是"天书"，能看懂需要很高的修养。绝不要提当年在英国被禁的理由是"色情描写"，那样反倒会坏了这项事业。若提英国开禁，中国就会有人只想到"禁"字，这书说不定会在中国又被禁一次。结果是《尤利西斯》一时间铺遍大江南北，买书者中有几个能看懂？多是买来收藏的，以此显示自己的品位。反之，劳伦斯的《查泰莱夫人的情人》，因为大家都在谈它是英国当年的禁书，谈英国后来开禁的文化意义，反倒让中国的文化官员噤若寒蝉，1986年湖南出版时禁了一次，2004年国家级出版社人民文学出版社发行后再次遭禁，仅在中国就"二进宫"。可见对外国作家和小说的介绍确实存在一个"阶段掌控"问题，否则就会适得其反。

福克纳小说虽然不是当年的禁书，也没有色情描写"过度"之嫌，但毕竟其叙述方式难以让中国读者很快领悟，所以，李文俊先生早就深谙此道，循序渐进地介绍福克纳，每个阶段都"掌控"得恰到好处。当然，现在可以"提高"了，李说。因为中国读者已熟悉了福克纳。我猜，李的意思是，在普及阶段，先来点"看似逼真"的介绍文字并不为过，只要目的在于最终的真实。这当然与不懂装懂甚至不懂也敢批的做法大相径庭。

事实上，福克纳的作品及他本人的创作道路较之其他现代派确实对中国人更有启发。李认为，首先是"走向世界"这一点。中国作家太想走向世界，于是便连根拔起，恨不得换血才好，作品反成东施。而福克纳却"没出息"，是个土极了的乡下人，跑到法国跟大文豪艾略特、庞德及乔伊斯等人厮混一阵，发现自己无法与他们代表的"世界"认同，于是只能灰溜溜落魄还乡，只写他的故乡"约克那帕塔法"，写南方的衰败，写黑人，写傻子，竟写出了"世界性"，作品不胫而走向世界了。其实，这不如说是他与世界的相遇。因为他的根扎得深，是他的根与"世界"的根连上了的缘故吧？全世界的水都相通，全世界的树都连着根。拔了根，表面上与世界"连理"，等于附在"世界"上，最终枯死的是自己。恐怕这就是福克纳对中国的启示。自然，福克纳闯过世界，开过大眼，这对他肯定是好事。他绝不是傻乎乎的井底蛙。他吸收了外来的营养，长自己的树，这才是根本。

第二点，对"人"的充分关注，开掘出人道主义的深度。福克纳的作品有清算没落贵族的罪恶的意味。但他也关注"失败的人和应该失败的人也有高贵的感情这一面"（李文俊语）。任何牺牲最终都是个人的牺牲。人与人难道就没有相同之处？成败转头空，惟有情还真。

说到翻译，李文俊说自己是个"中文沙文主义者"。他认为中文弹性大，层次多，有足够的语汇对付不同层次的洋文。"译好了，感觉比原文还好。"大有一种"有中文这碗酒垫底，什么酒都能对付"的气魄。他认为，把握了原文后，关键看你中文的造诣如何。有良好的中文储备，即可做到"兵来将挡，水来土掩"。他是上海人，却一个劲儿猛学北方方言，果然在译《喧哗与骚动》等名著时派上了用场，让那些美国南方的黑奴和傻子什么的说起北方土话来。为此李文俊很快活，所谓"艺不压身"，总有用武之地。

采访李先生的第二年，正逢《世界文学》创刊40周年纪念日，我去参加纪念活动，又见到他，这次是西装革履，是在国际饭店大厅，场面很大。出席的有某位全国人大的副委员长，会议规格和档次不能说不高。

但李文俊对这本著名刊物的成就有目共睹地一带而过，转而向在座的大家谈到刊物生存的艰辛，提出了不少"希望"（后来季羡林先生说他都没数过来一共几个希望），而最叫人动了恻隐的是李主编的自责：他说到《世界文学》的译者队伍，老一辈逐渐停笔，而较有前途的中青年译者多被卷入出国热和经商热，脱离了外国文学翻译工作。"我们无法提供与译者付出的艰苦劳动相称的稍微优厚一些的待遇，也是他们走这条路的原因之一。"

此言令在场的官员和文人雅士们含蓄地爆发出半截笑声。

其实李先生不必自责。中国文人动辄"匹夫有责"，已经活得够沉重的了。如果一个国家的文化事业必定成为经济起飞的牺牲品，文人的自责反倒成了那些不明智的决策者眼中的笑料了。

当晚的电视新闻在播出了《世界文学》纪念活动后（据说出席者中有某个级别的领导，这活动就能上"联播"），又播了一条"从娃娃抓起，增强爱国主义和民族凝聚力"之类的报道，里面在呼吁提高全民族的文化水平云云，但谁也搞不清那个文化指的是什么和怎么提高。为此不禁乐而开笑：这些年公家花了多少钱发放了多少"爱国主义"的书，大多是口号连篇，"意象形态"风行，等于让人民币变相化成纸浆，娃娃们的"爱国主义"程度又如何了？他们靠这些东西提高了多少"文化水平"？而念外国文学的人中又有几个是不爱国的？

所以我说文人不必为此有什么自责，"百无一用是书生"啊。

当然我真的希望李文俊先生的自责能作为一种呼吁的方式引起有关方面的关注和自责。文人自有文人的风骨，他们有时宁愿用自责和自嘲来代替批评和批判。而有时这种幽默往往在一个缺少幽默的社会环境中和没有幽默感的官僚和市侩眼中被误解成别的什么——人的社会定位不同、话语语码不同、心态不同的时候，你无法期待该得到的反应。

为此我写了篇小文，题目是"《世界文学》和李文俊之'不惑'的幽默"。

（本文首发于1992年7月7日和1993年5月4日的
《文汇读书周报》，有改动。）

紫竹院访林非

林非

　　2006年的10月中旬，一连几天电视上到处是纪念长征胜利70周年的演出。俊男靓女们都装扮成红军战士了，浓妆艳抹的哪像艰苦的红军？但想想达到娱乐的目的就行了，倒也挺好看的。连活到现在的老红军都在电视上夸奖说演出好，能教育下一代，看来老红军也与时俱进了。一片热闹声中居然《北京晚报》上登了朋友的一篇纪念鲁迅逝世70周年的文章，伴着外间屋里电视上《同一首歌》的歌舞升平旋律读了（记得某电视台的节目解说词是这样的：看啊，我们的人民歌舞升平），竟然感到了点悲凉，觉得它很是代表了我们这一代小知识分子的良心自省，让我感到自己至少还有良心的自责，为自己没有在这个娱乐时代变得麻木而不知是喜是悲。

　　我对纪念长征印象最深的一次是1970年代中期的冬天，为纪念长征拍摄的《长征组歌》电影问世了，几乎到了全国传唱的地步。那个时候我还在读中学，隔壁就是一个电影院，我不知道去看了多少次，收音机里的广播不知道听了多少次，学校里的演出活动中大家也唱《长征组歌》，最终是把整个组歌都学会了。那个艰苦的年代里，我们是真心地纪念长征，还搞了纪念长征长跑，每天早晨早早到学校围着操场跑圈，看谁能累计第一个跑完两万五千里。那时候初生牛犊，决心下了，不达目标不罢休。可那个时候我们吃的是粗粮，几乎每月吃不上几块肉，因为肉是定量发肉票买的，每月一斤，去掉骨头和皮，还要把肥肉都剔下熬油，真正的肉就没有几两了。这样的油水怎么能支撑我们这些中学生如此长跑，现在看来都是奇迹。但那个时候我们不觉得这是什么奇迹，因为我们知道红军当年爬雪山过草地时比我们吃得差多了。我好像跑了一个冬天就跑不动了，也没听说谁坚持到底攒了两万五千里。我算过，像我们这种每天跑2000米的跑法，跑上十几年也攒不够那么长。但那种纪念方法却是刻骨铭心的，是真诚到极点的。

但从来没注意过长征胜利的那一年也是鲁迅逝世的那一年，如果不是今年纪念长征胜利70周年活动如此轰轰烈烈，如果不是看了报纸上有朋友如此隆重地纪念鲁迅逝世70周年的文章，我还真不会把这两个同样的周年联系到一起。

于是想起我也算参加过纪念鲁迅的活动，那是1990年代某一年的这个月份，《文汇读书周报》很是纪念了鲁迅先生一次，只记得做了几个专版，头版上是差我写的鲁迅研究专家林非先生的专访。也因为那次专访，我读了林非写的《鲁迅和中国文化》（1990），那是"文化热"开始的年代，研究文学的人们都开始转向大文化研究，估计林先生是在鲁迅与中国文化这个话题上的开拓者，为此我很是崇拜林先生。

那次访林先生，我骑着自行车沿着刚开辟不久的西三环路一路向北，骑了很远才到紫竹院附近的社科院宿舍。那个年代的西三环还十分荒凉凋敝，那几座高楼还显得很是高耸入云，而十几年后的今天再看，它居然占了一个十分好的商业地段，但楼的外观在新起的现代化高楼大厦中间已经显得十分陈旧了。

1990年代初，已经有很多讲究的家庭开始搞起装修，铺木地板、做窗套、贴瓷砖。但林先生的家似乎没有装修的样子，陈设还十分简朴，似乎家具都很陈旧，林先生其人十分和蔼，是那种旧派文人的风度。于是我那专访的第一段就是我见林非第一眼的印象："看惯了鲁迅先生那幅众人皆熟的硬汉子遗照，再看看这位以研究鲁迅而闻名海内外的林非先生，只觉林的外表过于谦和文弱，难有'痛打'什么的力与气。可林非先生的一系列（15种）著作如《鲁迅和中国文化》（1990）及自传《读书心态录》（1989）确令人读来惊心动魄。林现为中国社科院研究员、教授，中国鲁迅研究学会副会长。"

说起鲁迅在过去的一段时间内被普及的情景，林先生指出，这之中存在一个"熟习与不熟习的矛盾"。所谓熟习，是指鲁迅的不少作品几乎妇孺皆知。但是，追求真理是困难的。用林先生的话说，他坚持"求真、求深、求新"六个字。真，就是真实而非"瞒和骗"，寻找真实原委及真实背后的规律。深，就是要超出对鲁迅的一般性了解。新，就是新的真和深的发现。本着这个六字精神，林先生于1990年底发表了他集30年鲁迅研究之大成的新作《鲁迅和中国文化》，并以此作为他的本领域中的"告别演说"。

林指出，鲁迅研究必须走出单纯的文学领域而与中国文化研究结合在一起才有出路，才是向着"真"的更大接近。"研究鲁迅就是研究中国传统文化向现代文化的转变"，林着重指出了这一点并强调在建立新文化（以"五四"为转折点）方面，鲁迅是以东方式思想家的姿态直捣传统文化禁锢中的国民性的。

林进一步指出，中国走向新的文化之前必须解决的一个古老问题就是澄清传统文化的基本框架，其核心就是建立在专制主义基础上的儒家学说。它维护的是严格的等级特权社会结构，在这个结构中，整个民族"变得愚昧和麻木，安于自己的被奴役和虐杀，却又有奴役和虐杀别人的机会，因此就其乐融融地'陶醉'在这种传统文化的氛围中间。鲁迅十分痛心地将这种社会文化心态称之为'僵尸的乐观'"。而要打破这种"人肉的筵宴"之文化传统，就必须吸收现代外国的文化，其内核是"平等"。

林先生认为"平等"有两个层次。一是针对封建专制主义而言的资产阶级革命的平等，它进步但仍然是不合理的，因为其核心是金钱万能。第二个层次是马克思主义所追求的平等，这是一种通过无产者的革命消灭阶级，实现人的全面和自由发展的平等。在这一点上鲁迅透彻地理解了马克思主义，提出了"致人性于全"的主张，鞭挞专制统治下"人不成其为人"之性格。

鲁迅通过对国民性中专制与奴才性格的同一、"瞒和骗"的恶癖及中庸之道的揭露，力求改造国民性，让专制统治下"无声的中国"从"不撄"的奴性中奋起，从而达到"改变贫穷和被蹂躏的命运"。

林指出，"鲁迅后期所看到和亲历的一场充满血与火的人民革命运动，在摧毁旧中国腐败的专制主义统治时，也荡涤过国民性中的许多痼弊。整个古老的民族都沸腾起来了，像是投入烈火中燃烧的凤凰，似乎将会获得新的生命。然而这场革命胜利之后所建立的社会生活，从根本上来说也没有来得及与中国源远流长的专制主义精神传统彻底决裂"。不仅"改革国民性"的思想要求十分可惜地中断了，甚至不少人认为这种主张是鲁迅的思想局限性。

正是基于对"国民性"的重要认识，鲁迅说"在要求天才的产生之前，应该先要求可以使天才生长的民众"。人民的力量和意志，是鲁迅的信心之所在。他相信"国民性"改革后，中国才会真正进步。因此，他认为"惟有民魂是值得宝贵的"。

"首在立人，人立而后凡事举；若其道术乃必尊个性而张精神。"林认为这是鲁迅在启蒙民族精神方面抓住的"关键中之关键"，体现了鲁迅对马克思主义全身心的接受。而"放在中国马克思主义者面前的一个历史重任，是应该站在更高的历史水准上，吸收和升华'五四'启蒙主义的全部合理因素，进行马克思主义的思想启蒙，彻底结束封建专制主义对于整个民族精神的束缚，彻底改变在普通人民身上流传的落后的风俗习惯，提高广大人民群众的思想文化素质，使他们都能够成为具有现代平等意识的社会主义的公民"。

这似乎是鲁迅研究的现实意义，因为林看到西方民主主义思想和马克思主义学说受到传统文化的歪曲和腐蚀。

少年时代想当作家，多年来创作了大量散文的林非，欲罢研究，专事散文。而他的学术著作中，字里行间都透着散文诗般的激情，说明了他一直在"创作"状态中。他也提倡"学者作家化"，这个口号似乎是与王蒙的"作家学者化"口号相呼应。

这篇专访在纪念专版上占了很重要的分量，我很为此自豪。没想到的是，这一段出自一个"粉丝"的真实叙述，发表出来后立即遭到几个知情的朋友的指责，说我被林非的儒雅外表和犀利谈锋欺骗了，其实"文革"期间与钱锺书和杨绛先生住邻居时他欺负过两位老先生。还说我那专访的第一段里所谓"外表过于谦和文弱，难有'痛打'什么的力与气"反倒成了对林非的反讽。"文革"中林、钱两家交恶的事我有耳闻，还很为此感慨过，觉得那不像是社会科学院里的学者做的事。但毕竟不是文学圈内之人，听说也就听说了，怎么也不能将此事联想到我很崇拜的林非先生身上。

大家说我不知情也不怪我，说我是上当受骗什么的，让我很不自在。但作为一个客观的读者和记者，我就是觉得林非的那本研究鲁迅的书写得很是振聋发聩，因此不后悔采访了他。作为学生听老师的课，哪会先调查老师的过去呢？况且那是历史，即使林先生年轻时真的有过失，但那并不影响他后来成了真的鲁迅专家，毕竟那是非常时期，那种非常环境中人们失去理性的事不胜枚举。还记得我曾疯狂地向家隔壁的小学劳动改造的"走资派"校长扔过石子儿，后来她成了我的班主任，后来又当了校长。她很喜欢我这个上进的学生，还让我当了班长。我心里一直惭愧，但从来没当面向她忏悔，心里改了，就算是忏悔了。当然我多么希望那事不是真的，甚至希望林非与那无关，毕竟他那本研究"瞒和骗"之国民性的书写得很出色，林非在访谈中的专业见解也是独到的，这样的话发在纪念鲁迅专版上很有价值，发在头版上理所应当。而且我还为林非敢于在自己的鲁迅研究处于高峰的时候急流勇退，转向散文写作，去实现自己年少时期的作家梦想感到由衷的钦佩。不为梦想活着的人是可悲的。

　　我这么记几笔，算不得纪念70年前的鲁迅和长征，也不是纪念我被人指责的错当粉丝什么的往事，只能算长夜里一点私人的零星碎忆。如鲁迅所说：路正长，夜也正长。我们对很多人和事的记忆和认识都会因为偶然的契机、偶然的语境而产生新的意义。比如这次，如果不是因为纪念长征活动搞得这么红火，如果不是因为林凯兄告诉我他在晚报上发的纪念鲁迅的文章，我断然不会在这个歌舞升平的和谐社会新时代回忆起对一个鲁迅专家的专访过程以及这个过程对我心灵的冲击。

　　　　　　　　　　（本文部分首发于1991年9月28日《文汇读书周报》，
　　　　　　　　　　　　　发表时署名为北野秀树。）

朝内南小街访陈羽纶

陈羽纶

中国念英语的人只要念到大学一年级程度者，没有不知道商务印书馆办的《英语世界》这杂志的。它在1981年的"外语热"时应运而生，小开本，可以随身携带，坐车等车时都可以看上几段，诵上几行，在那个年代里和小开本的《读书》一起成了莘莘学子衣袋里的常备"闲书"。闲书做到这等份上，像美国的《读者文摘》，那叫不简单。

从那之后，一茬茬学生脱了学生装步入社会、步入而立或不惑，虽已不再是它的读者，却仍念念不忘这位良友。它其实是一本精选的最新英文文摘并配有标准的中文译文，一方面提供各类文体的英文范文，一方面帮助学生自习英译汉技巧。它的另一个特色是发表一些国内名教授撰写的英文文章。我的阅读经验是，英文入了门，但水平尚未达到能快速阅读英美报刊书籍时，读这些中国名人写的英文对我们较快地提高英文能力很是见效。这些名家写的文章即使有时用词过于繁复讲究，句子过于冗长，但还是能看出其基本思路是中国式的，也就是说其思维的语法是中文，因此只要查出生词，整个句子就全然豁然明白，还能朗朗上口地朗诵。学英文，重要的是快乐地学，前提是在早期能树立自信心，入门后就能读下大段的文章来，自信心立即大增，就能继续往下学。反之，英美人士写的文章，冷不丁儿看上去连生字都没有，可成语连串，双关语珠玑四溅，一篇小短文，死抠哧，仍然云里雾里，初学者为此最受伤，甚至会因此半途而废。我见过很多非英语专业的学生，他们相信了一些大师的所谓高明教学法，号称起点要高，一开始就读母语原著，连文章题目A Puma at Large都要念半天，摸索半天才弄清原来不是"大狮子"的意思，更何谈欣赏和交流了，那种学法如同受刑，事倍功半，毫无快乐可言。所以，《英语世界》很受青年人欢迎。在这方面，它自然比《读者文摘》更投中国学生的心思。笔者念大学时曾很钟情于该刊，尤其乐读上面常出现的名家精美佳篇，如王佐良的、许国璋的、巫宁坤的……却没顾及记住主编的名字。

我在采访巫宁坤先生时，他说我应该采访陈先生，其人是个奇才，"独腿闯世界"。我这才知道陈羽纶是《英语世界》的主编。可见我们读这刊物时，目光都投向那些名教授了，没注意为教授们作嫁衣的幕后英雄。为此，我在受惠于该刊多年之后，前去采访这位明星教授们的"穴头"，没有他这个羽扇纶巾的诸葛亮，那些一盘散沙的大教授们谁去组织呢？而换个资历浅的人，谁又组织得动他们？只有陈羽伦了。

三九的一天，奇暖，我在东城区一根很细的胡同里按图索骥，终于发现一堵烂灰墙上书有"英语世界编辑部"的三寸宽旧木头条儿，才发现已走到新起的三十几层北京国际饭店的南墙下。

那是一座民国风格的旧灰砖小楼，正是我最欣赏的那种楼房，朴素雅致，毫不张扬，但是能显出主人的身份。这种楼在老电影里一般都是家境殷实的中产者和知识分子的住家，特别令我向往。没想到，今天我有机会真的进到了

顶银胡同陈家小楼

这样布景一般的小楼里，而且是来采访一个现实中的人。一阵地板咚咚的响声后，门开了，是陈羽纶本人，一个看上去五十几岁的精瘦老头儿。那咚咚的响声估计是假肢走在地板上发出来的。他衣着讲究，颈上系着一条顶时兴的花丝巾，头发光亮可鉴，人显得颇"潮儿"。可落座后他却告诉我他算"返聘"，年逾古稀了，没什么可采访的，这个巫宁坤，干吗推荐你来采访我呢。

《英语世界》可谓国内第一家美国式"家庭杂志社"。他一个人是主编也是杂工，且是一条腿。另一条腿是"文革"中被当成特务打折的，后来安的假肢，可见那个疯狂的年代里人们心有多么歹毒，陈先生受了多么大的冤屈！现在他除了编杂志，还编英汉辞典，没拾闲儿的时候。环顾这间阳光充足的屋子，从地到顶全是书，只是他的书不像毕朔望的书那样杂乱无章地堆着（其实也许"有章"，自己用起来方便），而是码放在亮堂堂的大柜子中，显得很一丝不苟。这正像他本人，七老八十的人了，依旧仪表堂堂，毫发不乱。这是个生活十分有品位的绅士。

陈老早年在西南联大求学，1944年去印缅为与中国军队一齐作战打日本的美军做翻译，后赴欧美留学主修当代经济学。1950年代一腔热血回来报国，竟从此扎进出版界，除了当编辑，1950年代还当过出版社的经理和常务董事。许国璋教授编著的《英语》课本、张道真的《实用英语语法》和王佐良的《英国文学名著选注》等畅销书都出自他之手。原来我们这些英语专业学生的必读书里都有陈老的心血！多少年风风雨雨，历尽坎坷和残害，并未使他丧失通达幽默的性情，生活讲究，可以说一丝不苟。正如他自己所说，心不死，人就年轻。有事干，人就快活。他自己还亲自操刀翻译了商务的"汉译世界名著"之一种，威廉·詹姆斯的《实用主义》，得闲还翻译探案小说。

他儿女都在国外，可他不去，因为他在这里够忙的。

"外国（指欧美）是好、舒服，可我去了能给人家点什么？我不能光去吃人家、玩人家啊。"

他想的是"人家"。

"我还是在这边更有用。"于是不走。

他说他决不片面地、抽象地讲爱国，那没意思。"儿不嫌母丑，狗不嫌家贫"用来讲爱国是太滑稽无当。他只讲自己在哪儿更有用，在哪儿更受欢迎。"毕竟外国是人家的家。"

另一方面，他又说，美国地广人稀，又富，"是得好好给它去人"。受不受欢迎是另一回事。

他曾独腿游遍欧美十几国，还冲破怀疑堂而皇之去了当年跟中国还没建交的韩国，旧地重游了青年时代去过的汉城（现首尔）。回来后惊叹这几十年人家的变化之巨大，并证明那边的世风虽有败坏但也并非可怕。倒是我们有些人只学了人家不好的地方却不学人家好的地方。他说他这个老人在美国挤车总有人给他让位子，在北京却没人理他。这算什么？他在美国花三万美元造了一条高级假腿，用飞机托运回来海关要以医疗器械名义课以两万元进口税（1990年代初的两万元那是天文数字），而穿在腿上走进来则算腿，分文不收。眼看腿要复失，他八方求告，还是邓朴方先生批示说：这是腿，才免税。

有了一条优质的外国腿，陈先生跑跑颠颠更有劲儿了。他甚至自己挤车去印刷厂跑清样。真是老来少。

他说他忙完一部大辞典，要开始写自己的随想录和出国观感，用英文写、中文写都行。为的是让人们从他的经历中看出点什么，然后去长自己的思想。

"对爱国主义不要乱宣传——不要编，就讲真人真事儿，该什么样子就什么样子，反正爱国的多得是，不然这个国家谁建设的？"

冬天的阳光好宝贵。我们在半面墙大的玻璃窗下晒着聊，他的话如同这冬日的阳光，丝丝入肤。两个小时，我晒热了，甚至有点晒得发蔫。

这座颇有民国遗韵的灰楼快要拆了，来晒的机会不多了。北京城里这样的楼会越来越少，真可惜。

（本文部分首发于1991年3月的《文汇读书周报》，有改动。）

木樨地访萧乾

萧乾

书柜里的赠书格子里居然有八本书是萧乾老人的签名本！可我和萧老确实谈不上有什么过从，除了拍过他一个电视专题片。但是，这几本书的赠予和签名过程记录下了我在1994—1995年间短短几个月内与萧乾的几次短暂的接触，那正是他老夫聊发少年狂的时候。但这个过程只能用看、听和录（音像）三个字来描述，连"访"字用起来都嫌牵强，因为几乎没有专门的访谈阵势，所以萧老在这个过程中仅仅把我当作一个偶尔来充当翻译和做点新闻的记者，没有必要在我面前掩饰什么，这样反倒让我看到了一个真实的晚年萧乾。

有时，我特别羡慕那些名人家的杂役、花匠之类，他们看到的名人才是真实的名人。只可惜这些杂工花匠类的人无心观察和记录，更不会像我这类记者居心叵测地观察，因此这些名人真实的面目大多都得不到真切的叙述。所谓的记者访谈，要么限于"专业"内容只展示名人的某个学术侧面，要么碍于记者的身份，名人往往要不同程度地作秀，因此记者笔下的名人形象就大打折扣。如果我们的记者都能以杂工和花匠之类的身份混迹名人家中，那该有多少淋漓尽致的"写真"集问世。

　　曾经羡慕几个青年学者如李辉和傅光明，他们都是以同萧乾的交往开始自己日后的学术生涯，从萧乾研究向其他领域辐射，成为全才。那样高的起点实在是难得。我又何尝不想采访萧乾呢？可一直到采访萧乾的机会从天而降之前，我都没有想到我会有这样的机会，因为萧乾这样富有传奇色彩又身居高位的大作家和翻译家让我感到的是高处不胜寒。其实本可以请冯亦代老或李辉兄引见一下子，但不知道为什么，就是没向他们提出过这样的要求。估计我是对有着太深官方背景的文人不敢接近，即使接近他们，如严文井和叶君健，也是顺其自然，不可强求。我的采访对象大多是傅惟慈这样遗世独立的老派平民学者，觉得跟他们更投缘。所以，就对萧乾一直可望而不可即着。

　　似乎美好的愿望本身就是一种磁场，能吸引到机遇。终于这机会让我守株待兔遇上了。送来机会的人是译林出版社当时的社长李景端先生。

　　那几年正是李景端先生大刀阔斧为译林创造家底的时候，因推出名著名译而使译林迅速崛起，南京成了与北京和上海鼎立的第三个外国文学出版之足。他的一个大手笔就是请萧乾老在83岁高龄上翻译乔伊斯的"天书"《尤利西斯》。开始搬不动萧乾，他居然"曲线救国"说动了萧乾夫人文洁若操刀。这一招果然奏效，萧老怎忍心看着古稀之年的爱妻一人起早贪黑爬格子，自然要助一臂之力，随之从"一臂"而变成全身心，投入了这项翻译史上的巨大工程。这正是李景端"智取萧乾"的一个妙计。李景端随之策划了一个《尤利西斯》的国际研讨会，配合出书。就是在他们策划于密室之时，我得以见证这一切并因此顺理成章地采访了萧乾。

　　最初是因为研讨会要有一个外国赞助人，他们在萧老家见面商讨此事，李景端一人独自来京，就想起让我去为他做翻译。我当然是喜出望外，欣然上阵了。

　　那天到萧乾家，就看到门口贴着几张条子表示拒绝聊天闲谈，理由是年事已高且工作繁忙。入得门来，终于见到了萧乾这位中国现代文学史上的传奇人物，我开始不相信自己的眼睛：眼前这位耄耋智者就是那个传说中轰轰烈烈闯荡欧洲战场的战地记者萧乾吗？就是那个文字力透纸背、沦肌浃髓的杂文家萧乾吗？就是那个1930年代以罗曼小说风靡上海滩的萧乾吗？

眼前的萧乾，慈祥、和蔼、幽默风趣，全无半点尖刻、伤感与愤世嫉俗。岁月悠悠，人也似悠悠流水，从山间喷薄而出后便顽强地苦苦地在岩石间、险滩上抗争着冲开自己的路，最终是大河汤汤、胸怀宽广地汇入大海，此时反倒水深流缓，一派大度。

这个土生土长的北京人，闯荡天下后，甚至连那口北京老人愈老愈浓的京腔都荡然无存，只剩得一口平和的"普通话"而非京腔京韵。相比之下倒是夫人文洁若仍然京味浓酽。

夫妻二人正全力以赴赶译《尤利西斯》的下卷，争取年内出齐。书房内弥漫着一股文字作坊的繁忙气氛。抄抄写写、剪剪贴贴，全是手工操作。

萧乾先生这间书房兼客厅实在是太挤也太乱了，字典书刊稿纸笔墨乱作一团。可他说这是一种有规矩的乱，乱了别人的视线实则方便了他自己。他所需要的东西全在双臂屈伸范围内，省了起来坐下地折腾了。正说着一张卡片滑落椅下，我欲弯腰去捡，萧乾早以迅雷不及掩耳之势伸腿用脚把纸片勾过，再垂手拾起，那椅子很矮，不用他弯腰费力即可捡起东西。他还在沙发上空的壁柜底上钉了一溜小纸袋，存入些文件书信，坐在沙发上伸手即可抽出，不用起立。

萧乾的英文口语在这个年纪上、在缺乏听说的环境里应该算是十分流利的，关键是他的底子扎实、思维十分活跃的原因吧。相比之下，很多有着当年留学背景的学者，在那十年动乱的劳动改造中与外语听说绝缘，居然患了外语"痴语症"，虽然恢复了教学与研究，但其外文的口语能力几近丧失，成了典型的"哑巴外语"，风采不再，是十分令人痛心的事，尤其是一些俄文专家，俄文本来就十分难以上口，十年足以让他们忘却。他边谈边伸手从头上的袋子里抽些纸片出来，上面记着他需要的资料，思维之敏捷、动作之灵活哪像八旬老人？他甚至在对方拿起一张纸记他的话时，他注意到那纸下没垫东西，便操着英语对我说："Fetch a pad for him! He needs a pad."那天大家谈得很高兴，基本上把开会的事情谈定了。于是萧乾要为此合作成功庆祝，闹着要喝酒，拿出来的是威士忌之类的洋酒，但张罗半天是让别人喝，他只喝茶。

不知道怎么的，听他谈笑风生，看他做着鬼脸，我感到萧乾一下子变成邻家大爷了。他甚至注意到我这个小翻译，说我的名字好，三个字全是B打头，随之马上说，对了，这在英文诗歌修辞法上叫头韵法（alliteration），"就叫你BBB得了"。然后问我是北大还是北外毕业的，这问题一下子把我问红了脸，忙说都不是，很惭愧，上了两个大学都是外省的三流大学。萧乾哈哈一笑说外语这东西常说就行，不在念什么学校。听听，这老头儿可真是仁义。

趁这好气氛，我忙拿出拙译《劳伦斯随笔集》送给他指正，说明我这个三流大学的研究生在翻译劳伦斯，顺便问他20世纪三四十年代他在英国时劳伦斯在文化界的声誉如何。他拿过桌上一本劳伦斯的同代作家威尔斯的新传记给我看，说他与威尔斯谈到过劳伦斯，威尔斯看不上劳伦斯，他们出身不一样，劳伦斯出身太卑微，没品位。我想萧乾借威尔斯的话表达了自己对劳伦斯的观点，话不投机，就没再问下去。其实我就是想找几个像萧乾这样早年留学英国且与英国文学界有密切交往的人，了解当年那些英国文人怎么向这些中国人谈他们对劳伦斯的态度，人往往对外人谈论自己的同胞时才更直截了当，毫无掩饰。

事实上，萧乾和威尔斯的出身背景有相似之处，因此对待出身低贱的劳伦斯，他与威尔斯的态度也如出一辙：威尔斯是小店主出身，自幼生活拮据，全靠自己奋斗成了中产阶级，跻身于一流作家行列。劳伦斯刚一认识他就与他不投缘，在威尔斯的城郊别墅里，衣着寒酸的劳伦斯看着威尔斯的公子们睡前换了睡衣进卧室前与客人们一一亲吻道晚安，劳伦斯简直惊呆了，觉得威尔斯从下层阶级进化得过于迅速了，完全与劳动人民断绝了血缘上的联系，称之为"摇身一变"。威尔斯估计也嫌劳伦斯在品位上不够水准（劳伦斯终生贫穷简朴，衣着从来也不得体），所以不肯与他成为莫逆。但终归威尔斯在出身上与劳伦斯是五十步笑百步的区别，还是同情劳伦斯的遭遇的，因此在劳伦斯逝世前亲自从英国赶到意大利看望并为劳伦斯请了塑像师为他做了脸模，从而留下了世界上唯一的一尊脱胎于劳伦斯真人的头像雕塑。同样萧乾也是北京城市贫民出身，自幼受苦，全靠天资聪颖，逐步成长为中产阶级作家，加之剑桥的背景和与福斯特（福斯特也与劳伦斯失之交臂，但二人一直遥远地惺惺相惜）的深交，自然会对一个穷矿工出身且品位上依然拒绝中产阶级化的穷作家劳伦斯睥睨以对。但同样出自对劳伦斯的同情，萧乾在改革开放后不久的一次全国性文学会议上就呼吁把劳伦斯这样被错误地贬低为颓废的资产阶级作家的优秀作品介绍到中国来。优越感与同情心并行，这就是威尔斯、福斯特和受了他们影响的中国中产阶级作家萧乾对待劳伦斯的态度。出身、品位和品味不同而能包容，这种态度应该说是很有代表性，也很是仁义了。

不过一见拙译萧乾就笑道："跟我那本还是一套丛书呢！来，我也送你一本我的。"随后拿了一本他翻译的《里柯克随笔集》题签给我，接过一看我也忍俊不禁——那清秀流利的题签分别称我"黑马同志"。看来萧乾算是被无产阶级的革命运动"改造"得很彻底，"同志"二字信手拈来。还有，他并不在意自己的译著和一个小翻译的译著同属一套丛书。

身居高位的他，并不盛气凌人，所以我要了解他，便只能读书。一本是李辉著《浪迹天涯——萧乾传》，另一本是丁亚平著《浪漫的执着——萧乾评论》。

一个是抒情调式的文学传记，一个是理性强烈的评论，两本书相得益彰，恰恰从两个方面为我们接近萧乾提供了可能。作为舒舒服服的读者，我当然有理由臆想：如果二者合二为一，情理交融着评传萧乾，那定成一部大书。天晓得，若果有这样评传结合的书出来，或许我们又会说：如果评传分开来写，或许人物更丰满。

依我看来，这两本书的书名恰恰可以合并用来描述萧乾的人生轨迹："浪迹天涯"之后的萧乾依然而且最终是以"浪漫的执着"来决定自己的人生选择的。两本书分明在向人们展示着萧乾这位浪漫的自由主义艺术家寻觅理想人生的心路历程。

这位对笃信西方民主政治与个性思想的自由主义者胡适"执礼有加，非常崇敬、钦慕"的萧乾，以《自由主义者的信念》公开宣示自己是"标举民主与自由的自由主义者"。诚如《浪漫》一书作者所说，萧乾一直受着西方文化的浸熏，是以"理智的诚实，超越'人为的界限'，去接受现代意识的光照，考量、选择、消化与吸收那新世界的新文明"。但这样理想的种子一旦播入"搬动一张桌子也可能会流血"的土壤中，其呐喊与抗争却注定陷入"悲剧性的宿命"之中。

但无论如何，萧乾骨子里的浪漫执着最后还是选择了"回家"，"不肯当白华"。他的选择仍然是浪漫的文化的选择，表现出一个自由主义者信念的坚定。"萧乾身上，既蕴涵着现代中国知识分子选择的历史悲欢与复杂意绪，又寄寓了一代知识分子社会、文化上的尴尬、追求与情思。"这一切既是萧乾们"浪漫"与"执着"的必然结局，也是造就他们浪漫执着的原因。文化的选择与选择文化，在动荡复杂的社会条件下使他们别无选择。

萧乾（们），因了浪漫而执着，因了执着而更显浪漫本色。

面对活生生的萧乾，面对活生生的萧乾传，我没有理由再去提问采访。往事不堪回首，他甚至拒绝披阅别人写他的传记手稿，我又怎能残酷地旧事重提？我相信晚年的萧乾应该是尴尬的，因此也是超脱的。或许，翻译《尤利西斯》让他在"中计"之后反倒有了脚踏实地的事情做，这样的工作比那些表面的风光要更能体现他的文学价值。为此，我对这位有着不凡的文学与理想追求的著名老人生出了无限的同情（尽管同情这个字眼不该出自我这样一个无名小卒），因此我想拍一个他与《尤利西斯》的专题片，以此完成我对萧乾的"接近"。当然，一个小翻译的这些无端的想法是不必说给萧乾听的，我只需要做自己的事。

果然第二年春上《尤利西斯》辉煌上市，萧乾夫妇专程一路风尘到上海参加座谈会和签名售书活动，还把全部稿酬捐献给了上海文史馆。随后在北京又举行了声势浩大的国际研讨会，萧乾老在会上用中英文双语做了发言，他声音洪亮、思维敏捷，其活力着实令人敬佩。我有幸把这些场面都拍摄了下来。然后专门约了萧乾夫妇在他家拍摄一些镜头并请萧乾用英文回答我的一些问题（因为这个片子是为央视的英文频道制作的）。萧老在访问中直白自己是因为夫人的原因才介入这本书的翻译工作，自己更看中自己作家的身份，只有在被剥夺写作权力的"文革"期间才不得不从事翻译，聊作文学，以后的日子里，只要能写，就不翻译（Whenever I can write, I don't translate）。

这样斩钉截铁的回答出乎意料，几乎令我的采访进行不下去了——我要采访的就是他如何翻译的，可他上来就根本上否定了自己的翻译角色。他是多么想做一个纯粹的作家啊。但他没有实现自己的这个理想，即使他获得了很高的政治待遇。而恰恰是他不重视的翻译，在他晚年为他创下了一次享誉世界的辉煌亮相。当然他的译文之流丽，是与他的作家素质分不开的，这正如赵萝蕤教授接受我的采访时一语中地指出的那样：萧乾翻译的成功，应归功于他"首先是一个作家"。但我们都在为萧乾的"其次"身份忙碌着。

为了做这个片子，我要回顾萧乾的过去，就按照萧乾提供的线索，从央视资料库里翻出了十年前萧乾重访英国时央视记者拍下的很多珍贵的镜头资料。我转录了部分资料，请萧乾为我提供其中一些他的朋友的名字和身份以便用在我的片子中。其中一位风韵犹存的英国女士对萧乾评价极高，我想引用她的话，就问她何许人也，萧乾老意味深长地笑笑说，那是他在英国期间的一位追求者，提出过要嫁给萧乾的要求。至于个中前因后果，萧乾没再说，我也就不好问，似乎这是萧乾传记中没有提到的一个人，不属于传记中所说的萧乾一生中在情场和婚姻生活中的数次"抛弃—被抛弃"的人之一。我只能做无端联想：传记中没提到姓名的女人还有多少？我们的萧老年轻时真的是风流才子。而萧乾日后没有机会专门从事创作，没有写出比当年的《梦之谷》更为浪漫的爱情小说来，着实是遗憾。一个本应成为爱情小说高手的大作家终于还是让那些美好的素材被历史的风尘掩埋，实在是可惜可叹。一个言情大师的言情岁月就这么蹉跎了。

我请萧乾指认了那些录像带上的人后就把那些素材的家用带拷贝都留给了萧乾，为此他感到十分高兴，因为他访英时还没有家用录像机，他没有留下活动画面，这些珍贵的资料正是他盼望多年的。为此他高兴地拿出新再版的一本报告文学集《人生采访》签名送给了我，那里面有他当年写下的有关滇缅公路的报告文学。可惜这本书被别的记者借走弄丢了。

我在这之前在旧书摊上淘得萧乾当年逆境中翻译的《弃儿汤姆·琼斯的历史》和《大伟人江奈生·魏尔德传》，是一元钱买到的。其中汤姆·琼斯那一本的责任编辑还是文洁若。我把这两本发黄的旧书拿出来请萧乾签名，他很是感慨地"哎呀"一声，欣然签了名。这样，加上他给我签名的《尤利西斯》，我就有了八册萧乾签名的书，其中七册是译作。

有一个困惑我的问题我问了，但没有编进片子里去，那就是，爱尔兰的专家告诉我《尤利西斯》在爱尔兰读者眼中很好读，他们经常读得捧腹大笑，但我们外国读者不懂其背景，读起来感觉是天书（萧乾年轻时在剑桥就这么评价），那么难读，厚厚的三大本怎么能让普通读者接近呢？

萧乾老干脆地告诉我：先读最后一章。

那正是当初这书在英国被禁止时被认为最"黄"的一章。我真要感谢萧老的直率。

有了与萧老的几次接触，我想我找到了编辑这个电视片的感觉。

同样的素材，每个记者的编辑路数是不同的，这个不同，取决于记者的手感，当然更取决于其心灵的感应。

　　于是我以这样的文字配画面开始了这个专题片：This is Xiao Qian in his prime（画面上是青春勃发的萧乾）。And this is the same man in his seventies, in Hampstead Heath, overlooking London（画面上是七旬的萧乾颤颤巍巍地摸着汉普斯蒂德高地上的伦敦示意图的铜牌子，风吹着他稀疏的头发）。几十年时光的流逝就这样在两个长镜头的转接中完成了，我触摸着编辑机剪辑画面的手深深地感到了岁月的残酷，尤其是了解了萧乾的经历后。

　　　　　　　　　　　　　　（本文全文首发于《长城》杂志。）

朝内南小街访沈昌文

平时不怎么看报，偶然看内人拿回家来做研究用的《经济观察报》，居然发现那个文化版上采访的两个人互不相干，差了十万八千里，但都是我的熟人。

沈昌文

一个是曾与我等在一个办公室里混过些日子的电视小生，几年不在一个楼里了，赫然已经成了电视红人，最近又以一篇把星巴克请出故宫的博客文章风靡了媒体。久不见，小伙子一身雅皮士名牌，风采照人得不行。但因为太熟，就不会产生明星崇拜，也稔孰其话语方式，便当旧闻匆匆翻过。掩卷而弃时眼角瞥到沈昌文的名字，又一个老雅皮士，久违了。

结识老沈大概是在1980年代与1990年代之交时。那时老沈主编《读书》杂志，因办公大楼装修而暂时在东四八条的一座旧楼里周转。而我正在十二条的青年出版社干编辑，离《读书》仅三四个路口，骑车几分钟便到。

1988年当责编编发了英国经典幽默作家杰罗姆的小说《三人行》，译者是著名翻译家和理论家劳陇先生，其文笔在翻译家中难觅可以望其项背者，可惜老先生当了多年"右派"，后又发配保定，复出后已是近古稀之年，没机会翻译大作品，是翻译界的巨大损失。但这一本小书足见先生之高山流水的风范。这样的名著名译却生不逢时，赶上1988年经济大潮风起云涌，图书印数狂跌，出版社已经开始第一波惶惶然。为使先生大作顺利面世，学生说服他用了《三怪客泛舟记》作书名，才有了12000册的印数开机出版。为推销这本书，也出自对这书的热爱和对老师的景仰，我写了篇书评，蹬自行车去不远处的《读书》杂志社，进去问："谁管外国文学书评？"一打杂模样的中年女人头也不抬，说放下吧，我给你转给赵丽雅。我就回了出版社。过几天打电话去找赵丽雅，那边一清脆女声回答她就是，问拙文可雕也？答，能用，等着吧。就这样我在《读书》上发表了第一篇书评，后来去取杂志才认识了赵丽雅（赵丽雅后来成了著名的古代文学研究专家杨之水，可见那时正是她卧薪尝胆之时），顺便就认识了沈主编，老沈顺口表扬我一句"写得挺好"之类，但私下以为主编对所有年轻作者都是这么鼓励的，不能以为自己写得真好，但够发表水准，至少可雕，可以继续努力。

当初跟沈大主编也说不上过从多密，更不会套词打扰。但后来接到老沈电话说他那里有台湾某出版社给我的一百多美元稿费，让我去取。人家老沈那么大牌，还帮我转小钱呢，真是平易近人啊，便很喜欢他了。喜欢一个人有时居然很是形而下，这就是小人之心呢。后来拙作《混在北京》出来，基本上是被认为不正经的下九流书，很不招人待见，但居然招老沈待见一回，在《读书》杂志的某一页上登了一条书讯，让我感动得很，因为那么大的北京，除冯亦代先生（《读书》的前主编）一个人写了书评外，只有老沈待见拙作一回。

一次偶然的机会吃饭时老沈猛然说他做了白内障手术，终于能看清人了，"现在我才真的看清你了"。这话如果猛然一说会让人心有余悸，还以为你被老沈识破了什么假面具，因为每个人都经常要戴个假面具或伪装一点半点的，即使不说假话，但真话也不能全说（引自季羡林最新语录）。原来我和他认识的这些年，一直是我认识他，而他不认识我。说起他患眼疾经年，看似目光炯炯实则镜片前终日云山雾罩。老熟人见面，往往打过招呼后沈先生总是若即若离、罔顾左右而言他一阵子，其实他这时根本没认出你何许人也，全然是在凭发达的听觉搜索记忆库中的你，然后突然耳熟能详起来，说明他想起发出这声音的是谁了，声画终于对上了位，谈话这才进入正轨。

有趣的是，眼神上的问题最终影响到夫妻交流，沈先生这才开始提心吊胆起来。起因是某一天沈先生在外面于一片云蒸霞蔚中用对别家女人的口吻与太太打了个招呼（不知是过分亲昵还是过分公事公办），招来太太怒斥。于是沈先生痛下决心进医院"开眼"——切除白内障。

手术成功，沈先生顿觉云开雾散、心明眼亮起来，但也添了几分物是人非的惆怅。首当其冲的是自己的面孔，揭开纱布，适应了过强的光线后，年逾花甲的老沈对着高堂明镜发出的是一声诧异："我怎么长皱纹了？"

雾里看花已成昨天，沈先生开眼后的日子可说有声有色了。尤其以美食家著称的他，原先只饱口福而缺了眼福，那满足难达淋漓尽致，现在可谓尽善尽美，快哉。席间说起某电视播音员公然将"老年性痴呆"的重音读在性字上，老沈立即给身边的一位中年女编辑盘中添了一筷子佳肴，一边说："我是老年，但我不性痴呆。"

只是原先"耳熟"能详的朋友，此时又得重复过去的遭遇，再见沈昌文时须被审视片刻以求声色统一，被他认个完全。原先云雾之中给他留下好印象的人都有蒙骗领导之嫌，须多加小心，以免前功尽弃。

"开眼"之后的沈昌文第一个大动作便是班师北伐，将在郑州开办经年的"越秀学术讲座"移至北京。前几年沈公每月南下一趟，风尘仆仆护送京城学术文化名流赴郑州开办讲座，使那商战激烈的中原省府也陡添几分书香气。不知这北伐与老沈开眼有没有关系，是不是因为他"看清了"什么才如此动作。反正讲座移师北上，京城知识分子又有了一个好去处，我等知识青年也多有机会瞻仰精英大师，受其沾溉。但私下以为很多历史事件往往发生于创造历史的人的一念之间，这一念又往往与其小小的生理变化有关。

沈公主持《读书》多年，坚持将其办成"以艺术为中心的思想评论刊物"，杂志订数逐年上升，读者有口皆碑。沈公对这个"知识分子的小阁楼"颇觉得意，高兴地对我说其几万"楼民"中既有大知识分子，亦不乏边远山区的工人和农民呢！近年该刊又打入台湾主流文化圈，其台湾版在台岛炙手可热。《读书》影响远及大洋彼岸，莘莘海外学子踊跃投书，一片冰心袒露字里行间，令这位老出版人为之动容。

就是这种对出版始终如一的钟情教他退而不休，"余热"弥烈，"开眼"之后更是如虎添翼。以老沈为首的"脉旺编书坊"蒸蒸日上，一套套"读书文丛"经这作坊助产便久销不衰。似乎老沈还在忙于版权代理并策划出版一影视一条龙的大项目，总之是忙得不可开交。老沈家的电话几乎是永远的录音回答，久而久之人们发现遍寻他不得，只好给他发传真了。估计现在耳朵里插着MP×招摇过市的时髦老沈早就用上EMAIL和MSN了吧。

用如今最时髦的广告词儿说，沈公是"吃嘛儿嘛儿香，身体倍儿棒"，外加"眼界大开"。他集折冲樽俎的大将风度与妙趣横生的智者谈锋于一身，仍是出版界一大福星。

但毕竟我不是他那个圈里人，忙于生计，慢慢就很少联系老沈了，只是出了书寄一册去略表敬意。不能常听老沈妙语连珠，也不读什么杂志报纸，基本不了解老沈这些年的情况，真是可惜。所以今天看到老沈的访谈，便如获至宝地读了一遍，如闻其声，还是那么雅皮士，真是个好老头儿。

里面给我印象最深的是老沈信奉大儒李慎之的话（或说教导），那就是我们现在向前看倒不那么打紧，向后看是真正重要，向后看西方人过去的所作所为，因为我们正在走人家走过的路，在重蹈旧辙。旧辙没什么不好，但也得蹈对了辙，而且不能蹈覆辙，就得向后看他们的脚印子。老沈又给我们传达了一条真理耶！这个老雅皮士东一句西一句，有一搭无一搭地开玩笑，其实说了很多大实话或者小小的真理，值得咱们一读。

读后感到庆幸的是，自己这些年一直没敢向前怎么看，因为没那本事；也基本不敢向左右看，因为经常看不懂，学问太深，不知水的深浅。所以唯一敢做点的事就是向后看，其实也就是在劳伦斯的小说散文里向他指给我们的那个"后"极目远望几眼。1982年刚考上研究生，刚注册，系里就逼着快点定硕士论文方向，让我好生纳闷：还在读基础课（包括黑格尔的《小逻辑》），怎么就要定论文了？太早了吧？但不得不早定。就很花费了心思，看研究谁。能想到的只有最近的过去大四的课堂上，普林斯顿来的年轻教授一共给我们讲了四个现代派小说家，有伍尔夫夫人、乔伊斯、曼斯菲尔德，还有劳伦斯。前三个一看就累人，是意识流什么的，只有后一个劳伦斯咱觉得亲切。原因很简单，俺是从小读着《红旗谱》《桐柏英雄》《闪闪的红星》、《艳阳天》和《钢铁是怎样炼成的》长大的，那里的英雄都是我爷爷奶奶那样大字不识一碗的普通劳动人民。可现实中他们并不让我觉得能拯救世界，也不是什么顶天立地的英雄。因此我总觉得那种文学虽然把我爷爷奶奶那样的人弄成了英雄，也让我觉得敬佩景仰，但就是觉得不真实。这样的文学好是好，挺鼓舞人，但肯定有问题，哪儿不对劲儿，是咋咋呼呼的鼓舞路数。而读了劳伦斯的小说，觉得心里忽闪忽闪地亮堂了许多，他写的也是我爷爷奶奶那样的劳动人民，甚至比他们还惨，是"煤黑子"，他们只是小说的主人公，但不是英雄（英文里这两个词都是hero）。劳伦斯写他们的心理活动，写他们细腻的感情。这种写法让我觉得新鲜。同样写劳动人民，劳伦斯的写法就是不一样，让我觉得那人物是我周围的叔叔大爷什么的，但他们的心思是我所从来不明白的。这个不明白，是因为不屑于明白，觉得他们的心思过于简单，除了柴米油盐、家长里短、儿女琐事，没什么太多的心结，往往有什么想不开的，二两老白干下肚就全云消雾散了。这样的人怎么能当英雄呢？不是英雄，也就没什么可写。我们的文学生硬地弄出这许多英雄来，绝对是假的。可劳伦斯也写他们，但不是把他们硬拔高变成英雄，而是挖他们的心思，挖出了我不屑探讨的他们的内心世界，读了劳伦斯，觉得明白了一些我周围的那些稔熟到不屑一顾的普通人。所以我决定翻译劳伦斯，论文就写他。就这么简单朴素。说白了，就是俺向后看了一眼，在我能明白的基础上向后看。

　　向后看了这些年，虽然经常也看不大懂，但总比向前看"后现代主义"什么的要觉得踏实。越看越觉得劳伦斯写的那些东西跟今天有一比。看那个时候的英国矿工生活——矿难和罢工，曾让七八十年代的我不可思议，因为在七八十年代咱们社会主义的矿山都是国有企业，工人是主人，安全保障可能相对好得多；还有那个时候矿难没现在这种官商勾结下变本加厉的利益驱动下遍地开花之势。所以觉得劳伦斯笔下的英国矿主特黑。但看看现在的小煤窑，觉得怎么这些矿难比上世纪初的英国煤矿还惨烈了？看那个时候的工会罢工斗争，就想知道现在的工会在干什么，这些工会的人除了当干部享福还会干什么？那个时候劳伦斯思考的环境败坏与人心灵的堕落问题，不正好也是今天的问题吗？我们现在环境的败坏很多都是地方为追求政绩、官商勾结谋取最大利益的结果，长江边上的污水排放不可能只是几个私人造纸作坊的行为。我们的学问家们怎么会把这当成是"后现代"问题，大写特写其后现代性方面的论文？其实是无中生有地做学问，是为评教授职称攒论文数量，很多问题其实不过是过去没有解决的问题而已。

　　难道不是吗？英国禁劳伦斯的书是在1915年和1929年，到1960年才在强大的民主法制机制作用下冲破禁忌，《查泰莱夫人的情人》终得解禁。1990年代我写的《混在北京》里有几个出版社的领导，会上大骂劳伦斯的《查泰莱夫人的情人》是腐朽的资产阶级文学，可会下却到处借这本书看，直到把书口都摸黑了。我那么写绝对是因为有真实的原型，在一个刚走出校门的小青年的我看来，这简直是闹剧。这些人给我上了进入社会的第一课。这和"文革"时期禁止全国人民看西方电影可江青却天天要看好莱坞大片有什么两样。不管白人黄人，是人，其欲求和心思就大致差不多，假正经，道貌岸然，州官放火但不许百姓点灯的事在全世界都一样。倒是这个问题没被文学批评家们当成后现代问题研究。这种后现代社会里发生的前现代社会里才有的事，如果把他看作一个巨大的画板上的图画，倒像后现代主义艺术里的各种杂七杂八的东西胡乱拼贴在一个平面里的大拼盘了，因此中国禁止出版《查泰莱夫人的情人》这件事，还应算在后现代主义研究范围内。

所以我还得学习老沈向后看下去，一直把脖子看得拧不过来。1997年去香港采访香港出版界时曾承蒙老沈介绍业内名家接受我的采访，回来后面谢过他就未曾再见，一晃就又一个十年，现在这篇采访老沈的文章让我碰上了，算是又聆听老沈一次神侃，大受启迪，因此想起了许多过去的事，内心里也向后看了很久并写出来看到的过去风景世情和感想。祝老沈继续不断地接受采访，大侃特侃。

（本文部分首发于《南方周末》1997年2月21日。）

颐和园别墅访英若诚

英若诚

"我就是一个演员。"北京话里的"就是什么什么",因其重音不同而意思不同。如果这句话的重音在"演员"二字上,那意味着"不过是个演员而已"。但英若诚说这句话时的重音在"就"上,次重音在"是"上,此时表达的是自己的"本质",又透着平凡加自豪。他在我报出"表演艺术家、翻译家、文化部前副部长"等头衔后对自己做出了这样的自定义。

他"就是"——他本质上是个演员,他为表演而生,为表演而奋斗了大半辈子,无论他头上别的光环多么耀眼,他始终把自己看作是一个演员,即使在当部长的时候依然在演戏。

正如英先生评价莎士比亚的台词是通过重音表现其诗性一样,英先生自己讲话也常常是通过重音表达语义的微妙差别,如开头那句话。我不得不注意英先生的抑扬顿挫,不断捕捉其重音的落点,在音韵中揣摩意思。如此富有乐感的声音和语流,大凡著名的演员都有。但著名演员中有英先生这样学者修养与风范者不多。而大学者中又鲜见英若诚这样动听的声音。因此,采访英若诚的过程就成了难得的一段享受过程——听他用音乐的节奏道出他的学者的思想。

　　英若诚1946年考清华的英语专业并非为了去学英语，其实是冲着那里良好的话剧创作氛围而去的。他就是要当话剧演员才考清华，这个奇特的路数有点令人费解。英先生娓娓道来，讲述当年的清华外文系在推动中国话剧运动上起到的独一无二的作用，那里简直就是中国话剧的摇篮——曹禺、洪深、李建吾、张俊祥等话剧名家均出身清华或在清华任教，出身清华的杨绛先生也创作过不少优秀的话剧剧本。当年的清华外文系有一位王姓教授更是把清华外文系的戏剧传统推向极致，主张在大学外文系推广话剧，清华的学生演剧活动尤其开展得蓬蓬勃勃。这样的地方自然对英若诚有巨大的吸引力。于是他义无反顾地投奔清华外文系了。

　　频繁的演剧活动非但没有影响他的英文专业学习，反倒促进了他的学业。现在回忆起来，英先生都感慨：他的英文念得如此炉火纯青，绝对是得益于学习并排演英文话剧。他甚至强调，即使在今天多媒体教学如此发达的时候，通过学习话剧掌握外语仍然不失为一条有效的路子。学习文学大师们的剧本，学到的是生活化并且升华了的英文，能一举两得。过于学术的教材会把人教成学究，其英文生硬僵化；而过于通俗的教材又容易使人的英文不上档次。而好的话剧剧本能让我们学到不同身份的人讲的英文，是最好的英文教材。

　　英若诚先生在古稀之年和外界交流不多的情况下仍然讲一口典雅流利的英文，估计与他在清华的训练大有关系。前些天英先生做客中央电视台的英文节目，一个剪辑出的长达半个小时的播出版，估计对谈要进行一个多小时，但英先生（在收到病危通知的情况下）一直侃侃而谈，其流利程度恰似母语，此等功底令人钦敬。我讨教其秘诀，英先生淡然笑道：不仅是清华的训练，还有自从儿时开始的训练和家教，更有日后多年的坚持。"文革"中他被以"里通外国"的罪名关进监狱，除了"毛选"不许读任何文字。在漫漫长夜里，他就自己脑子里过英文，按照字母顺序一个个过英文单词。说着英先生就现场背诵起字典来。

作为演员，英先生的背功实在令人叹服。采访过程中他会随时背诵大段的莎士比亚戏剧台词，边声情并茂地背诵边逐一解析其音韵之妙，讲解他所理解的莎翁。这是我在大学课堂上绝对没有机会学到的"英氏"教学法。由此我相信，英先生在大学课堂上绝对是一位不可多得的一流教授。可惜，我们现在的大学外文系里却充斥着无数的冬烘教授，教授的是木乃伊英文。如果大学们能时常请英先生为客座教授，英先生的"余热"定能得到淋漓尽致的发挥。这样的教学活动绝对比他客串电视角色和出席各种社会活动的剪彩之类更有社会意义。我们的大学为什么竟然如此迂腐守旧，不大张旗鼓地请英先生去当客座教授呢？他们偶尔会把他请去，但是把他当作社会名流去创造一时的轰动效应而已。我相信，请他切切实实地讲学，那才是对这口深井的真正开掘。

于是我们的话题终于扯到了英若诚的英文与戏剧翻译，这本是《文汇读书周报》约我采访英若诚的主题。他在古稀之年出版了一套八册中英文对照版《英若诚名剧译丛》。这套译丛的出版，为我们揭示了英若诚作为翻译家的一面，他在戏剧翻译上付出的心血终于在晚年有了一个总结式的亮相，其辉煌与大气自是不少专业翻译家们难以望其项背的。难怪人们称英先生是"奇才奇艺"。

但英先生似乎并不过分看重自己的翻译成就，似乎并不将之归结为自己的"奇才"。他说英文只是工具而已，因为家学深厚，他毫不费力地掌握了它，并不以为财富，自己一直喜欢的是演戏。如果不是因为朋友们看重他的英文才华并挖掘他的潜力，他或许不会去做翻译。这让我想起当年采访萧乾的情景。那年萧乾因推出了"天书"《尤利西斯》译本而耄耋灿烂，文学出版界为之震撼，但在接受我的电视专访时他老人家轻描淡写地说：翻译这本书不过是帮助妻子。他的本职是作家，能写时就不翻译。

就是因为朋友们的督促，"开发"他的"这部分力量"，他才走上了业余翻译的道路。除了这次出版的八种戏剧，他其实还翻译出版过大量的戏剧文学剧本。最有趣的是，作为一个小字辈，当年他还帮助一些高级文化官员改写译本呢。至今回忆起来英先生都很生气，说那哪里是简单的润色，纯属改写，比自己翻译还费力。某位官员从英文转译过来的涅克拉索夫的诗实在牵强谫陋，他年轻气盛，甚至在译稿空白处大笔一挥批评之。

英若诚的"这部分力量"一旦发挥出来就十分了得。仅眼下我们看到的这八种，其中三种是中译英：曹禺改编的《家》，老舍的《茶馆》和当代名剧《狗儿爷涅槃》。这些是英先生在美国的大学里教授中国戏剧时翻译并自导自演的三部话剧。五种英译中：莎士比亚的《请君入瓮》，米勒的《推销员之死》，萧伯纳的《芭芭拉上校》《哗变》和《上帝的宠儿》。这些剧目是英先生在北京人艺的作品，他还参加了其中一些的演出和导演，其中最风靡一时的是他主演的《推销员之死》。作为中英文对照的出版物，这套书无疑给中外戏剧爱好者提供了现成的演出脚本，具有很高的文化价值和实用性。

我不揣冒昧地问英先生："莎士比亚的戏剧已经有了不少权威的译本，如朱生豪、方平、卞之琳的译本，您为什么要重新翻译？"

英先生简言之："它们都不适合演出。"

名人名译的戏剧剧本不能上舞台，这个现象很有趣。

别忘了，英先生说，莎士比亚自己是个演员，他的剧本不是论文，是从演出实践中磨炼出来的实用脚本。可到了我们的翻译名家手里，就成了学术著作，被加了无数的脚注，其语言也离舞台相去甚远了。"我是演员，"英先生说，"我知道莎士比亚的戏文在舞台上应该是什么样。"言外之意，英译莎士比亚是最接近莎士比亚的。哦，原来我们读的那些著名莎剧译本算不得真正的剧本。我们忘了莎士比亚的剧本是经过千百次演出实践打磨过的戏文台词，而不是学术著作。

随后英先生开始入戏，声情并茂地背诵起莎士比亚著名的片段，告诉我莎士比亚的戏剧是无韵诗，靠重音表现韵律，而不是靠合辙押韵来体现诗意。所以他说他翻译的是莎士比亚的节奏，通过节奏诉诸观众的听觉，达到现场交流的目的。

正是话剧的这种现场交流效应，英先生说，是话剧魅力的所在，也是话剧在影视时代依然不可替代的原因。凭着这种"活的交流"功能，话剧经得住任何表演形式的挑战。他沉醉地谈起他主演的《推销员之死》，讲到他在舞台上听到的观众的抽泣声，"这种体验，演电影电视的永远不会有"。

他一辈子都喜欢表演，喜欢这种活的交流。"导的不多，翻译毕竟是翻译别人的"，还是演戏让他痴迷，他"就是个演员"。

我知道，这次采访想让英若诚把话题集中在他的翻译上是徒劳的，因为他的翻译是他演戏的有机部分。自己翻译，自己演出和导演，英若诚感到的是过瘾。这样执着于演戏的人，确实是三句话不离本行的。因为他的翻译是为表演用的。对于他来说，翻译从一开始就是一个从脚本到舞台（from page to stage）的过程，他译的时候脑子里就在导演或演出这些台词了。这是他和那些不懂表演的学问家们翻译剧本时的最大区别。

临别时我向他表示感谢，他的回答出乎我的意料："谢什么呀，都是工作。"此时他肯定想的是：这个采访与他的演戏事业有关，回答记者的问题自然是他演戏工作的一部分。

走出英若诚的"颐和山庄"，走在碧绿的京密引水渠畔，我回味着他的话，真切地感到：在这个喧闹的世界上，能找到自己最钟情的工作做的人应该是最幸福的。

让我们都好好工作吧。

英先生在一年多后的冬天里逝世，享年74岁。

（本文首发于2002年4月19日《文汇读书周报》。）

天宁寺桥访梅绍武

这两天下大雾，因此得以享受一个雾水迷茫的深秋之日。花园里爬墙虎儿火红金黄地铺满了高墙篱笆，金盏菊和皇帝菊依然灿烂地开放，羽衣甘蓝更是如鱼得水，就喜欢这种雾气沼沼，水灵至极。在英国时看到遍地都是这种甘蓝，以为只能在多雾的英国种，没想到如今种在自家园子里也照样晶莹剔透，鲜亮得像蜡做的。玫瑰和月季居然被这沼沼雾气滋润得酿出鲜红的嫩叶儿，

梅绍武

如同一面面小红旗在招展，小草也水葱儿似的湿漉漉。这景致让我想起"润物细无声"的诗句来。只是看到银杏和栾树抖着一身干黄的叶子，才觉出点冬天的味道，否则真以为这是春呢。

这样秋雾沾衣的时节，阳光淡淡地穿透雾霭，人的眼睛可以直视平日里骄横的日头，盯上一会儿就觉得有点迷离，似梦非幻。这时候是该想点子事了。想起我的师友赠书系列文章好久没写了，就想起两年前这个时候采访过的梅绍武先生了。我估计是他生前最后两三个采访他的记者，是奉李景端先生之命（"抢救式采访老翻译家"）为《中华读书报》客串记者。但那次采访很让我心弦驿动，顿生恻隐。

其实在1986年厦门开的一次美国文学会上就见过梅绍武先生，他和也是翻译家的夫人一起开会，两人形影不离，很是让人羡慕。我惊讶于梅先生与其父梅兰芳在外貌上毫无相像之处。身着深色西服、戴着黑边眼镜的他，完全是一个儒雅渊博的大学者形象，与研究员和著名翻译家的称号最为贴切。在那样的场合下，没有听到梅先生高谈阔论，甚至没听到他说话，看来他是个很低调行事的人。

早就想采访他，但因为我的业余爱好里没有西方戏剧，根底太浅，深怕冒昧谫陋，故采访了那么多人，很多还没有梅先生名气大，但始终没造访梅府。只是因为那次李景端先生开出的采访名单里除了梅我都采访过，才决定不失时机拜见他。

这是一座现在看来外表普通的高层居民楼，身陷楼群之中，院内路边停满了车，很是拥挤。不过在这楼落成的1980年代，在西便门这个地方，能住进来的多是国家机关的官员和"有身份"的人。这里离萧乾先生家所在的那座同样格局的"高干楼"和对面的"部长楼"并不远。当年这种楼在二环路上曾经十分惹眼。只是在新世纪的今天，北京的新楼盘林立而起，令梅先生家所在的这栋楼显得局促简朴了。不同的是梅家住着相连的两个单元，打通后屋里通道显得复杂，拐了几拐才进了他的书房，感觉一路像是迷宫。

进了梅绍武先生的小书房与先生对坐，冬日温暖的阳光从狭窄的南窗外投入，照在这位76岁的著名翻译家和梅兰芳研究专家的身上。开始访谈，发觉这面第11层高楼上紧闭的小窗户仍挡不住下面车流的聒噪，原来那正是北京最拥堵的二环路天宁寺立交桥通往城里的一段。我经常被堵在这里几十分钟不得动弹，随车逐流缓缓蹭向城里，哪里知道11层上的梅先生正在噪声中的清灯下笔耕。

"夏天开着窗子你怎么过呀？"我问。

梅老淡然笑笑："惯了，我天天半夜一点才睡呢。"

梅先生原先居住的祖宅四合院在城市改造中拆了让位给现代化建筑，梅先生家就上了11楼。据说有关部门会在什么地方盖个院子还他，但遥遥无期。于是这盏灯就夜半亮在立交桥上空。

端详他，近20年没见，梅先生似乎没怎么见老，只是少了点英气，多了些温厚。唯一让我觉出他老的时候是他告诉我他经常看韩剧，说那里的人情味让他感动（说话间有个管他叫五叔的人又热情地送来好几盒韩剧的光碟，先生对自己的侄子照样要分毫不差地付光碟费）。我想这是历尽沧桑的人老来最真挚的情感寄托方式吧。特别是梅先生，见过大世面，受过大的失落，可能对韩剧里传统质朴的家庭伦理情节更有深情的寄予（他批评中国电视剧里最缺少的"就是这个"）。先生可能就是靠韩剧来调节笔耕生活的（他桌上厚厚的钢笔书稿，那是他一笔一画"耕"出的田地！）于是我的采访也少了往日的刁钻刻薄，没了调侃和逼问，更多了些对一个叔辈老人的××。我不知道该用什么词，反正应该是与感情有关的词汇来描摹，但我不知道什么词才准确。同情吗？梅先生是大家，我没资格同情。关心吗？我是个陌生记者，没资格关心。感动吗？似乎差不多，但这词儿有点俗。总之，用前面说的"心弦驿动，顿生恻隐"可以说清一二。

令我吃惊的是，梅兰芳大师的这位二公子（排行第五，但前三个孩子早夭）并不像其他梨园弟子那样一口京腔京韵，甚至没有北京口音，其普通话讲得如一位久居京城的外省知识分子。这可能与童年躲避战乱在沪港黔浙辗转长大求学有关。

那时离家求学的梅绍武同学一腔壮志科学救国读了机械专业，但终因数学"吃力"而改考燕京大学读了英文专业。毕业后并不向往飞黄腾达，只一心想找个"有书看的地方"就进了北京图书馆，干的是用中文书换国外的外文书的交换工作，"这样能为国家省外汇"，一干就是近30年。这期间最大的愿望是进社科院外文所做英国文学研究，甚至立志要考研究生进去，但终因单位"不让"而未果。

在那个书多得读不过来的地方，弱冠之年的图书馆员梅绍武开始了业余文学翻译。虽然倾心的是英国经典作家特罗洛普的小说，但以他的资历要"打进出版社"却只能靠翻译冷门书，因为名家名著都被名译家占了。于是他通过英文甚至动用了自己的第二外语法语转译匈牙利、阿尔巴尼亚、阿尔及利亚、北欧国家和非洲国家的文学作品。

"先试译章节给出版社通过，然后才能翻译全文。那个时候打入出版社可没现在这么容易。"就这样，梅先生在"文革"前十多年中翻译出版了六部"冷门"作品（如《阿尔巴尼亚短篇小说集》），直到1970年代末才与别人合译了第一本英语母语作者写的英文著作，这就是1980年我们读大学时排队等待借阅的那本《马克思与世界文学》，可惜当初没注意到译者中梅先生的名字，今天终于知道了，另两位译者是我熟知的董乐山和傅惟慈先生，感到特别亲切。

没有去成外文所成了梅的终身憾事。好在1982年百废待兴的中国社会科学院成立了美国研究所，在知天命之年梅先生终于有了做专业文学研究的机会，暂时放弃心仪的英国文学而入美国所，但"分工"是研究美国戏剧。这次工作调动还是靠了大人物周扬的斡旋，北图才放行。

我们国家的外国文学研究者往往都是所研究对象的译者。梅先生边研究边翻译，一路推出了尤奈斯库、奥尼尔和阿瑟·米勒的一系列现代派戏剧，其中多为国内首译，研究成果亦多为华人研究之先，其研究和翻译填补了无数的学术、出版和演出"空白"，为中国的戏剧事业做出了巨大贡献，自不待言。

在从事戏剧研究翻译的同时，梅先生没有舍弃心爱的小说翻译，首次在国内推出了美国作家纳博科夫的两部长篇小说。因为梅先生当年认为其最著名的小说《洛丽塔》"不合国情"而放弃翻译，因此给了后来者成为这本名著"首译"的机会。但"与时俱进"的梅先生现在观点有所改变，认为《洛》终归是一部好书。

他是兄弟姐妹中唯一一个"从文"的人，因此研究和宣传梅兰芳大师成了他责无旁贷的义务，不断出版了几部梅兰芳的传记和艺术研究著作，甚至亲自编写了梅兰芳的传记电影剧本，网上说那是"中国电影进军奥斯卡"的希望所在之一。

但他坦言他的"专业"还是翻译外国文学。退休后他还翻译了几部国内鲜为人知的美国名家纯文学作品，但与流行文学比，这些书都算"冷门"，如《瘦子》和《马尔科姆》等，销路不广，自然稿酬微薄。很可惜，梅说，我们的文学阅读视野不眷顾这些优秀作品，但愿以后会有改观。

梅先生另一大心头之憾是倾心多年并埋头翻译了数年的英国作家特罗洛普的小说只出版了一部中短篇集，译了一半的长篇因出版社态度不积极至今压在手头。梅介绍说，这位作家的价值其实等于或高于其同时代的狄更斯和萨克雷，但一直被埋没。现在英美已经开始"重新发现"并强力推动特罗洛普，不知我们的外国文学和出版界什么时候开始重新发现他。再晚，梅先生可能就力不从心了。

我看到梅先生的案上放着他一笔一画用钢笔翻译着的奥·亨利短篇小说集，全译出会有50万字。但梅先生刚动了肠手术，伤了元气，还要经常去医院化疗防止伤口癌变，因此只能勉力完成一半。说着，他叹口气：能多译几篇就多译几篇吧。

76岁的老人，仍在青灯下伏案笔耕，那是怎样的情景！从此每次路过这里都会在天宁寺立交桥的车流中抬头仰望11层上梅先生的小窗户，祝福梅先生。

几个月后在冯亦代先生的告别会上又见到梅先生，发现他健康状况远不如我们那次交谈时的样子，才两个多月的时光，怎么会这样？其实我采访他时他就已经身罹癌症，正在做手术后的化疗。估计是家人没有告诉他真实病情，他只对我说是做了个肠手术，为防止癌变才去医院化疗的。我叫着"梅先生"迎上去，梅先生软而大的手握了握我的手，但他并没有想起我是谁，估计那段时间他经受的治疗太让他痛苦了，健忘也是情理之中的事。再后来，他就病重，不久就仙逝。徐坚忠在上海听说他的病情，让我去医院代报社探望，我打电话问梅夫人屠珍在哪个医院，我听到话筒里传来的是屠先生哀伤的声音：别去了，你见不到梅先生了，他已经进了重症监护病房，不让外人探视了。还不忘告诉我：谢谢《文汇读书周报》，这报纸是梅先生最爱看的报纸之一。

　　那次采访，梅先生赐我三本译文，两本著作，每本扉页上都题了字，都写的是"敬赠"，让我受之有愧，因为我发现我以前只把他当作养尊处优的梅家二公子和美国戏剧专家是太孤陋寡闻了。原来梅先生走上文学研究和翻译的路竟是那么不容易，到退休也没能进入他最想进的外国文学研究所，最终也没有完全按照自己的意愿研究翻译他最钟情的特罗洛普。先生对我讲这些时，表情是平静澹定的，但我想我能够感觉出那一静如水的表情下内心的波澜。

　　从那以后，我会花些时间读他的散论集《西园拾锦》，受益匪浅；读他研究梅兰芳的大作《移步不换型》，为梅兰芳有这样一个"从文"的公子写出这样一部外人无法写出的独特的梅兰芳研究著作而感到万分欣慰。知父莫若子啊。梅家两个公子，一文一武，可谓文韬武略，一个著书立说，一个身体力行，传播梅兰芳精义，梅兰芳真是有福。

　　另外三本译文有《微暗的火》《任性的凯瑟姑娘》和《马尔科姆》，都是小说名著，与戏剧无关。

（本文部分首发于2005年3月24日《中华读书报》。）

后海访杨宪益

"从古圣贤皆寂寞，是真名士自风流"
（转引自王世襄先生给杨宪益先生的题字对
联）。真正的大文学家和晚年的隐士杨宪益
先生匆匆走了，这位"49年后"翻译界的元
老之一走后，一个由那些人组成的真名士的
集团方阵几乎濒临绝迹。一个鸿儒翻译家的
时代快要结束了。

杨宪益

杨先生在世的后十年与这个世界若即若
离，几近隔绝，直到前不久刚刚出版了《去
日苦多》散文集。可惜，大家还没来得及祝贺。

2006年我试图采访他，有史以来第一次用了录音笔。但可能我的
切入点不对：我以为不应该再触动他的历史压痛点，只想了解一点有关
英国现代文学的史料问题，以期得到这位少有的中国见证人的稀有答复
（1930年代在英国留学的名人大家健在的为数寥寥）。但这个愿望基
本落空了。杨先生说他读的专业是古希腊文学，喜欢的是法国文学，后
来改学英国文学，但那个年代英国大学的课堂上只讲古典文学，最多讲
到狄更斯，而现代作家则不涉及，全靠自己业余读，因此他对英国现
代文学印象不深。事实证明这个采访切入点确是个错误。他生活在英

国，博览群书，同时期的文学是他日常的滋补，但学院派从来没有把进行中的文学当成一门专业来讲授，这些文学家的地位要等日后"盖棺定论"才能写进文学史供人研究。而在他九十多岁的高龄上请他谈一个甲子前在英国的业余读书印象似乎勉为其难。于是这个采访就匆匆收场，留下了巨大的遗憾。可我确实不想再重复无数人问过的他"去日苦多"的生命历程。于是我的翻译名家采访录里就缺少了一个重量级人物。

但那次采访我还是有个意外的收获。那时正值文化圈里人们对杨绛先生曾称钱锺书先生在英国获得的是副博士学位一说议论纷纷，后来杨先生又在清华大学亲口说钱先生不是副博士，是文学士。那日在场的人们也议论起这件事，多面露疑虑不解之情，甚至疑惑地小声自言自语：是啊，杨先生那么高深的学问家怎么会犯这样的错误呢？怎么连新华社公布的钱先生的学位也是用的英文B.Litt（Oxon）？这里面有什么难言之隐？

这个时候只听杨宪益先生不耐烦地一语中的："都不知道该怎么翻！"言外之意，这问题很简单。不得不承认这位老翻译家的话是真正的内行话。

我为此专门做了一些搜索，发现这个B.Litt（Oxon）如果在钱先生的简历里用一个现成的中文名称翻译出来的确是个问题，因为这是一个在英国已经消失的古老的学位，高于学士，低于博士，但又不是明确的硕士（以后由于美国的学位标准和社会对学位的标准化与这个学位的内涵不符而取消了这个学位，用文学硕士代之）。估计1950年代杨绛先生就用在中国人们熟知的苏联的"副博士"一词充数了。而到了1990年代人们旧事重提时，她又用现在通行的"文学士"敷衍了，因为可能她是不想解释这个纯牛津特色的在现代和中国根本闻所未闻的"古董"学位。

还是杨宪益先生的一句话解开了这个数十年困扰人们的问题，很简单，是个翻译问题，他们都不知道怎么翻，连新华社的文稿也只能用英文表达这个历史名词了。

我们也只能说：文学士，不等于文学学士学位。

一句"不知道该怎么翻"道出了翻译之苦。

杨先生的散淡清雅是一以贯之的。即使那次老朋友巫宁坤先生从美国回来看望他，久别重逢，他也是那么平和地与他闲聊，到午饭时分很自然地对大家说：家里有包子，蒸一蒸，就在家吃吧。分别时也是那么平静地说再来，就像街坊串门一样。

这个外表平静安详的老人一生惨遭各种生离死别，中年丧子，晚年丧妻，内心的痛苦是常人难以理解的。1999年年底，夫人戴乃迭病逝，这位风华绝代的英国才女是因为爱上他才爱上中国文化才九死不悔地随他来中国的，竟然在史无前例的"文革"中被当成特务投入监牢四年，丈夫也锒铛入狱。回首往事，杨先生后悔对戴乃迭照顾得太少、后悔自己带给戴乃迭那么多的苦难，带着深深的自责写下了这样的悼亡诗：

> 早期比翼赴幽冥，不料中途失健翎。
> 结发糟糠贫贱惯，陷身囹圄死生轻。
> 青春作伴多成鬼，白首同归我负卿。
> 天若有情天亦老，从来银汉隔双星。

但他隐忍、坚强，不给外人任何悲哀的印象。他是个伟大的人。

可惜认识杨先生太迟，没有机会找出新的切入点采访他，错过了一个记者不应该错过的机会。我期望的是有人能写出翔实的杨先生的传记来，让我们切实地认识他，认识他也是认识一个时代里"士大夫兼革命者"及其家庭的命运，认识理想与现实的关系。一个白虎星照命的理想主义文学家，在一个非常的革命时代注定是悲剧人物。他晚年的平静最是心底波澜涌动的静水流深，可惜他不愿意再说，也没有力气再说什么了，他最终的气力用于撰写自传，北京出版社出版时还做了删节，使他抱憾。

愿杨先生走好吧！

又记：

那天午夜时分入睡前最后一次打开电视想看几分钟英文节目，结果与一个讲述杨宪益夫妇的文献片不期而遇，正演到1980年代的一段"新影厂"的资料片，上面戴乃迭扇着扇子流畅地说着中文，闭上眼睛，你会以为那是一个河北南部口音的知识女性在聊天。说到1940年代的国民党，戴说他们"很反动"，我居然开怀大笑，用四声标出，那个很发的是一声，反动二字接近一声，介于一声和三声之间，听着像"亨翻动"。这样的一个严肃词用那种声音说出来很喜剧。这让我想起有回忆她的文章说有个留英的中国人在她家抱怨那个时代的中国什么什么不好，杨宪益还没说话，戴已经忍不住美目圆睁斥责："How can you be so reactionary！（你怎么这么反动！）"肯定是语惊四座。估计杨老也拿这个美丽率性犀利的英国媳妇没办法，用戴的话说：她中文没学好，是因为杨老总跟她说英文，而且杨的英文又太好。从那篇文章的叙述感觉看，戴不是演戏调侃，而是认真的。由此可见一斑，学外语用外语不容易啊，作为外国人，当你说对象国的语言时，真不知道什么时候就会"出错"，而且是语法什么都正确的错。

那个片子的宝贵之处是用了"新影厂"纪录片的很多画面，里面有杨宪益先生壮年时飞快地在老式打字机上敲英文的镜头，杨老的打字根本没有正规指法，只用一个手指头，熟练地大珠小珠落玉盘，感觉像个专业的账房先生在打算盘。不知怎么看着那一连串的镜头我十分感动。那一屋子的人都在那么噼噼啪啪地工作着，杨只是其中之一，看不出他满腹经纶，看不出他历经苦难，看不出他心事浩茫，他只是神情专注地工作着，手指翻飞着，制造着动听的声音，完全是个普通人的样子。是谁说：工作着是美丽的，我觉得杨先生那个时刻显得最有魅力，是"人到中年"的中国读书人形象，比他拿着酒杯高谈阔论的样子更让我觉得亲切。戴在另一个桌子旁改着稿子。原来那个时代的外文局的翻译场景是这样的，像个大作坊，我们的古代名著就这么翻译成英语出版了。

南沙沟访杨绛

采访了不少译界名人，但仍然与翻译大师杨绛先生缘悭一面，为此深感遗憾。我在1980年代初做研究生时就反复通读了杨先生的文学论集《春泥集》，所受震撼难以言说，只能说它令在那之前读到的大多数文学批评在我眼中黯然失色（我是从欣赏美文的角度看待它的，它当然不能代替那些纯文学理论和批评的大部头著作的学术价值），私下以为那是将学术与情理交融的纯美之作，

杨绛

跨论文和散文两个领域，而在两个领域内都独显魅力，弥足珍贵。其精妙可意会不可言传；其神韵可追随难以效仿。曾感叹，学问做到这个大自在的份上，可以说是接近审美极致了。

可是，采访杨先生的机会可遇而不可求。

但我知道以我的浅陋，即使有机会采访她，似乎只能做些与英国现代派文学相关的话题。1930年代在英国留学并研究英国文学的几位大师如钱锺书、萧乾和叶君健离去后似乎只有杨宪益先生和杨绛先生还健在了。

有一次有电视台为杨宪益先生拍摄专题片，杨先生的外甥女赵蘅

女士打电话告诉我说我可以趁机提问些问题，既满足了我要采访名家的愿望，也为电视片补充些"专业"内容。我当然求之不得，便备好录音笔上阵了。我提了一些英国现代文学方面的问题，以期得到这位少有的中国见证人的稀有答复。但这个愿望基本落空了。杨宪益先生说他读的专业是古希腊文学，喜欢的是法国文学，后来改学英国文学，但那个年代英国大学的课堂上只讲古典文学，最多讲到狄更斯，而现代作家则不涉及，全靠自己业余读一些，因此他对英国现代文学印象不深。看来能深入回忆当年英国现代文学盛景的似乎只有杨绛先生了，而杨绛公开发表的作品中似乎并没有涉及英国现代作家，原因何在？于是要采访杨绛讨教个究竟的愿望更加强烈了。

也就是在这个时候，北京某报发表了一篇某位翻译《堂·吉诃德》的西班牙语教授的访谈，其谈话内容的焦点是对本书首译的完全否定，而这个译者恰恰是杨绛。这位教授称他在课堂上把杨译当成"反面教材"进行分析云云。此文一出，即引起译界哗然，不少翻译家接受《文汇读书周报》采访时都对该教授批评杨译的低俗方式表态批评甚至指责。我在接受采访时不无气愤地指出该教授利用公家的课堂以"运动员"身份充当"裁判员"、把同一本书的首译本说成是反面教材是滥用职权的行为，言辞比较激烈。我虽然不懂西班牙文，不懂具体的西—中翻译出入如何，但觉得一个西班牙语翻译领域内的名教授无论如何不应该在翻译技巧问题上对一个老前辈如此出言不逊，何况他们翻译的是同一部世界名著，后来者对30年前的开山之作本应抱以敬重和感激才是，即便那首译可能有诸多缺陷。该教授随之在报纸上发表谈话反驳。见此情形，杨绛先生写了文章表达自己息事宁人的愿望，她欢迎批评，但认为双方如此交锋不必要，应到此为止。

杨的文章写好后急需传真到上海，但杨家没有传真机，报社就差我到杨家取稿子，然后复印传真。这样我终于有了一个机会见到杨绛先生。

去时我本来准备了《春泥集》和《洗澡》等书打算请杨先生签名

留念的，但到了杨家楼下的刹那间觉得不妥，就把书留在了车里，径自上楼去取稿子。

见到杨绛的第一面，觉得与报纸上看到的近照很像，并不像95岁高龄的老人，倒像70来岁似的。杨先生在宽大的写字桌旁站起，步履轻捷地拿着准备好的稿子走过来递给我。我接了稿子，道了谢，就准备告辞。但杨先生说要我留下"尊姓大名"和电话，并要我坐下凉快一下。那天正是7月的一个桑拿天，我仅仅从车里走出上三楼的工夫，T恤衫就湿了一片。杨先生让我坐在沙发上，还亲自把小电扇向我这边拉了拉对着我吹，说希望我当场看一看稿子，那样写还有什么欠缺，她可以增删。至此，我十分感动，也为杨先生在95岁高龄上身子骨如此硬朗、精神矍铄感到高兴。杨绛确实不同凡响。可惜她和钱先生都拒绝上电视，否则如果有摄像机拍下她的生活画面让广大读者看到她的状态该多好！我忙说不用看，因为我不是"周报"的记者，只是代他们取稿子传稿子。说着我拿出名片留给她，并说传完稿子我会把原稿送回来。她看了名片上我的姓名，恍然大悟，说："你就是毕冰宾呀！"我想她立即想到了我在报纸上就此做的答记者问。

既已暴露真实身份，我也就不隐瞒什么，再次表示那位教授的话太过分，超出了翻译批评的界限。杨先生说：她的译文是在"文革"后期翻译出来的，是接受的一项任务。为翻译得更准确，她并没有从英译和法译本转译，而是自学了西班牙文，因此过程很是艰难，所以早期的版本里肯定有错误，指出她的错误是对的。但令她感到难过的是，这些批评她的人为什么不看看她后期的再版译本呢，每再版一次她都要做一次修改，这次教授谈话中指出的那些错误她都在新版中改正了。"我不是骄傲自大、有错不改的人！"这个时候，我看到杨先生眼神有些焦急，似乎有点湿润，但很快就恢复了常态。看到这位我十分景仰的老人如此诚恳、焦虑，我只能默默地叨念："有点太过了。"对此杨先生似乎轻声说了一个"是"字，但马上又说：这事就到此为止吧，不说了。

　　我回去后就赶紧把稿子复印传真给了上海。传真完又挂号把原稿寄还给了杨先生，然后才坐下来读她的文章。杨先生的字竟然写得如此有力、清晰，不少还是繁体，几乎是一气呵成，极少改动，改动处也用涂改液抹得干干净净。大师就是大师，体现在一举一动，一笔一画中。也只有在这时，我才恍惚记起我在杨家看到的场景和杨先生的音容：那是1980年代前后盖起的几栋高知高干楼，三层红砖小楼，一梯两户，首层每家有一个几平方米的小花园。那种房子在那个时代已经是别墅级的了。杨家（其实是钱家）住三楼，房子的格局现在看来比较一般，但有一个大客厅。似乎那个家基本没有我们现在意义上的装修，地面没有瓷砖，十分朴素。更朴素的是杨先生的衣着。很多书中都刊有杨绛中青年时代身着旗袍、画了淡妆的优雅照片，与现在简朴的形象简直判若两人。那天我见到的杨绛穿着最普通的居家衣服和布鞋在屋里走动着，像个一般居民楼里的家庭主妇。进她家也不用换鞋或戴鞋套。

　　还有她那口带着无锡腔的北京话，柔中带刚，毫无老气横秋。

　　我走的时候杨先生执意要从沙发上起身送我几步，步伐很是灵活，根本不用人搀扶。

　　那件不愉快的事就以杨绛给《文汇读书周报》的一封信做了了结。那封信写得心平气和，既承认了自己早期译本的错误，肯定别人批评的对，又说明自己的译文再版时做了修订更正，还提出了对一些译法的探讨。她特别劝告为她“仗义执言”的人“不要小题大做”，要化“误解”为“了解”。看到杨先生焦虑伤心的情景，再读这封信，当然我的感受就不同了。可能别人看到的是平淡，我看到的则是雍容大度，大度就大度在她深感受了伤害，但在信中绝不指责对方没有看她修改后的译本，仅仅是平静地说明她后期的译本中已经做了修正，而这一点恰恰是一般不了解内情的人容易忽略的。我恰恰看到了她在说这番话时眼中转瞬即逝的那一星湿润，因此我感触很深。对一个年高德劭的文化老人，这样的伤害确实很深，但她还是要息事宁人。这就是大度。

　　就这样匆匆结识了杨绛先生，本可以到此为止，只留下以上的印象。但我心有不甘，还是想了却那个酝酿多年的采访心愿，便取得了《文汇读书周报》的同意，在3月9日以报纸的名义给杨绛先生打电话要求方便时录音采访。杨家的电话由阿姨接听，记下内容转告给杨先生，再电话通知我可以打电话与杨先生交谈。

电话里杨先生说她已经95岁高龄，"我现在是个大聋子"，谁来都要在耳边大声喊，她也会情不自禁大声回答，那样谈学术问题太累，身体不能承受。

但我强调说，毕竟杨先生在这个年龄上还在翻译写作，思维如此活跃，记忆力如此强健，表达如此流畅，连走路的步态都还那么硬朗，我怎能仅因为一个"聋"就放弃一个大好的机会记录下她的一段别人不曾关注过的经历？我特别强调只问杨先生在英国读书的问题，这是她的作品中的一个空白，如果她能回答些问题，无疑是广大读者的福气。我一再表示，我们不对谈，只提了问题，请她小声独白，我录音，然后我整理录音即可，是口述实录。但她说她不愿意被录音，即使录了音，也没有精力和时间帮我确认录音稿。于是干脆地说那就简单聊几句吧。"我说，你听。"

杨先生说她在牛津是自费旁听，不是正式学生。但作为"补课"，她跟着钱先生读了很多英国文学作品，从古典到19世纪的作家都读了个遍。但因为不参加考试，也不拿学位，所以就没有研究谁。也说不上特别喜欢谁。我一再要求举几个例子。杨先生就举了乔治·爱略特（George Eliot）和简·奥斯汀（Jane Austen），说很喜欢。特别说到奥斯汀，塑造人物鲜活，过目不忘。为此，杨先生强调小说情节很重要，人物塑造栩栩如生，这是好小说的要素。相比之下她不喜欢夏洛蒂·勃朗特（Charlotte Bronte），说《简·爱》（*Jane Eyre*）不是纯粹的创作，有大量个人的影子在其中。她特别让我记住，好小说一定得塑造鲜明的人物，一定要有生动的情节。

杨先生大声喊了半天，我深怕她累病，就一再说您的这些话不录下来让读者了解太可惜了。她才妥协说，我可以写个采访提纲寄去，

"看情况可能会回答你"。

我知道我不能再得寸进尺，强求一个95岁的老人。于是拟了一个提纲送去。估计杨先生会在每个问题下写几行字。也许她觉得无聊，就此不再理会。但我没想到的是她在第二天傍晚就让家里的阿姨小吴打来电话，说可以在电话上回答我。

杨先生的声音依然那么清晰，纤柔的无锡口音普通话，语调柔中有刚，语速中等偏快，几乎没有任何语气助词，干净利落脆生。她说她来电话不是要回答我的问题，而是要"撤销"我的问题，撤销的理由则有很多。我在她的谈话开始后才意识到这不是敷衍我，而是个长谈，撤销这些问题的理由岂不是从反面在回答我的问题吗？这才马上抓过手边的纸和笔边听边记。随后根据潦草的记录和新鲜的记忆马上整理成文。我平生第一次做了这样的电话"采访"。

采访信的原稿

尊敬的杨先生：

昨天劳您在电话上大声谈了那么久，实在难为您了。承蒙您答应可能会书面回答我的问题，这个"可能"是对我的照顾和鼓励，我就冒昧提几个问题，希望您能拨冗从容简略回答，我将万分感激。

想访问您，是因为我读过您许多作品，但发现您很少具体谈您在牛津读书期间研读英国文学作品的情况。这是一个缺项。我很好奇，相信所有像我一样研究英国文学的人都想知道您那段读书经验，对大家一定有启发。

您说这是一本书才能回答的问题，但在您没有写这样一本书的情况下，能让读者简单了解一些您的见解总比不了解要强。

我的问题如下：

1. 您在牛津和钱先生一起读英国文学，您说是"补课"，读了大量的经典名著，从17世纪读到19世纪。但我们读到的你的英国文学研究只有关于Thackeray, Jane Austen, Henry Fielding。能简单谈谈您还喜欢其他哪几个作家,他们"有什么好"吗?

2. 您说您特别喜欢George Eliot, Jane Austen,似乎不太喜欢Charlotte Bronte,因为后者的小说不是纯粹的创作,而是有大量个人的影子在其中。而Jane Austen是纯粹创作人物。是这个意思吗?您还提到你自己的小说如《洗澡》里毫无您自己的影子,您的创作是深受Jane Austen影响吗?当代小说不重视情节和人物塑造,您认为这样的小说写下去没有前途吗?

3. 我看到有文章说,钱先生除了读古典英国文学,还读了当时英国的同时期文学如Aldous Huxley和Evelyn Waugh,说他受了这些书的影响。我相信,您也读了一些当代英国的文学作品吧?印象中谁的作品更让您喜欢呢?比如:D.H.Lawrence, 30年代中期正是他的作品开始大受重视的时候,您读了吗?那个时期英国文化界还很鄙视他吗?James Joyce, Wells, Shaw, Galsworthy, Forster, Virginia Woolf, Mansfield, Bennet,等等一批当代名家名著,还有现在大家推崇的Bloomsbury(布鲁姆斯伯里)文人圈子,那时在英国的影响就很大吗?国内像您这样30年代在英国研究英国文学的人数寥寥,您的印象肯定宝贵。

Take your time,方便的时候能写几笔,我和预期中的读者都会十分感激的。如果有答复,就麻烦小吴打电话通知我去取。如果您觉得不方便回答,我也能理解,请您注意休息,保重身体。原谅我的打扰。再次感谢。祝春祺。

毕冰宾

2006-3-9

这份电话记录以口述实录形式发表在2006年3月31日的《文汇读书周报》上。杨先生在电话中说过不要看我的电话记录稿,不要寄,也别发,就当是听她聊天而已。但我以为她的话是客气和谦虚,也理解她无法确认谈话记录的苦衷，那将花费她多少心血和时间啊，为这些寻常的谈话实在不必打扰她，就想当然地径自将稿子拿去发表了。

这个谈话道出了杨先生修了英国文学却很少做英国文学研究的苦衷，道出了她一直热衷于文学创作却到85岁上才迟迟写出名著《洗澡》的原因，也顺便说到了钱锺书先生致力于写一部研究西方文学的巨著但终于扼腕的历史性失落。我急速地记着笔记时，都感到了杨先生在电话那一端以闲谈的口吻道出这些遗憾的伤感心情，也感到了她内心巨大的坚强忍耐力量。联想到她的近作《我们仨》中那将大悲化作粘泥絮的历史叙述，我分明能感到这个95岁的文学巨匠，一个看似弱不禁风的老妇人，有着一颗怎样坚强的心在支撑她波澜不惊、雍容大度！我能记下她的只言片语，那是吉光片羽，该是多么荣幸。

但记录发表几天后杨先生打电话给一位大姐要她转话给我说她为此生气了，因为我没有听她的话，私下把谈话记录拿去发表了。那位大姐指出记录中一处有误，但我保证我没听错。

为此我感到很不安，因为我没能善解人意，让一位95岁高龄的老人受惊了。于是写了一封短信给杨先生致歉。这还是我第一次向被采访者道歉，因为我十分尊重敬仰她。

后来我几番揣摩，估计杨先生是不喜欢这种"口述实录"的形式，德高望重的先生不愿意把这些寻常化了的学术谈话公之于众，因为电话上的话毕竟会显得不够学术，正如她先前所说，回答那些问题是需要写一本书的，怎能轻易几句话打发那些过去的人和事？其实我觉得先生是多虑了，让广大读者听听这些学术巨擘的"寻常语"，反倒觉得新鲜可亲。也许还有别的原因，如那位大姐所说：杨先生现在就想平静地做她的学问，不想惹什么麻烦。或许我的善良竟会伤害杨先生。

但误会是不可挽回了，我只能深深地抱歉。那个记录稿，真实准确地记录了杨先生一次学术性闲谈，也是我第一次做"口述实录"，之所以实录下第一人称的谈话，是因为我想我是出于对真实的追求，为既不录像也不录音的杨先生记下最真实的声音，让读者领略她在95岁上如此幽默反讽的谈话风采。只可惜，我不能再次犯错误把它公开于此了，有心者或可查阅那一期《文汇读书周报》。

　　整理这篇印象记时，刚刚从书店买到杨绛先生2007年出版的新作《走到人生边上》，是她用寻常语道出的关于生与死的智慧之书。我恍然大悟：2006年，那正是杨先生为这本独特的思想录苦心孤诣定稿之时，她的时间是多么宝贵，她是多么不愿意受到外界的无端打扰，可还是发生了那件令她难以平静的事件。当然还有，我发表的电话实录也干扰了她，里面有些话如果是经她推敲后写出来，可能是另一番语气，不会那么直白，被涉及的人可能会感到不那么自惭形秽。可能这是她当初对我说"不要寄，也别发"的真实含义吧。我现在只能做如是猜测。我想那篇谈话记录稿的发表肯定也令杨先生心绪不宁了一阵子，影响了她平静的写作心境，因此我还应该再次致歉，无论如何那不是她想让那番话公之于世的方式。

兵马司胡同寻张友松旧影
——被埋没的大翻译家张友松

一

张友松

中国翻译界有一位专门翻译美国大作家马克·吐温作品的"专业户",翻译了几代读者耳熟能详的名著如《汤姆·索亚历险记》《哈克贝利·费恩历险记》《王子与贫儿》《镀金时代》《密西西比河上》《傻瓜威尔逊》《赤道环游记》等,其中著名的《竞选州长》多年被选入中学语文教材。这位老翻译家叫张友松,民国时期他曾经是鲁迅的学生,鲁迅文集里一百多处提到与张友松的交往。1950年代他与大译家曹靖华、傅雷、汝龙齐名,但他就如同中国文坛上划过的一颗璀璨夺目的流星,因为在"反右"运动中被错划为"右派",作品改用"常健"笔名出版,从此张友松这个名字就从著名译家的行列里消失了。"文革"中受尽迫害,到"文革"结束,得到平反,这位1903年出生的民国老人年事已高,又因为种种历史原因无单位、无工资、无养老金,仅靠北京政协资助少量生活费,与同样无工作的老伴偏居成都陋巷,远离中国的文化中心,因此没能像一些错划为"右派"的文化老人（如当年的同事冯亦代、荒芜、符家钦等，他们比他年轻、身居京城）那样平反后再度崛起，重享盛名。

我在1990年代前后很长一段时间里追访译界老人，甚至像李景端先生告诫我的那样"你要进行抢救式采访"，写了几十位老译家，可竟然对张友松这位曾经如此耀眼的译界巨星一无所知，估计很多人都像我一样吧。这是历史的误会和耻辱，是该让广大读者重新认识和了解张友松这位富有传奇色彩的民国文人了。

因为被埋没得太久，想在网上查找张友松的资料基本属于大海捞针，但我还是很幸运地通过各种关键词搜索到了一些零星的资料，这其中老诗人和翻译家、张友松当年的同事荒芜先生的女儿林玉的博客进入了我的视野，里面有她回忆"张友松伯伯"的散论，我就冒昧给她留言请求帮助，后来得到了她对历史的一些解读高论。仝保民先生为我提供了《新文学史料》1996年2期上张老的女儿张立莲撰写的《怀念我的父亲张友松》一文，这是唯一一篇张老亲人的回忆文字，情理交融，十分宝贵。我在微博上谈论起张友松时，素昧平生的康拉德作品译者赵挺为

兵马司胡同

我复印了老翻译家符家钦的散文集，其中一篇就是回忆老师张友松的文章。我还通过人民文学出版社前副总编任吉生找到了1950年代开始在人文社工作、后任该社外国文学副总编的秦顺新老人，电话采访了他，耄耋之年的秦老是健在的唯一一位在人文社与张友松有过书稿和日常来往的老一辈了，但他还是告诉我当时他太年轻，没有与张友松有深入的接触，那些对张了解更多的人都不在了！

所有这些网络搜索和电话采访都让我感到是在浩瀚的夜空中穿越历史，在脑海里借助一二张老照片重构张友松的形象，这种重构是与历史的雾霾和血泪交织在一起的，一个民国老人，曾为鲁迅鞍前马后奔走效力，经历了各个历史阶段的人间惨剧，依然刚直不阿，顽强地独自支撑，贫病交加，在陋室寒屋里借助放大镜依旧辛勤笔耕不辍，翻译着他钟爱的马克·吐温作品，他是用生命在翻译，直到92岁贫病中撒手人寰。

他当年的一位学生在1998年曾写了《翻译家穷死成都》一文，描述他所居住的陋巷穷屋，经常忍饥挨饿。有人对"穷死"一说表示质疑。严格说，那是一条普通劳动者居住的陋巷，他下岗的女儿只能居住在那样的地方。城市低收入者在此生老病死，似乎也平常，但人们并不知道同他们住在一起的这个同样普通的风烛残年的老人竟然是著名翻译家，在那样的环境下还带病苦苦地进行着文学翻译这样似乎是十分风雅的高尚工作，他曾经锦衣玉食，西装革履，在1950年代是月入300元的大文学家，享受预支固定额度版税的待遇，这样的待遇仅次于周作人。似乎是缘于这种"落差"和历史悲剧，才说他是"穷死"的。

二

1903年11月12日，张友松生于湖南省醴陵县（现醴陵市）西乡三石塘，自幼家境贫寒。12岁上随大姐到北京半工半读求学，1922年考入北京大学，课余翻译英文小说。受大姐影响，张友松在北京读书期间，先后参加过"五四运动"和"五卅运动"。除李大钊外，他当时还与邹韬奋、冯雪峰、柔石、邓颖超等人有过许多接触。其间，他还跟随大姐去当时荷属苏门答腊做了一年的小学教员，试图能以此挣一笔较大的收入奉养母亲和弟妹，但不仅没挣到钱，连回国的船票都是同胞们给凑的。后来，张友松同大姐继续回北大半工半读。不得不说的是，这位具有先进思想的大姐就是后来成为革命家的张挹兰。军阀张作霖入京后，拘捕杀害李大钊等革命家，与李大钊同时遇难的唯一一位女性就是张挹兰。

大姐张挹兰牺牲后，他的家庭负担加重，无法继续在北大的学业。鉴于他勤奋好学，读书期间已发表过不少英文翻译小说，鲁迅便推荐他去了北新书局做编辑。出于对鲁迅先生的敬仰，张友松仗义执言为鲁迅追讨出版社所欠的稿费，因此失去了自己在北新书局的工作。"别看鲁迅的文章写得泼辣不留情面，可是现实生活中的他，却在版税这类问题上往往磨不开情面，所以被人欺负。"张友松回忆说。

鲁迅的日记里114次提到张友松，说明他很器重这个年轻人。甚至在一次聚会中，林语堂先生因不知情提到张友松，语气可能略带调侃，引起鲁迅反感，二位文学大家当场反目。

张友松失去工作后，鲁迅先生在经济拮据的情况下还垫付500元帮助他开办春潮书局，还帮他组稿，策划出版文艺丛书。但张友松是一介书生，并不善于经营，书局很快倒闭。为此张友松很内疚，认为这是他"毕生莫大的憾事"。

春潮书局倒闭后张友松陆续在青岛、济南、衡阳、长沙、醴陵和重庆等地做过近十年的中学教员，并在抗战期间在重庆创办过晨光书局。在颠沛流离的日子里他仍然勤于笔耕，翻译了很多文学作品包括契诃夫、屠格涅夫、普列沃、歌德的许多名著。

重庆解放后张友松先生正是年富力强的中年人，以党外民主人士的身份积极参与重庆市文联和西南文联的筹备工作。本来有关领导要安排他当一个出版社的社长，几所大学也请他去任教，但他谢绝了这些出人头地的机会，一心留恋文学翻译事业。最终是在1951年，他应邀到北京参加宋庆龄女士创办的英文刊物《中国建设》的编辑工作。

三

这个时候张友松已经是年过半百之人，积累了丰富的文学翻译经验和大量的作品，还是想全副身心投入翻译工作，而新杂志的编辑工作是忙乱的，他一时难以适应。恰好当时的文化部一位领导金灿然同志是他的老朋友，对他很了解，就安排他去人民文学出版社当上了"特约编译员"。这个职位其实是业余的专业翻译，人不属于出版社的编制，没有八小时坐班的时间约束，但事实上出版社包了他的所有翻译作品的出版，给予其很高的稿酬标准待遇，按月预付每月300元的稿酬，预付费从未来出版的稿酬中扣除。这样的安排其实是极少数德高望重的文化人的待遇。据说周作人先生的月预支稿酬是400元。所以说张友松先生当年的待遇是很高的。但这种安排也埋下了一个不幸的伏笔，那就是张友松等于辞去了一个"铁饭碗"，一旦有不测，他的生活就会受到难以预料的影响。但这位民国文人以前也没端过"铁饭碗"，对辞去一份工作毫无感觉，对专业翻译的向往令他对未来充满信心，一派憧憬和幸福。同一个时代在上海，也有一位热爱德国文学翻译的医生钱春绮，他因为一本德国诗集挣到了八千多元的高稿酬而相信自己可以靠翻译过上自由幸福的美好生活而辞去了医生的职位，变成了自由翻译。后来稿酬标准的上涨速度远远低于工资的上涨速度，他的生活陷入困境，对自己辞去公职大为后悔。

张友松先生对这样的安排是非常满意的，感到了党和国家对他的器重，觉得自己是世界上最幸福的人。工作热情高涨，新作迭出。当时是他的好友萧乾先生提出建议，希望他专心翻译美国幽默大师马克·吐温的作品。他接受了萧乾的建议，埋头苦干，成了马克·吐温

"专业户"。他应该是继朱生豪之后第一个以"一对一"的方式翻译一个外国作家的专门翻译家。这个模式在以后的几十年中得到了一些人的继承和发扬，成为一个优良的传统。

这段时间里张友松不仅翻译了八部马克·吐温的作品，还翻译了几十万字的其他作家的作品，可谓译著等身。

那些年里张友松如鱼得水，心旷神怡，不仅购置了几套新的西服和呢大衣，还在兵马司胡同租了一套别墅式院落，在此安居乐业。他应该说是在文学界出人头地，声名显赫。优厚的稿酬待遇下，那个年代著名的文化人甚至流行用一二本书的稿酬在京城置办一个四合院，成为风气，也成为当今看来的传说和神话。但这都是真实的情况。兵马司胡同在明代是北京西城兵马司所在地，1913年中国地质调查所在此成立，是西单附近的一条著名老胡同。

四

但1957年风云突变，"反右"运动开始。作为文学家，张友松是被组织上派来的小汽车接进中南海去聆听毛泽东的报告的。出自对党和祖国的热爱，他积极建言献策、发表意见，根本不懂什么叫"阳谋"和"引蛇出洞"，天真的他就这样因言获罪，被打成了右派，从人民艺术家一落千丈，变成了人民的敌人。1957年9月2日的《人民日报》上刊登了新华社记者袁木的文章，把张友松划入"右派集团"，说这个集团有一个"大阴谋"，其实这个"集团"的定性是一个莫须有的罪名，不过是因为张友松以自己的名人身份替山东的两个老友打抱不平，结果就被诬陷为"右派集团"了。

从此张友松漫长的炼狱生涯开始了。他没有工作单位，就回街道接受监督改造，定期写思想汇报检讨。不能再以张友松的名字出版作品，起用了"常健"的笔名，但至少还是有工作可以做的。但他的稿酬待遇大大下降了，每月发给一小笔"生活费"算稿费，日子还算过得去。但他的子女却因为他的右派身份遭到了不公平的待遇，一儿二女大学毕业都不能留在北京，都分到外地，一个女儿还分到了遥远的牡丹江教中学，30年中不断受到批判。最小的女儿甚至因为父亲的右派问题而不被允许考大学。

但更为悲惨的遭遇发生在几年后的"文化大革命"中。此时他没有任何工作可做，一分钱生活费都没有了，全靠儿女接济。在街道上惨遭批斗，批斗中还被"革命群众"打伤了眼睛，由于医院不积极给他这样的"坏人"治疗，耽误了治疗时机，导致摘除一只眼球。他的住房也越来越逼仄，甚至被迫住进与人合住的一套两居室房屋，他只能住阴面12平方米的一小间，还是五楼。那时他已经70岁了。老两口就在那间小阴面的屋子里生活了多年。

一直到1977年，他才"摘帽"，不再是右派，可以堂堂正正做人了。可是他已经年逾古稀。他一直误以为自己是有单位的，直到这个时候才弄明白，当年的安排其实是让他成为一个"自由翻译家"，不必坐班，享受优厚的稿酬待遇的方式是按月预支稿酬，但并非是单位的正式职工。多年后他成了一个"无单位""无工资"的人。他要完全靠"文革"后大幅下降的稿酬标准生活了。

由于他不明白先前与人民文学出版社的约定关系的性质，他把本来属于人民文学出版社版权的马克·吐温作品转到了别的出版社再版，导致人民文学出版社停发了给他的每月100元的生活费。这些都是历史的误会，但这样的误会是令人痛心的。如果没有"反右"和"文革"，他就不会有这些厄运加身。

即使是在诸事不利的古稀高龄上，张友松还是借助放大镜的帮助，翻译了很多优秀的作品，直到81岁上，与老伴离开了居之不易的京城，迁居成都陋屋，由下岗的小女儿照顾度日。这段时间北京政协每月发给他近200元的生活费，还报销医疗费用，最后一年多他坚决不报销了，说："不要报了，政协对我够好的了。"他就是用那笔生活费供全家几口人生活的，在那样的穷屋陋巷，直到92岁去世，没有讣告，没有"单位"为他送行告别仪式，悄然远行了。

如今，张友松自己单独翻译的马克·吐温作品系列将要全新推出，这应该是对这位体验过人间富贵也遭受人间悲剧的民国老文化人最大的告慰吧！

下 篇

我的北京日子

　　我目睹着北京从一座传统的古城向世界大都市的迅速转变，我也随着北京的变化而从弱冠青年走到了知天命的年纪，到了精神上的"而立"之年。

寻找心河

秋凉了。难得一个清静的周末下午。在这城郊临界处的高层住宅楼上遥远地瞭一眼平日里埋头穿梭而过但对它毫无感觉的京城，不见了人们大呼小叫挤公共汽车的壮景，不见了地铁中进城讨生活的人们含辛茹苦、黑汗汤汤的脸和散发着霉味的行李和货物袋子，忘了自己顶着烈日骑着自行车奔波时被炙烤得冒油的皮肉，只觉得北京有几分清秀和挺拔，只觉得那一根根剑一样刺入云天的高大建筑是属于我的一样。

但我很快又会否定自己。不，我不是那么由衷地喜欢这座城市，因为它缺水，缺一条河，少一条江，因此少了点灵性。

我甚至更乐意走到西边的屋子，凭窗俯视一会儿楼下的凉水河。这一线河水，夹在青黄零落的杨树趟子中间，泛着粼粼的细碎光点。多沁人心脾的名字，凉水河。可我明白，那河污染得不成样子，只能这样居高临下隔着玻璃观望。看不清为净。

一晃我来北京很多年了，忙忙叨叨庸庸碌碌奔着生活，奔着"事业"，竟把初来时的浪漫念头置之脑后——来寻找一条北方的河。至今没踏着自行车到郊外去寻找心中的一片水。

1980年代初，我在一个只有一条散发着臭气的旧护城河的北方城市里大学毕业了。就是在毕业前的那个秋天，我决定只身打过长江去，在有大江大河的地方游荡几年，或许就此永远把自己的名字写在那片水上。

果然如愿以偿，考上了研究生，到了闽江畔的一所大学。天暖时，几乎天天下江横渡。闽江的水那样柔滑，有着蜜一样的质地。可我是北方的儿子，习惯不了那四季没有色彩变幻的青山绿水。我更渴望北方，渴望一条北方的大河：冬日封冻白茫茫，春日里蒸着水雾、朦胧着桃花，夏天甘洌清凉，秋天载着红红黄黄的落叶如一河床子流动的浓艳色彩。我知道，那才是我心中的河，是我的乡恋，是祖祖辈辈基因中积淀下来的集体无意识中一幅审美幻象。我一定要回到北方，去找到它。

于是就在这个清静的下午，在秋光秋影的阳台上，我展开了一幅北京地图。一下映入眼帘的当然是离家最近的西南角方向上几股清波样的示意图——永定河！我新搬的这个家居然离永定河这么近了。多少次坐火车从永定门站上下，竟没有注意到进北京前有什么河流，更没想到去寻找一下永定门外的永定河。哦，想起来了，张承志在他那篇有名的小说《北方的河》中很雄健地让永定河在我的故乡华北平原上奔腾过，同样在我脑海里奔腾过的家乡一带的河流还有拒马河、子牙河、大清河、滹沱河，还有直接滋养我的一亩泉河。可怎么就从来没有去寻找过这些从小到大耳熟能详的家乡的河流呢？1980年代前，我们穷，交通不便，当然是最直接的理由，一个小孩子如果为了看一条河，就得赶

寻找心河：心河应该这样宽阔（玛莎摄）

路搭车，要花家里有数的那几十块生活费，这种"旅游"在那个年代里是不可想象的。今天就骑车远行，去看一看离家最近的永定河吧。河边还标有一座水库，取名"大宁水库"，让我立即想起长江支流那号称小三峡的一段清流，叫大宁河，河水清得让人一见就要跃入水中，一边甩开膀子游泳一边开怀透心地畅饮！

黄昏时分，我骑车到了小小的宛平县城外。这是一座实实在在的微型围城，城墙重新砌好了，像电影道具一样。不过，这道具中真的生活着一城人呢。我知道，穿过城区，城外就是卢沟桥了，桥下该是一条波光粼粼的大河，永定河了。我终于摸到这条北方大河的河岸上来了。

出了城门，但见一线古桥，桥上游人如织。可是没有涛声。热血沸腾地一口气骑上河岸，映入眼帘的却是干涸见底的河床。天外来客似地问一个老人，他的脸也被岁月风化，干枯褶皱，似乎全然失去了水分，他说这河早干了几十年了，大宁水库也早干了，变成了露天采石场。

人们似乎已经不再把桥、水与河联在一起想了，那似乎是久远的传说了。北京城里新筑起的一座座立交桥、高架桥，有几座是建在水上的？那些叫什么河沿的很多地方，哪里有河的踪影？即便一道桥跨过一线细水，那水也是浑浊的。

再看看永定河古道，还好，虽然没了水，但至少也没有污水。

毕竟是宽阔的古河道，当年是淌过大水的，也淌过鲜血，流出过一段血沃大地的历史，这河床子里的茅草生得蓬蓬勃勃、郁郁葱葱，野灌木竟有一人高，远看还真以为是一片片绿汪汪的水呢。人们在青草地上流连，小孩子们在茶白一片的茅草花中扑打着，采下一团团毛茸茸的白茅花，嘟起嘴巴吹，那白花就如絮轻扬，飘得半沟都是。

这古河道如今成了荒凉的泄洪大道，没有百年不遇的大水，它是得不到水的恩泽的。生命本质的荒废，无论之于人之于物，都难免令人神伤。

　　为了这条我心中的河，我情不自禁下到河底，在草丛中徜徉，有一种足触血污的感觉，尽管我分不清侵略者和抗击者的血。

　　但打湿我布鞋的却是草丛中的水气，随之一股清凉袭上身来。这秋日的凉气告诉我，永定河没有干涸，地下深处一定还有水，不定什么时候，永定河还会沸沸汤汤起来，真正在色彩斑斓的北方大地上甩出一条碧澄的绿带。

　　天色暗了，我飞快地骑着车回城里，远方天际线上影影绰绰的林立高楼，那是北京城，在夜色中恍恍惚惚如海市蜃楼，估计我要狠蹬上一个多小时才能到城边上的家。这种在田野和城市之间的空旷地带上独自飞奔的感觉真的很奇妙。念天地之悠悠，独怆然而涕下。

　　独自沿着河岸上的公路前行。秋雾漫得古河道上下一片沼沼茫茫，古河道两岸的雾气比别处要浓重，这一定是因为这一带草木丰茂的缘故。这里仍旧生机勃勃，虽然无水，却透着水的灵气，这对于一个寻水而不得的人来说总算一种满足吧。

　　古河道里有人种上了庄稼，秋收后，人们在田野里燃起火来，烧玉米秆子作地肥。一缕缕烟雾中散发着玉米秆子湿漉漉的清香，唤起心中无限的温情——我想这一定是祖辈积淀在潜意识中的农家乡恋在暖着我的血液。我是北方之灵的一分子，与这大地结下了不死的亲情。我想我的祖先在秋收后的河岸上烧着玉米秆子时一定是十二分幸福地憧憬着第二年风调雨顺，盼着一河流水不泛不枯，悠悠滋润大河上下的子民。这种幸福原型只能在这月夜浓雾下的河畔找到，因为我们久居闹市，离这种感受愈来愈远了。

　　我北方家乡的河，什么时候你能奔流起来？什么时候用你蓝色的血液唤醒一个个北方的记忆之灵？我愿把自己写在你的水上。

雪落无声箭杆河

在一个雪糁儿纷纷扬扬的清晨，我心血来潮，决定去潮白河畔看雪景儿，顺便按图索骥寻找儿时就想找的一条支流，箭杆河。1970年代十来岁上，看过一出评剧《箭杆河边》，戏匣子里也常播这个戏，我着实爱听。河北的那些地方戏种里，顶不爱听河北梆子和保定老调，嫌它们太闹太沉霾；京韵大鼓和天津时调什么的又太嫌油滑，倒觉得评剧比较兼容了京剧、梆子和大鼓书，亲切婉转、清丽上口。那个戏好像讲的是京郊箭杆河边农村里的"阶级斗争"，这内容是那个年月里人为的主旋律，看着就假，不怎么招人待见，但那年头老是唱八个样板戏把人听烦了，其他剧种也"移植"这些个样板戏，只是换了唱腔而已，于是，我们能看到河北梆子、豫剧、老调、粤剧等等的样板戏，已经看到厌恶的程度。猛丁儿出来个别的戏，只听唱腔儿，看布景儿，也觉得新鲜。这戏的布景是那种典型的新乡村农民水彩画，颇像传统的户县农民画，色彩是超现实的，红是怯里吧唧红，绿是嘎嘣儿绿，黄是鲜嫩黄，碧野上有一条蜿蜒的小河，鸟语花香的，那景致在我这个灰土城墙下生活的城里孩子看来就是"广阔天地，大有作为"，就是社会主义新农村。所以我根本不是去看戏，而是去听唱腔、看布景的。当然吸引我的还有那个戏名上的箭杆河三个字，多好听的名字，箭杆儿一样细溜，流窜在芬芳的社会主义新农村生机勃勃的大地上，肯定是一道潺潺溪水，跟画儿上一样婀娜。

"文化大革命"之后，样板戏都销声匿迹了，这种样板戏的衍生物自然就更是自生自灭，但毕竟戏名里有箭杆河这三个清澈的字眼儿，让爱河的我难以忘怀。多少年后在网上搜房，发现一处高级楼盘号称地处潮白河和箭杆河交汇点上，很有点"襟三江带五湖"的意味，如获至宝。那房价堪称天价，令我望尘莫及，不敢妄想，但我终于找到儿时向往的箭杆河了，原来是顺义往通州流的一条真河。在地图上看去，发现这箭杆河就是潮白河的支流，便想着哪天踏访潮白河时顺便寻它一寻。

顺潮白河右堤路信马由缰往北，铺满落叶的河道让这场雨雪润泽得清爽淋漓，雾气弥漫在河两岸的白杨林里，飘荡在梨园和苹果园里，蒸腾在岸边的一座座村子里，红墙大院，外墙都刚刚粉刷得雪白，半截处有的还勾了蓝腰线。唯一可惜的是那著名的潮白河里并没有水，更没有潮，一片白茫茫倒是真的。从密云开始它的上游大坝就截住了那点宝贵的水，这条宽阔得望不到对岸的大河一直这么干着，和永定河一样成了泄洪渠。不过这毕竟是条河道，湿度很大，河道里杂草丛生，四季里都弥漫着雾气，两岸林木葱茏，瓜果飘香，因此很受房地产商青睐，顺义的不少地产都靠河而建，号称亲水生活，澜花涛声，望潮观汐之类的字眼不时出现在楼盘的宣传册上。这无澜无潮无波无涛的河边的地产应该叫"望梅豪宅"才对，一条大河让你望梅止渴。沿途果然发现一处硕大无朋的别墅群，居然就建在河堤下，估计等什么时候南水北调后，潮白河里荡起汉江的碧波时，这些"大house"们就真成了观澜听涛的水岸家居了。但我总有点怀疑的是，汉江水长江水奔流在这条北方的河道里后，会不会和这里的土发生不服，那才是真的水土不服，这里的植物会不会发生变种或基因改变？北京人在北京喝上汉江水，肚子会服吗？我总感觉水这东西是有灵性的，应该发生在"本土"，是本土的天地阴阳交流的产物，本土的人应该喝本土的水才自然。当然也许，这样一来真的就南北融合、环球同此凉热了呢。这等闲愁提前发纯属杞人忧天。

终于按照地图的标识在一条林木遮天的小路旁找到了潮白河和箭杆河交汇的地点。我把车开进路边的林子里停下，眼前是天苍苍野茫茫的潮白河道。春天里我来过这一带，但就是不知道梦中的箭杆河就在这里。那时正是二月兰疯开的季节，满林子里幽蓝的小花，很像英国春天里铺天盖地的风铃草。那情景恰似劳伦斯形容过的爱花冥后波塞芬每年返地面，给大地带来盎然春色。二月兰和风铃草遍地的林子里倒真有点冥府之气弥漫。可初冬的岸上，只有萧萧落木，枯黄的二月兰草根。河道里荒草没膝，走几步鞋子就被水雾打得精湿，蹚着草恍若蹚着水一般。岸上有水务部门的警示牌：河道里禁止放牧。但这里经常有农民放羊，遍地的羊粪蛋和一坨坨一盘盘的牛粪马粪。见此，突然我想在这干河床里放一放自己，便奔跑，然后感到一阵冲动，便隐没在荒草中，任飘飘细雪打湿肌肤，望着头顶上轰鸣而过的飞机和白茫茫的河道，方圆多少里，只有天地和我，吸天地之灵气，吐肉身之污浊，完成了一次吐故纳新。

然后我找到了箭杆河与潮白河交汇处，那是一条干小河与另一条大干河河床的连接点而已。箭杆河果然很窄，丈把宽。

我失望而归，顺着地图的标识，继续往远处开了一段路，看到了箭杆河穿村而过，那箭杆一样狭窄的河道几乎成了沿途村庄的排水沟渠，里面的水分不清是河水还是污水。这里也在等汉江水来冲刷呢。

不忍看下去，掉转车头打道回府。等汉江的水来吧，汉江水会一直在这里奔流吗？流上一辈子？

雪还在纷纷扬扬着，无声。

潮白河畔感天念地

正值清明，大运河两岸始现翠微。沿着堤路一直南下，不久就到了北京与河北的边界潮白河畔。这里比较原始的河岸景色还算宜人，因为还没有大规模开发，没有蜂拥喧闹的人群，两边的村落还比较古朴，偶尔来岸边走走，清心净气。

潮白河畔（黑马摄）

　　河西边北京通州的村子与河东边大厂县的村子看上去基本相似，低矮的红砖农家院子连成片。但进去就会发现不同。北京的村子规划稍微好些，柏油路比较多，河岸边更有敞亮的公路通向新城；几分钟后过桥到河东进村，会发现那里比较乱，垃圾四散，但能发现村子里有不少的铁壳船，让你感到这是个渔村。这里很快就会被开发为号称京津冀三地融合的新经济区，那条引潮白河而入的水渠边要建一个水岸新城。处女地啊，北京城都快挤炸了窝了，这边却天苍苍野茫茫，看来北京东扩真的会很快，而且东扩才能改变这里的混乱。

　　在河滩上溜达溜达还是很惬意，天地悠悠，古河道依然。潮白河水量不大，浅浅地流淌着，水还比较清凉，那是温榆河流下来的可怜的一线水，估计这就是北京最清澈的水了，很让人觉得宝贵。河岸上钻天杨林立，气势不凡，人在河道里看天看水，会感叹钢筋水泥的城市边上还有这么相对古朴的景色实数不易。

　　但这地方，污染照旧，河滩上到处是花花绿绿的废旧塑料包装袋和废纸，那是风吹过来的，布满沙滩，很是碍眼堵心，令你无法久留便匆匆离去。一路上看到河滩上竟然有很多坟墓，一些人在烧纸祭奠故人，培新土，彩色的纸幡被刮得零落一片。唉，中国的坟茔，总是让人看着窝心、凄惶。抛开人们对故人的纪念感情不说，只说就冲这景象，人去了，与其葬在这样的坟冢，倒不如就让那把灰散了的好。清明节里陕西在祭奠黄帝陵，声势浩大，那陵区越来越奢靡盛大，甚至用造"神七"的那种高级材料做了大鼎。那是国家行为。还有些名人家族，买了地，造了园，塑了像，那是花了重金的。我们小百姓没那等财力物力，更没有那地盘，所以自己家的"陵"就算了吧，不要贪恋那一抔黄土了，斩断那最后的俗念吧，学学杨绛对钱锺书先生的告别方式，灰飞烟灭，但留精神在人间。

永定河上2014的眺望

　　2013年我做的唯一一件事就是眺望展望2014年，当然这种眺望和展望是因为在埋头忙碌工作时心头早就辉映上了2014的光，我心里有光，然后我像在太阳下农田里低头流着汗水默默辛勤耕耘和收割的农民那样，时不时直起腰，抹一把汗水，望一望那明晃晃的日头，它炫得我眼睛发蓝，然后我手搭凉棚，闻着禾香，极目遥望远山似有似无的山影，我知道我的2014在蓝天丽日下的那片山影水色中摇曳着。

　　2013年最后一天，天气如此美妙，我开车上了高速路，一路狂奔，在正午的阳光下，北方的田野温暖静谧，咆哮的都市外围景色竟然是这样宁静安详，我明白这景色几乎百年没变，变得只是北京这座大都市，60年来从原来不大的四九城不断向外扩张，六环外都点缀起了高楼，在空旷的田野上显得突兀，没有章法。只有六环外还有寂静的乡野景色，这是多么难得。这些耕耘得如此细密的平畴沃野依旧，我的华北大平原依旧，当然这条一直向南通往香港的高速路是我的祖辈人从来没见过的，他们或许有的就把一缕魂深深葬在了这高速公路和高速铁路下，保佑着后代子孙。

永定河

　　不知怎的，出了老城，我就自然想到我这是奔驰在老直隶顺天府的地面上。当年没有京津冀之分，北京城墙外面都是直隶省，那个大直隶头大尾细，如一条美丽的金鱼在渤海边跃动，尾巴甩到了黄河边，可谓大河奔涌，凭海临风。老城外大片的乡村属于顺天府，东边是天津府，正南是保定府，这三个府构成了大清的心脏。这片一望无际的大平原上奔腾着永定河、大清河、潮白河三大水系，水网密布，既是粮仓，也是鱼米之乡的北国水乡，白洋淀上樯帆林立，舳舻相继，北通永定河上北京，东到天津卫出渤海，西达保定府进太行山，那俨然洞庭湖和太湖景象一般。

　　后来的顺天府被分得七零八落，有的划入了新的北京，成了首都的一部分；有的划入了天津，成了直辖市的一部分；不幸的一些地方划入了廊坊和保定，就成了"冀"的一部分。从此大片的河北中间开了两个洞，原先同饮一河水、同操一口方言的乡亲就成了陌路，成了"外地人"，像不同国家的人似的。于是北京和天津就与自己的母体分离，高高在上，傲视周边。可到了21世纪，空气污染和水污染是不分行政区划的，北京和天津不可能成为清洁的孤岛，污染之下他们必须回归母体，与"冀"再次携手，同呼吸共命运。似乎那个老直隶要借机还魂了。这片同呼吸共命运的土地将不再支离破碎，一条大河上下的人民将共饮一河清水，这样的前景是令人向往的，值得我们翘首企盼。

这个时候我想到了北京城里鼓楼东街上那座威严的顺天府大堂，那是顺天府的行政中心；想到了东四十条口那条曾经叫铁狮子胡同的街上北洋执政府中西合璧的大院，那里也是末代河北省政府的驻地，北平是作为古都和河北省省会转手交给新中国的。无论是顺天府还是民国时期短暂的三度河北省省会，都因为这两大硕果仅存的豪华建筑文物而感到那都是不久之前的物象，那个同舟共济的大直隶离我们并不遥远。

但当我奔上固安与大兴交界的永定河大桥，我还是心里一沉：宽阔的河道里没有一滴水，居然到处是耕作得如同绣花针绣过的精细农田。我的大平原上奔腾的水哪里去了？什么时候永定河里能再次碧波荡漾？河南岸是河北，河北岸是北京，我感到我是叉开双腿站在一个地理和时光的分界线上，这个坐标上只有我一个人，我的目光越过2014向更远处望去，我想我是朦胧地看到了水色天光。

我眺望，年年眺望，多少个眺望之间是埋头的工作，低头和抬头之间景色在变换、人间在变幻，一切都在这低头和抬头之间：收获、幸福、焦虑、期盼，当然还有奔腾的我的北方的河重新奔腾起来，我的眺望和北方河水的波浪在一起，小小的期盼就是永定河浪头里打挺儿的鲤鱼。

北京筒子楼的戏剧人生结构

1984年我研究生毕业，来到北京进一家出版社当编辑，是在办公室中熬过八个月后，才进入一座类似《混在北京》中那座楼的筒子楼

北京筒子楼厨房（Karin Ludecke摄）

居住的。但那不是一般的筒子楼，它在"祖国的心脏"中心，离天安门近在咫尺，离王府井、东西二单、前门都十几分钟的路程。这样的坐标令我兴奋。我是个典型的中小城市里小知识分子家庭出身的学生，从小学一气读到研究生毕业，从校园到校园，从没见识过社会，刚毕业就能在这个地理位置上安身，成家立业，在那里挑灯夜战翻译英国文学，写散文小说，那里曾是我下班后唯一渴望回去的归宿，是我的支点。因此我从心里爱那座楼，感到自己像20世纪30年代上海的阁楼文化人，虽然生活不富裕，但是知识精英（meritocracy），做着高雅的文化工作。这样的筒子楼生活简朴而浪漫。

但筒子楼毕竟不再是简单的单身宿舍了。大多数楼民要在这里繁衍生息，在此吃喝拉撒。于是原本仅仅是支床睡觉的单身楼成了一个小社会，而其办公楼的简单结构又根本不是为这样的"群居"设计的。从而仅仅因为改变一种建筑的功能而产生了一系列的社会问题，如环境卫生、邻里关系、公共道德问题，还有因为都是一个单位的人居住于此，下班后人们会把上班时的问题带回到楼里来，筒子楼又因此成了工作单位的延伸，过密的人际交往和没有缓冲余地的矛盾冲撞加剧了人们的冲突。工作中和生活中的矛盾完全交织在一起，上班和下班的概念几乎没有区别，感觉这是旧时代手工作坊的那种"前店后厂"，单位是"店"，筒子楼是"厂"（旧时代的店员们大多在后厂里居住），白天在店，下班后回厂，还是这些人不算，又多了这些人的家属参与其间，本来店里没有解决的矛盾回到后厂里后又可能因为生活上的不愉快接触而加剧。你最厌恶的人和事几乎总在你身边徘徊，不分昼夜。因此过上一段时间，我最早的对这楼的爱和浪漫情怀就被这种混沌黏稠的生活现实所消弭，最终只有一个想法就是这样的酱缸令人难以呼吸，只能逃离。

应该说筒子楼最集中的地方是大专院校，这本是供学生和教职工们住的集体宿舍。但随着北京人口越来越多，其中一些就演变成了教师家属宿舍，他们又在此结婚育子，一个个家庭就在这里诞生了，不少机关单位也大都有这种宿舍楼。

并非每个人都能一开始工作就分上这里的一个单间，你要在结婚以后并且夫妇二人都有北京户口才有分上一间屋的资格，即便如此，也要在一个单位工作五年以上才有排队分房的资格，否则就只能二三人合住一间。

一家住一间，楼道渐渐被瓜分割据，堆上杂物，摆上破桌子便成了厨房。大人渐渐变老，儿童一天天长大，有人升了官，优先分了房子搬了出去；有人熬够了年头，由"小张""小李"之类熬成了"老张""老李"，携家带口告别了筒子楼。而新的楼民又源源不断地涌了进来。真是长江后浪推前浪，铁打的营盘流水的人。

这类人总在盼的是房子，是正常人的日子。他们与另外两类人构成了所谓"计划经济"年代里北京人的三种基本居住景观。

一类人是功成名就或奋斗经年在北京立住脚的中老年官员和知识分子，或有权有势或功名显赫，早就论资排辈分得了正式住房。一般来说是部长级独门独院，车库花园正偏房等等一应俱全，冬暖夏凉，安富尊荣。司局级、处级、科级则一套四至二间不等的房子，他们中一些人的子女自然得获荫庇，是"口衔银匙而生"的膏粱弟子，"改革"前不难谋个肥缺公干，"改革"后仍有人如鱼得水，公私兼顾，成为改革试验的既得利益者。第二类人则是祖祖辈辈几代住在北京大杂院中的本地人，大多从事体力劳动或第三产业，只有少数人经过奋斗当了官或成了知识分子，这类人中大多数几乎没有机会分到公家的单元楼房，他们几代人挤住在低矮平房中，烧煤取暖做饭，没有自己的卫生间，一条街的人共用一两个没有抽水马桶的公共厕所，这样的厕所在酷暑时节会散发出恶臭。他们唯一的希望是市政"危房改造"计划，被列入拆迁户，趁机搬出旧房，住进新公房中去。但他们损失也不小：不得不离开祖辈居住的市中心，搬到城市边缘或远郊县。而原来的居住地则盖起了五星四星的宾馆或写字楼，这类人与前一类人虽同居一市，却似天上人间，不可同日而语。很多成了公家人的市民子弟离开了这样的住宅区，与自己的父母和兄弟姐妹同在一个城市，却过着截然不同的两种生活，但也爱莫能助。

而介于这两者之间的，则是沉浮不定的这些筒子楼知识分子们。他们以候补官僚、候补知识界精英的面目出现在北京，踌躇满志地蜂拥而至。本以为在这种破楼里"中转"一下，很快就可以荣身晋职，过上"人民公仆"的好日子。却不想多数人心比天高命比纸薄，只能当"公仆"的分母或长时间的分母，要在昏暗的筒子楼中生息繁衍，生生不息地过上一个相当长的历史阶段。于是他们戏称自己"混在北京"，只是知识打工仔。僧多粥少，只能排大队。若想打破常规非部非班，就得有过人本领，后来居上斜插入队或把别人挤出队列，以强行先到终点。争夺自然残酷，手段自然狡诈，心术自然不正。这种人生戏剧无场次，无逻辑，瞬息万变，教你随时处在不进则退的战时状态，其特点是手段和心计愈下流则愈能尽早脱离下流。

这类筒子楼楼民是高尚理想与精神沦丧的怪胎，他们的升华或堕落象征着中国知识分子的进化历程：千百年的战乱，血腥的朝代更迭，科学文化的落后，连年的政治运动使博大精深的中国文化传统惨遭浩劫，一次次出现断裂带，使得"书香门第"相传者甚少，真正的知识分子而非"受教育人口"并不多见。历史与现实的因素，使得许多受教育人口无法在言行上看似知识分子。"文革"后大学毕业生和研究生大量出现只是1982年以后的事。这些人大多出身贫寒，家境远非优渥，往往自身就是本家族第一个大学生。带着穷根念完大学，进入都市后又陷入筒子楼这种环境，教他们如何表现为知识分子？而外在环境更不允许他们书生气十足地生活，连年的政治运动以"文革"为登峰造极，形成了人与人争斗的传统。"文革"结束不过20年，那些经过"文革洗礼"的人们正处在事业的鼎盛期，谁又能说他们身上的"人整人、人防人、人吃人"的惯性彻底消失了呢？"文革"为代表的数十年政治运动流毒是会毒害几代人的。年轻的知识分子们不能不在成为这种传统的受害者的同时也潜意识地继承这种传统之一二。

但是，中国的历史剧变——向市场经济转型——不可逆转地发生了。社会生活的大变革把这样一些素质不甚高的人推到了改革开放的前台，成为改革年代的知识分子。市场经济的拜金主义与专制主义传统和恶劣的生存条件合流，成为青年知识分子人格的三重奏。于是，各色人等粉墨登场，自然是好戏连台，人性恶在这个时代舞台上得到最充分的表现。知识分子披着"文化人"和"读书人"的外衣，上演着庸俗的小市民闹剧。

这样的闹剧恰恰因为筒子楼的特殊结构而得到集中的展现，因为筒子楼与单位构成的"前店后厂"结构而得到最充分的戏剧化。一间挨一间的办公室当成住家使用不利于生活，但有利于使其成为一个舞台上演人生的戏剧。白日里的衣冠楚楚表演在下班后则变成了换上短打和赤膊后的表演，单位里的表现与下班后的私生活表现互为补充，一个人的性格和面目展现得更加充分。这种前店后厂的空间结构本身就把同一群人安排进了一个无场次的戏剧空间中，无论你是否愿意，你都成了这场戏里的角色，你们在这里住多久，这场戏就演多久。这样的楼是一个铁打的舞台，人们是上面流水的演员。如果说人生是大舞台，难得看到其全景，筒子楼则是个相对集中的小舞台，只要你超脱一些、后退一步，就可以欣赏这场生活剧的全景。

筒子楼难忘，离开它以后还常梦到它，因为我24岁到30岁那六年金子样的时光就在那里流逝，它化作了我生命的一部分，影响我一生。

筒子楼最教人难忘的，是它那火爆热烈的生活场景，市民气十足，也温情十足，那种世俗美是外人无法感同身受的。

在这样的楼里各家的生活几乎难有隐私。你的一切行动几乎全暴露在光天化日之下。印象最深的是一对情人在一个下午在房中做爱，那欢快的叫声很高亢，他们大概快活至极，根本不想压抑自己，便尽情尽兴，任那快感的叫声透过破门传到走廊上，引来无数人驻足聆听。夫妻吵架，那巨大的声浪也是那种破木头门无法阻隔的，由于厨房和厕所公用，人们不可避免地拥挤在这两处地方，总是在没话找话地闲聊，于是便有了摆弄是非、人前人后指指点点的闲言碎语。但这种东家长西家短的议论，常常颇有新闻价值，你可以从中捕捉到不少有用的信息，如紧俏商品的价钱、某某人的背景，谁又能说这种闲话没有魅力呢？简直是不可抗拒！它像一个"信息高速公路"，每个人都在公开发表自己的小道消息，它比"信息高速公路"更有魅力之处在于，这是活人之间的现场交流，可以看到人的表情，听到人们最迅速的反应。真的是活报剧一般生动。

这种热闹场景大多是在做晚饭时分和星期天，人们就那样手上洗着菜、炒着肉，大声喧哗着交流信息，逗着闷子，愉快无比地手不识闲儿嘴不停，一边聊一边相互品尝对方新出锅的饭菜，交流着手艺，东西南北各种风味的菜肴均在此得到展示。这样的生活小景无疑是迷人的，尽管有时话题很无聊，但它使你忙碌一天后精神上得到了放松。

我至今仍然留恋那种生活气息浓烈的筒子楼场景，它让你感到你和人类息息相关，感到安全，因为你随时可以敲一敲邻居的门请求帮助，随时可以在大庭广众之下发泄一下自己的情绪。人们无奈而又颇有希望地快活度日，一点也不感到什么痛苦，因为我们来自小城市，来自贫困的农村，来自本不优越的小市民阶层，我们来到了首都北京，立住了脚跟，仅仅这一点在那个封闭、闭塞的社会发展阶段就足以成为老家里一条街、半个县、整个小镇子的新闻，我们是首善之区的上等衣冠！即使住在这样的筒子楼中，我们也足以比下有余地生活，因为北京市民中还有很多人挤在昏暗的小平房、危房中度日呢。我们是"国家干部"，即使在官场的角斗中沦为败将，无非是在筒子楼中多混些日子而已，我们早晚还是能分到房子，这是所谓的"铁饭碗"，仅凭这一点，我们足可以心安理得了。没有光明的前景，但生活有保障，因为算"京官"的后备和附属，我们还有点举手投足中流露出的优越。

于是我们一顿不落地做自己的饭菜，臭水横流时厨房里满地没脚面深的污水，整个楼道流水潺潺，我们视若无睹，在地上垫上砖头作桥，扭摆着腰肢来回穿梭。我们换上胶靴站在污水中炒制其香无比的干煸牛肉丝，炸鸡、炸鱼、包饺子、熘肝尖儿。任凭它厕所的黄汤汩汩流入，我自岿然不动，因为锅中的饭菜香味足以抵消那污水的腥臭。"民以食为天"，在这个时候显示出无可辩驳的真理性。

除了这种快乐，筒子楼民们心酸难过的事也有，最教他们心酸的莫过于平日里与大家一样毫无追求、牢骚满腹、自私自利的人突然在某一天出现在单位的大红榜上，宣布他已加入"无产阶级先锋队"的行列，再不久便官升一级并按政策分到了某一级官应分到的几室几厅单元楼房从此提前脱颖而出逃离了水深火热的筒子楼进入领导阶级，据说这叫改变命运的三部曲。

只有亲耳聆听这类人在庄严的入党宣誓会上的慷慨陈词时，你才能领教到他们的"道性"，才能知道为何他们能比你早逃离筒子楼。这些平日里毫无口才的人，居然能在这种会上大谈为共产主义理想奋斗，表演才能十分了得。

那么何以"解释"他们平日里混同落后分子们搬弄是非、飞短流长、口出粗话？据说那是为了"和广大群众打成一片"实则"出淤泥而不染"。听起来如同"打入敌人心脏"的地下特工人员一样机智而伟大。

我曾经无比蔑视我的同类中一些知识混子，为他们痛心。他们不少人其实聪明过人——能从穷乡僻壤考入全国一流二流的大学就足以说明他们天资非凡，却甘心精神上堕落。我在小说《孽缘千里》中曾这样写道："大都市中知识青年心灵上的堕落竟如同妓女们肉体上的沦陷一样势如破竹，不可救药。"后来我又把这种沦落归咎于环境，把他们看作环境的牺牲品。看来，这两种观点都失之天真，倒该说成是两者的化合反应加剧了他们的堕落更为准确。我真的为这些纯良的乡村、小镇、底层青年才子们惋惜，错！错！错！

北京在长高，我几乎快不认识她了，她令我茫然。但我知道《混在北京》里的那些人大多现在混得正是春风得意，俗话说是"混出人样儿来了"。人到中年，大多各得其所，至少小有得志。我们这个世界上的第二经济强国里很多有利的地形都被这个年龄段的人占据着，在各自不同面积的大小地盘上能呼风，也能唤雨。

但我怕的是，一个个筒子楼楼民乔迁了、荣升了，却把筒子楼精神撒播向四方并代代相传。住进几十层高的公寓里，住进优雅的别墅，开上各种名牌汽车，他们的劣根会自行斩断吗？

随着北京的建设日新月异，这样的筒子楼已经绝迹，人们欢呼着搬离，住进单元房后就自然把那种臭水横流的筒子楼中外省移民知识分子为争得人生一席地的辛酸故事忘却，记忆的文档里从此就删除了这个文件。那些可怜、可悲又可鄙、可笑，为达到一己目的不惜媚上压下，在金钱和权力面前纷纷头冠草标、压价贱卖人格的故事就随着推土机的轰鸣灰飞烟灭了。但筒子楼，在北京知识分子的成长中起着不可替代的作用，是他们生命历程中的坐标。这大大小小灰灰红红的北京筒子楼，构成了富丽堂皇的北京潜隐着的另一层风景。我不能就让它这么轻易地消失。俗话说忘记过去就意味着背叛。研究了多年英国小说，我居然身在一部绝好的小说结构中而不自知，整天说外国文学研究的目的是"它山之石，可以攻玉"，而我自己就在那块宝玉中，却不懂得去"攻"，这真是对书呆子莫大的讽刺。还好我的研究生涯帮助了我，让我在某一刻顿悟出了这个"前店后厂"的戏剧结构，这样的小说，我不写谁写？我必须写。我要把筒子楼的精气神留下来。

　　按照一般的小说理论，现实题材的小说作者对自己所写的现实生活越熟悉越好，同时最好与自己熟悉的生活拉开审美的距离才能写得更客观真实。我这本小说只用了半年时间断断续续就写成了，恰恰因为我在筒子楼里生活了六年，搬出来两年多后才动笔，因此能一气呵成。如果说深陷筒子楼时我是生活在情绪与感觉中，难识其真面目。而那之后的两年楼外生活则是我反刍这种生活之意义的两年，让我从水深火热的生活境遇中脱身后，冷静地反思筒子楼的锻炼与筒子楼对我成长的益处，摆脱了当年纠结其中的很多情绪化的偏激，从而能客观地以小说的笔法创作那段生活。而因为我对生活的热爱和浪漫的理想在肮脏的筒子楼里受到了残酷的挫败，在理想与现实的反差中我感觉到了这种生活的俳谐，因此我的小说字里行间又汹涌起一串串的笑声，你想，一个写"年轻好啊年轻美/五月的鲜花三月的水"的流行诗人，置楼道里淌着的厕所里冒出的臭水而不顾，仍在屋里畅想自己要获得诺贝尔奖，要花大钱请国内最好的翻译家把他的这类诗歌翻译成各种外语文本，这样的形象是不是很滑稽呢？

　　我希望这本类似讽刺劝善的滑稽剧式的小说能为新时代的人留下旧时代的一面照妖镜，让有些衣冠楚楚的过来人一照发现自己不过是曾经的生活丑角，从而能产生悟性，反省自己现在的行为是否带着筒子楼里的惯性。我希望这小说像一场小小的春雨，让一些人身上的旧伤痕一到雨天就发痒，提醒他们在生活的路上不要重蹈覆辙。当然这也是警醒我自己，因为我是他们中的一员，可能好几个人物身上都有我的影子（不要以为那个庸俗的诗人纯粹是别人，他的某个庸俗想法其实我也有过）。自省并能反躬自谴，也是让我摆脱旧的噩梦的本能努力，好在是披着小说写作的外衣做这事，可以让读者觉得那些坏事都与己无关。所以我要感谢小说这种表现形式。劳伦斯说："作家通过写作摆脱自己的厌恶。"我研究了多年劳伦斯，我信他的话，我写这小说很大程度上也是为了这个目的，包括与自己的病态过去告别。

《混在北京》与萨克雷

　　1977年恢复高考我是以在校生的身份考了俄语，上的英语专业，对外国文学几乎一无所知（我们的中小学课本里就没有外国文学的内容，课外书里除了高尔基的作品和《钢铁是怎样炼成的》就没读过外国文学），但我是幸运的，基本等于一个半文盲，却进了大学英语专业，感觉和人们嘲弄的以前不考试就进大学的工农兵学员没有什么区别。先是不由分说开始我的"疯狂英语"历程，过了基础英语关又从彭斯的《我的情人像一朵鲜红的玫瑰》之类的诗歌开始揠苗助长般地学习英国文学，近乎疯癫地一路读到狄更斯和萧伯纳，连囫囵吞枣都说不上。除此之外还要恶补欧美文学。若想尽快对英国文学有个较全面的掌握，我们的主要手段竟然和非英语专业的人一样是读大量的译本，译本的质量几乎决定了我们对一本小说优秀与否的判断。幸运的是我借到了杨必翻译的《名利场》，还读到了杨绛先生所写的有关《名利场》的高论，是这姐妹二人的译文和论文把我引进了萨克雷的世界，让我在众多的英国名家作品中一时间独钟《名利场》，通读了几遍译本，才借来原文进行重点部分的比对，几乎沉醉其中不能自拔，随之啼笑，甚至时常产生幻觉，感觉那就是一本中国人写一群英国人生活的小说。最终我就选了《名利场》作为我的毕业论文题目，估计我做双语比对主要是因为英文专业的论文要用英文写，指导论文的是新来的美国教师。写完论文得了A⁻，我自己突发奇想：看来我这几年念英文专业，风扫残云般地生吞活剥一番英国文学，估计最终唯一的收获就是沉迷于《名利场》。为什么连莎士比亚、狄更斯、萧伯纳这些文学巨人最终都没能像萨克雷那样令我倾倒？我的理性告诉我我应该更热爱前几位胜过萨克雷才对，但我就是非理性地独钟萨克雷，其原因只能有一个，那就是喜欢，是由衷地喜欢。我想这或许是萨克雷的笔调唤醒、激活了我天性中的喜剧和讽刺细胞。那几年我一直像一个上足发条的轮子在疯狂地追赶和补课中旋转，几乎全部时间都用来读书考试和为考研做准备，整个社会也是在"拨乱反正"的高昂庄严的主旋律中突飞猛进，我活得真是紧张又呆板，自己天性中发达的喜剧细胞似乎因此而完全处于蛰伏状态，突然读到萨克雷的讽刺批判小说，我似乎感到生命深处有什么醒了。

毕业后开始读研究生，几乎是刚开始基础课就要求每个人同时开始搜集资料确定硕士论文方向。对我来说萨克雷毫无疑问是首选。但阴差阳错导师组给我分配的专业是非虚构文学，一个毫无背景和势能的小小研究生无力改变导师组的决定，不能过于强调自己的嗜好，只能让自己适应环境，所以就割爱了。与此同时萨克雷的一个竞争者出现了，就是大四最后几个月我们的美国老师在现代文学课上讲过的D.H.劳伦斯，他也很令我心仪，我甚至把老师讲过的劳伦斯小说《菊香》翻译成了中文，劳伦斯的作品以完全不同于萨克雷的风格震撼了我。在报论文选题时我恰好发现劳伦斯除了小说还有大量的文论和随笔，这些可算作

混在北京的筒子楼（黑马摄）

非虚构文学，不妨研究劳伦斯的文论，同时研究他的文论与他小说之间的关系，这等于暗度陈仓兼研究他的小说了。就这样在与现实的妥协中我告别了当时最为心仪的萨克雷，从此开始专攻劳伦斯，这日后竟然成了我一直无法割舍的事业。

但萨克雷的喜剧和讽刺精神似乎永远在我的细胞中弥漫。我曾经以为我以研究和翻译劳伦斯为业，以后不会再与萨克雷发生交汇，应该全副身心投入到劳伦斯研究中去了，就是写小说也应该有人们讨论劳伦斯作品的情节，那将是我的"专利"。但我没有想到的是几年后我一阵狂热冲动之下竟然在几个月内写出了我的第一本长篇小说，就是《混在北京》。整本小说在叙述沉闷慵懒的筒子楼生活的过程中几乎充满了各种笑声，即使是钱钟书先生所说的那种"马鸣萧萧"式的浅层次的笑声，毕竟还是笑声多于叹息，更多的是讽刺和反讽的笑声。如果没有这些笑声，那部小说里的情节估计会十分令人感到乏味。我不敢说我模仿了谁、受了谁的影响，但我相信我那些年之所以沉醉在萨克雷的作品中说明我天性中有很多喜剧的因子，因为熟读了萨克雷，这样的因子似乎受到了更多的雨露和养分，让我明白了，一本几十万字的社会生活小说可以用如此辛辣尖刻的语言从头写到尾，"包袱"不断，又不令读者因为笑而疲倦，那段痴迷于萨克雷的日子的熏陶足以让我下意识地用喜剧的眼光看待生活，写起小说来情不自禁地就滑向了讽刺和幽默的路数上去了。

我那个时候已经开始以劳伦斯作品的译者和研究者著称了，出版社接受我的创作小说稿件首先是因为我是个比较有声誉的劳伦斯译者，或许他们期盼的是一本高度模仿劳伦斯作品的小说。但几乎没有人相信一个劳伦斯作品的译者和研究者会写出《混在北京》这样的京味讽刺小说来，这本小说的风格与劳伦斯作品风格南辕北辙，小说里劳伦斯的名字仅仅出现了一次，根本没有任何劳伦斯风格的因素。现在我终于可以告诉人们，《混在北京》不是我一时心血来潮的玩票作品，它是我本性的某一面的充分暴露，也与我深爱的《名利场》有关，我研究过那本著作，通读了好几遍，还写了研究论文，不可能就白读了。我因为生活在北京，自然用北京方言写作，萨克雷对我的影响当然在语言层面上无法解释，但那影响是在意识和潜意识里。对萨克雷，我无论怎样感激都不过分。

怀念我美好的京城野泳日子

这两天看到电视里报道什刹海又有人野泳丧生，真为这些人悲哀。但记者采访到不少仍然野泳者，他们说从小就在什刹海游泳，游了好几十年了，好这一口儿，只要别乱扎猛子，偶尔遇上水草也不是问题。他们说得对，安静地游泳，不要扎猛子和潜水，应该是没有问题的。北京这么缺水的地方，能在什刹海游泳确实是一种难得的享受，没有野泳过的人是无法想象的。

1980年代我在东四十二条住的时候，经常晚上骑自行车到后海，把车子一靠，钥匙套在手腕上，就下水畅快地游起来。那个时候后海没有这些个商业场所和熙熙攘攘的人流，十分安静，灯火也阑珊，夏日温暖的水中仰泳，看着满天的星斗和岸边昏暗的灯光，看住家的后窗里透出来的微红的光线，听悠扬的笛子和胡琴儿声在水面上漂荡，心底里感到的是陶醉，对后海人家简直羡慕到了极点，他们可以随时从家里走出来下水，那简直是城市渔民的美好生活啊，炎热的夏天，一天想游几次游几次，还可以在烟雨朦胧的雨天游，上帝太眷顾后海的百姓了。

游舒服了，浑身滴着水珠儿，骑着自行车风驰电掣地穿过老北京的胡同儿，胡同里有人在路灯下下棋打牌，还有人在放着收音机听着相声聊天，这情景在电视还不普及的年代里是老北京夏夜里最常见的，大家活得安静悠然。我就那么浑身滴答着后海的水，骑回单位，然后冲进

后海野泳

办公楼的卫生间，打开水水龙头一阵狂冲，然后擦干全身，打开办公室的电扇吹着看看书，写点什么，翻译点什么。那是1980年代刚参加工作时在东四十二条度过的最美好的时光，回忆起来总是水淋淋的、甜丝丝的。其实那时也听说后海里有人野泳丧生的，但我根本没在乎那恐怖的传闻，因为我每次游都是安静地凫水，基本上躺在水面上慢慢划水。与我一起下水的人们也都是安静地享受夜晚的后海，没人跳水或扎猛子，知道水深处有水草，也不会胡乱潜水，所以大家玩得都很开心，为在京城这宝贵的水面上玩水感到奢侈，因此很是享受。

所以，尽管我年年听到有人野泳出事，但我很多年里一直没有停止野泳。1990年代我就在军博附近上班，看到玉渊潭的野泳规模简直到了人山人海的地步，那时玉渊潭还是很郊野的公园，没人限制野泳。我们有时甚至会租条船，划到湖心时跳下水去推着船游。在北京，玉渊潭那么大的水面感觉就是城市里的大海了。那个时候水质已经不太好了，很多人都随身带着一小桶干净水，上岸后就地冲洗一番，然后浑身水淋淋地骑着自行车回城里。因此那时玉渊潭附近到处都是穿着泳装和泳裤骑自行车的人，感觉那里不是北京，而是乡村大河边上，其实它就在军事博物馆和中央电视台后面，与喧闹的长安街和地铁线只隔着一道绿化带。那个年代的玉渊潭古朴自然，真令人怀念！俱往矣！

野泳留给我的永远是最美好的回忆，只是现在很少有那样清冽的河水能让我们野泳了。如果后海的水还干净，谨慎点，安静点，去游吧，难得！

东四十二条21号的日子

昨夜里因暖气跑风出了问题，只能裹着被子看电视，半夜时分临睡前最后一次按遥控器胡乱换台找个有意思的节目，忽地就看到了央视《大家》栏目里马未都在侃侃而谈。18年前他离开我们工作的那个单位，从此就再也没见过活的马未都。这两年在《百家讲坛》里猛然看见了他，哥们儿幡然见老，但神态依然，还是那脸嘎样儿。于是就听他在《大家》里说什么，好像当年同事了五六年，听其言观其行，加一起也没昨晚的时间多。关键是他说了很多他当年在中国青年出版社时的故事，那正是我也在那里的时候，却不曾听说，现在等于看电视补课，真好，早知道，以前的老同事都应该来听听。

原来1985年的国际青年年的文学征文活动是他参与张罗的，还在人民大会堂发奖呢。那年我刚进出版社，人家那么轰轰烈烈，我却一无所知。后来出版局派我们的社领导去澳大利亚参加一个国际青年文学的会，准备派我当翻译跟包，没承想，主办方只提供一个人的旅费，领导单独去等于没带嘴。最后大度的领导毅然决定让我这个小翻译独自去念讲稿（当然那讲稿是我写成中文通过后翻译成英文又让冯亦代审查过的）。让我带去的书就是那本征文，我在飞机上读了一遍，以便到会上能讲讲中国的征文是怎么开展的。记得那书挺感动人的，后来不感动了，就卖废品了。等于我拿着马未都他们的一次大活动成果进行了一次"国际交流"，那是我第一次出国看世界。回来后《追求》杂志让我写了篇纪行类文字，后来在一次社内青年编辑座谈会上，大家谈到年轻人没机会出国，马未都很讽刺地发言说："我周围的人里毕冰宾是第一个出国的，看了他写的那篇东西才知道外国是什么样"，引起哄堂大笑，他那时已经是名作家，估计看了我那篇幼稚的作文很是嗤之以鼻，就拿我调侃一番，当然主要是表示出版社应该多给年轻人出国机会，别一有机会就让领导和老同志去。那是我第一次听说社里有这么一个大能人儿。那时我们都在一层楼里，但不知为什么就是互相没有接触。可能那时他干的《青年文学》太牛气冲天了，那里的人顾不上搭理别人；我们这些不牛气的编辑也不敢乱去结交那个屋的人。他那一个屋里，出了他一个男作家，还出了黑孩、斯妤和程鳌眉三个女作家，还出了评论家若干，应该说是最有才气的一个屋。

　　以后就开始注意这个笔名"瘦马"的人，但同在一层楼，什么都得靠听说，也很少见到，偶尔看见他一眼而已。就"听说"他好像没什么学历，算工农作家出身，靠写作成绩当上了编辑，也许在夜大里读过，也许没有。他应该算最后一拨工农作家了，与现在的作家协会领导铁凝、王安忆什么的是一类，这些人实在是大能人。他在买卖旧家具、旧坛子罐子什么的，还听说他生活很有品位，路子很"野"。那会儿我们工资只有100块不到，养家糊口都很难，他竟然有钱倒腾那些坛坛罐罐，那些东西怎么能赚钱呢，他这是唱得哪一出呢？俺们这些没眼光的人，还以为马未都走火入

东四十二条：中青社的老院子

魔了呢，要不就是倒卖文物，那不是犯法吗？别折进去呀。还没注意几天，忽然就听说马未都调走了，或辞职了，就没再见到过他。然后是社会上他名气大响，与王朔等搞电视剧很火，又成了著名收藏家，开了私人博物馆。

东四十二条：老文学室那些人

再后来就不是听说，而是在电视上听他说了，就发展成了大家。

　　昨天马未都还说他当编辑时看到有的编辑利用发稿权利剥削利用作者，甚至让作者给自己家去排队换煤气罐，着实乐死我，我一直在猜，那个编辑可能是他那个屋里的谁，反正马未都说他觉得特恶心，他从来不干那等龌龊事。他培养一个农村作者，人家送他香油，他不好不收，就买了糕点送作者，真是仁义。哎呀，如果我早知道这事，那就一定要把这事编进我的《混在北京》里去。可惜的是，马未都当年没和我们一起混在筒子楼里生活，否则，以他的才气和敏锐，《混在北京》就轮不到我来写了，他写得肯定更精彩。

　　马未都还说他是1991年离开的我们单位。好像那几年挺兵荒马乱的——用某散文家话说"没兵没马可就是兵荒马乱"，他和黑孩、斯妤等大能人都走了，后来另一个大能人杜卫东也走了（好像这人当了人民文学的领导），还走了不少青壮年编辑，让我觉得像跑反的。可我怎么当时啥都不知道呢？好像我正在忙着建设小家庭，刚有了自家的房子，我的翻译事业刚上路，还当了个科长，遭到很多人讽刺，说我会巴结领导。但一年后，不知怎么我也开始忙着调动，似乎潜意识里觉得大能人们在离开，我也跟着离开就也能成大能人儿。事实证明离开的不能都成大能人，继续扎在原地那个胡同里的照样成大能人儿。我刚背地里蠢蠢欲动，就有单位到我们那里"外调"，大家都知道我要调走了，弄得我想不走都不行了，只能走。于是我按照社里的规定，拿基本工资留职赋闲半年，专业考班找工作。我找了好几个单位，包括《光明日报》国际部、人文出版社、中国社会科学院外文所（包括《世界文学》杂志）和美国所、中国社会科学出版社、中信银行等，累得半死不活，感觉我才32岁，身强力壮就调不成工作，那我可怎么回青年出版社，没脸见人了呀。我就想起马未都、杜卫东等几个大能人，人家怎么就能人往高处走，一调就调成了呢？我怎么这么废物点心！记得我去社科出版社找工作，找到白烨管的那个文学室，白烨问我为什么去那里，我居然高兴地说你们这里离积水潭地铁站近，上班方便。这等回答自然不招人待见。那半年我很急，找不到地方接收我，回去科长肯定当不成了，估计连编辑也当不了了，就落个人家发落我了。别人调单位前怎么就不走漏风声，我刚有企图，就败露，非走不成了，真窝火啊。一边频频面试，等各个单位的回话，一边闲在家，就动了写小说的念头，就写了《混在北京》。后来我考英文进了现在这个单位，长出一口气，发誓就糗这里了，再也不调工作了。我羡慕的还是马未都、杜卫东等大能人，人家怎么干什么成什么呢？我怎么就不行？最后还是吃老本，靠着大学那点英文底子，又是答卷子又是口试英文会话才调成。

　　于是，在1992年夏天的一个星期天，我悄悄地蹬着三轮车到社里，收拾了我的办公桌和柜子，把书什么的装了满满一车，只和看门的大爷打个招呼，就算是告别了东西十二条那个我从少年时期就向往的地方，那是出过《卓雅与舒拉》，出过《红岩》《红旗谱》的地方，我是偶然路过那个小红门看到牌子，就想将来去那里工作，后来我终于成了那里历史上的第一个研究生编辑，我也想一辈子糗在那里，但还是在"兵荒马乱"的时候惆怅地离开了那里。蹬到半路，三轮车的车胎还扎破了，赶紧找修车摊补胎，师傅用铁棍子把沉甸甸的车顶起来，卸了胎，用锉锉胶皮胎，抹胶水，补胶皮，一通儿忙，算是把车胎补上了。师傅最好奇的是，我这么一个文质彬彬的书生，居然会蹬三轮车。

我不知道，如果马未都等大能人都糗在那里，我会不会也一直不动窝呢？反正调动也像传染病，一倒一大片，像多米诺骨牌。去的去，来的来，单位就是这样，铁打的营盘流水的编辑。那天过青年出版社，发现那个小胡同两边全停着车，我开着车在中间走S路，东躲西突，提心吊胆才开出那个胡同，算是走马观花，重温了一下当年的老单位。那地方早不是我少年梦中的朱红门石狮子假山游廊的大夫第宅院了，已经摩登得认不得了。那天见到青年出版社子弟王磊，他父母都是那里的元老，他从小在那高雅的官府院里玩着长大的。他说我没去之前的那个老院子更地道，很有文物保护价值，如果一直保留下来，其本身就是一处清代大文物。可惜，都拆了。

谢谢马未都上电视说当年，勾起我很多有价值的回忆，否则也许就忘了，永远不会写出来，足见名人大家说点什么和普通人说点什么就是不一样。

纪念东四十二条21号的老李

很偶然中得知，老李走了。他是我参加工作走入社会的第一个直接领导，即编辑室主任。他是2008年走的，可我二年后才知道。尽管多年不联系，但听到他走的消息还是心中很惆怅。

我早就在1992年就通过考试进了现在的这个很多人"仰视"的单位，一会儿干新闻，一会儿做专题，后来又做编译，业余时间都忙自己的翻译和小说写作，生活得十分文学，因此离开原来的地方已经18年，基本上与那个单位失去了联络，跟老李也是偶尔联系。最近一次联系还是在2002年，我把自己出版的几本书寄给他，算是给老领导一个小小的汇报。他收到我的书，还专门打电话给我祝贺我出了新书，但也

我和老李（中）1985年秋在大观园合影，右为另一位李主任

没有表扬我，只说里面我拍的照片很好，劳伦斯的家乡"很朴素，但很有味道"。然后就说起他们家要拆迁了，会拆到四环外，房子面积会扩大，外面还有很大的城市公园，空气比城里清新多了，为此很高兴。我还说等他搬了家去看他。结果忙忙碌碌这几年就没去，没想到他这么快就走了，才76岁的年纪。

反思这些年疏于联络，自己忙碌是原因，但更重要的是我和我的这位老领导关系一直若即若离。我因为是冬季毕业的研究生，没赶上和1984级那批夏季毕业来社的大学生一起分配宿舍，所以我来后出版社已经没有床位了，人事处安排我住社里的招待所一个好几人间的一个床位，等1985年新的一批大学生来时统一解决宿舍。这意味着人事处要支付我半年的住宿费。但我比较喜好安静，那个招待所里整天人来人往，晚上无法休息，就提出搬到办公室住。老李欣然允许了我这个非分的要求，还把自己午休的行军床给我晚上睡。于是我就肆无忌惮地把箱子和被褥都搬进办公室，堆得很难看。但老李没有批评我，还说睡办公室挺好，晚上还能安静地读书。

那半年办公室住得我灵魂出窍，根本不敢病，感到不舒服就赶紧吃药，别人走后赶紧睡觉发汗，生怕病倒在办公室里。经常有人半夜来办公室看书写作打电话，还有来抽烟聊天的，等人家都走了我才能休息。为此我心里也有怨言，也有人说主任也不为你奔走一下早点安排宿舍。但他是1950年代过来的人，自己就住过多年办公室，因此对我住办公室觉得很正常。不是同代人，不能强求他。况且他也不烦我那些行李，还经常拿起我的哑铃练几下扩胸动作呢。后来因为分房子我遭到不公平待遇，有人就说老李不为年轻人仗义执言，帮我要房子。但我就没有怨言，因为我知道他那个年代过来的人相信组织会公平处理的，另外他是个书生，和分房的官僚也不是一路人，去说了也白说。他倒是有时看我沮丧，会劝我别想太多，房子早晚会分，他当年结婚住12平方米的城外平房，一直住了很多年。我明白他是个散淡的人，所以我不会怨他。相比之下，有的主任很为自己的部下争利益，但他们要求部下为他们做很多工作之外的事也多。而老李从来没有要求我为他个人做过任何事。这似乎是很多上海知识分子的特点。

老李是上海人，是开明书店的学徒，中学学历。但他多年勤学苦练，写一手漂亮的毛笔字，文章也很典雅，文学修养甚高，戴着眼镜，谈吐文雅，完全靠自学达到那么高的水平，是我们学习的榜样。相比之下，他那一辈的多数工农干部仅仅靠资历和权力发号施令，不学无术还颐指气使，实在是可怜又可悲。老李是那一代自学成才的真正的知识分子。

但毕竟我是学英国现代派文学出身，在这方面就无法完全与他沟通。我知道这是无可奈何的事。所以我就在他能接受的范围内申报选题，几年下来，工作上还是很顺利的，除了不能实现我出版现代外国文学作品的理想之外。但每次我申报选题他认为离谱的，都不会批评我，而是告诉我他要向总编汇报，汇报的结果都是"我们认为不合适"。能有这样通情达理的领导在1980年代已经很让我宽慰。

我比较懒散，又有自己的业余爱好，写作和翻译，熬夜，早上肯定是不会八点到办公室的。但老李从来也不批评我，只要我不耽误工作量和公共事务就行。他的确是只用工作量和工作质量管理我们，别的方面从来不过多干涉。比如他作为党支部书记，最早要求我写入党申请书，但后来发现我这人不适合入党当干部，也就不再提这事，但也不因此批评我落后，对我还是很热情公平的。这在他那一代党员干部里基本上是少见的。

于是我在出版社六年，基本上是做一个合格的编辑，不做出格的事，但绝对不遵守上下班时间，也不要求进步，也从来不会和领导拉关系，因为我的这个领导不需要我拉关系。因此我得以有很多清闲的时间做自己的文学。

后来我因为工作关系被调到总编室当个科长，时而回到编辑室做调研和对外版权推广，老李对我十分热情，开玩笑说你是咱们这里出去的，一定要替咱们编辑室留意把咱们的书推广出去啊，"苟富贵，勿相忘"。但也仅仅是说说而已，并不很在意。

就是这么一个勤奋努力散淡实在的上海人儿，来自普通的上海百姓人家，从来没把自己当成官，也不在工作之外和下属有任何交往。我就那么平平淡淡地在他手下工作几年，再后来我离开了那个出版社，时而会想起有过这么个领导，会把他和后来遇见的那些张牙舞爪的领导做比较，因此很喜欢这种君子之交淡如水的感觉。这样似有似无，也就在似有似无中离他远了。他肯定不认为我是他喜欢的那种人才，但从来没有批评我，有人给他打我小报告他也从来没有"处理"我，想想真是难得。我这么各色的人，能遇上这样的领导，本身就是对我的保护。而我每每想用自己写作和翻译的作品送给他向他展示自己的进步，都不过是走个程序而已，因为他沉溺于中国古典文学中，对我摆弄的这些洋文学根本不感兴趣，因此他也不表扬我，只是"祝贺"我又出书了。他是编辑《牛虻》那类文学的编辑，估计是希望我能在这些方面有所作为，但我可能让他失望了。但他从来不说。

在他的不批评、不鼓励、和蔼平淡的领导下，我那几年利用大好的时间为我后来的写作和翻译打下了最坚实的基础。想想，我真该感谢他的。可惜，年少时不懂事，不懂这本身已经是难得的馈赠，总以为只有拔刀相助才是帮助，因此不懂得感激。后来竟然没再去看他，实在是遗憾。因此才有了现在这篇小文，算个纪念。

与旧书、旧雨和旧诗笺感伤的相逢

因为《世界文学》杂志里庄兄安排馈赠杂志，每双月都能读到这本经典的杂志，只是发现里面的作者和译者我熟悉的越来越少，因此偶尔遇上个熟悉的便感到他乡遇故知。估计别的读者在这杂志里偶尔见到我的名字也觉得奇怪，似乎这人阔别多年又魅影重现了似的。说起来我跟这杂志特别熟，但多年来也只在上面发表过两篇小文章，直到2012年才投去了一篇长的译文，还是头一次当它的译者呢。

眼下这篇小文说的是，2013年第一期上居然又发现一个1980年代只有一次谋面的诗歌翻译者，叫余石屹，很是吃惊：这人居然一下子就占去了杂志的好几十页纸，说明这些年还一直从事这个行当，否则高兴副主编不会一下子给他发这么多页作品译文。看来应该惭愧的是我，说明我这些年不仅不练习写诗译诗，甚至远离诗歌了，毫无诗意了，很无趣了。

记得余老师和李力老师应该都是飞白的学生，1980年代末在飞白主持的那个诗歌中心读了学位来北京某个学院工作，应该和我年纪相仿。恰好我那时在出版社邀飞白给我编辑的外国诗集写评论，他就把工作分给他的几个学生去做，我就这么认识了他的一些学生。某一天余老师和李力老师就来我办公室，送我一本两人翻译的名著《当代英美诗歌鉴赏指南》，四川人民出版社版，定价两块多点。从他们的题签上看是1988年，正是我编辑的现代派诗集发稿校对的时候。

从我的赠书堆里翻出了这本赠书，竟然发现我做了好几处折页，

旧书旧雨：1986年我在中青文学室大办公桌前留影。（王伊伟摄）

有些地方还用红蓝两色笔画了重点线，还改了一个错字，说明我当时认真读了。如，王尔德说：一代人的偶像往往会变成下一代人的木偶。约翰生说：写作的目的是帮助读者更好地享受人生，或者说是更好地忍耐人生。所以这书没白给我，因为我读了，受了启迪。

我就想，那个年代我真的爱过诗歌吗？说不清了，反正我写了好几十首，尤其在福建时写了一些，那个地方潮热，空气里弥漫着香气，容易让人动情写诗。或许根本我就没有诗意，仅仅是空气里的气味所致，激发了荷尔蒙的分泌，或干脆就是因为学了英国文学，就要附庸风雅。总之那个迷茫中写诗爱诗的阶段总算过去了，也就过去了，但想起来还是感觉到了暗香浮动，诗歌给人的感觉终归是美好的。

就在我胡思乱想时，一页纸从书中掉落出来，竟然是中国青年出版社的公用信笺，上面居然有我用钢笔胡乱翻译的德莱顿的诗歌《爱之永诀》，改得稀里哗啦，还沾了一块墨水，还有几道看来是给钢笔试水的蓝印子，看来是用我那个旧办公桌上的蘸水笔写的。这令我立即感伤难耐起来。那张桌子，是文学室一个受排挤的主任怅然离开后传给我的，特别宽大的旧木头桌，上面遍布划痕，我曾经希望那是文学室当年著名的大作家萧也牧用过的桌子，从1950年代一直传到我这里。那时我故作老成，总爱用蘸水钢笔写信写文章，那个美好的"装"的时代啊，一去不复返了，可太值得回忆了，连空气里都弥漫着蓝色钢笔水味，还有老主任抽的普通香烟味。在那个出版社，我就是这么装着，埋头于自己的这些文学情调里，似乎对周围的一切充耳不闻。所以等人家都把房子分完了，才发现我榜上无名，才想起提着暖壶去砸领导的门，那个暖壶的作用相当于这两天波士顿恐怖分子搞爆炸的高压锅。

德莱顿这首诗的最后几行被我用在我为拙译《恋爱中的女人》所写的序言里了：

> 爱在吐出最后一丝喘息，
> 忠诚跪在死榻一隅，
> 纯真正双目紧闭……

这几行诗很让我觉得与《恋》的氛围相吻合，那是爱情奄奄一息时的意乱情迷，小说主人公们抑郁莫名。

看来这诗是我在1988年某个时候翻译的，因为那时出版社排了清样让我写序言赶紧给他们。肯定是我正好草译了这首诗，启发了我的思路。那序言里还引用了张爱玲的几句话，是因为正好那时读了张爱玲的《传奇》。那篇序言直到今天我基本没改，只是在后面又加了些新的段落，还保持着1988年的那些旧段落，真好啊，我的青春一直延续到现在。

我是在办公室里翻译了这首诗，顺便夹进了这本赠书里。后来再也没看过它们，时光荏苒四分之一个世纪，今天因为见到这个人的名字想起翻旧书，居然就翻到了这些古董，原来它们都随着我搬了五六次家，一直就伴着我在我的不同的书柜里，放在赠书格里，可我就是四分之一个世纪没翻看过，直到这个玉兰绽放的春夜。我得感谢老庄送我《世界文学》，否则我的旧诗笺还不定什么时候才掉落出来呢，也许要再等四分之一个世纪，阿门。

东四十二条21号里的奇女子

　　前天在北京台一个节目里意外发现《潜伏》里的吴站长和他生活中的太太季颖在回忆当年爱情，才知道，季颖是专程从日本赶回来做这节目的。久违了，季颖。当年我们在一个出版社里做编辑，那时就知道季颖是个奇特的才女。中少社很有几个这样的女强人，都是自学成材的工人出身编辑，当作家和翻译家，叱咤风云，很是了得。记得人们指给我看说看那个衣着简朴目不斜视的书呆子模样的，就是著名的季颖！那形象很是吓我一跳，这等才女在高校里都难觅，太专业了，简直是个学究。她在工厂里自学外语，居然当了翻译，又学绘画，自己写书编书画插图，十八般武艺。等后来与她认识了，方知她谈吐更是文雅，时而很风趣。

　　季颖当年试图培养我当儿童文学翻译，弄了《一本荒唐书》让我翻译，指定我翻译成顺口溜儿，押韵，很是练了我一把。我给弄成顺口溜后，她不满意，干脆就给我改，说那样小孩子们才爱看，要我放下学者架子，贴近儿童语言什么的，教育得我一愣一愣的。

　　这次在电视上见到她和吴站长秀爱情，果然比原先又文雅了许多，话音中还透出那种老北京人的矜持讲究。原来她是在日本拿到了博士，去日本读书那年已经48岁了。出国之前，她每天骑自行车从六里桥到东四十二条一个多小时上班，这等长途跋涉，很苦，一个弱女子却能坚持。说留学，她居然一个人就那么走了，估计她当年当工人和后来天天骑自行车的经历锤炼了她的意志，天不怕地不怕的年近半百闯东洋，应该是当代留学生里年纪最大的吧。那时我就劝她悠着点，50了念博士，别太拼。结果人家就是念下来了，而且没见憔悴衰老，实在让人佩服。听电视上那话茬儿，季博士得了学位就在日本工作了，常居日本了，60岁在日本找到了工作这又是一个奇迹。

十几年前在八一厂里见过吴站长一次，那时他当个领导，风风火火的，以为他就再也不演戏，当官僚了。没想到多少年过去，他居然开始演文戏，还这么成功，不愧是老革命。

这对夫妻有意思。其实，当初导演应该让季颖扮演吴站长的妻子的，以季颖的文气和幽默，演出来的站长太太肯定比现在这个出彩，说不定与大嘴女主角相映成趣。

暗夜中重走东四十二条

离开东四十二条一晃儿22个春秋，那是我开始捡生命中碎银子的地方，也是暴虎冯河蹚出未来之路的地方。离开那个出版社时所有的人都认为我是在出版行儿里涮了一下就上岸另谋出路去了，但我没有，我仅仅是不再当图书编辑，从生计上说我是走向了一个"朝阳产业""以副养农"或主副不分，但我的整个精神世界是留在了出版的夕阳红中不肯割舍。所以对那里的日日夜夜自然最难忘，这些年只要有机会过那一带，我都会穿街而过，穿行在自己感伤和懵懂的过往中，浑然不知地从这时光隧道中掠过或者进了南小街或者进了东四北大街，回到现实世界中。这些年开车过那里，就慢慢开着在胡同里七扭八拐地蠕动，因为那个当初还算宽敞的胡同已经被汽车堵得狭窄不堪了。

但昨天我终于有个机会步行穿过十二条，这要感谢我的一位老朋友，我们是当初的文学伙伴，后来都走向了非文学的谋生地带，这兄弟官运很顺，但多年后发现自己还是做文人最惬意。我们在博客世界里又不期而遇，东写西写，毫无功利地写着。他写童年在南小街的生活尤

东四十二条街景

其令我神往，那里的街景我恰好在其最纯正的夕阳红的时候体验了几年，然后苍凉美丽的南小街就没了，成了"金光大道"。可我们这些东城遗少儿还依然埋在在过去的黑白时光里不肯走出。昨天在东直门一起吃饭忆旧，很是酣畅。散去时我心血来潮，决定顺东直门一直走到南小街再进十二条，这是我当年骑着自行车神出鬼没的游击地带，很是怀念。

我就真的迈开大步奔十二条而去了，那条路其实很远，有几公里吧，当年都没真走过，都是骑着自行车往来的，今天我竟然不觉得远，溜达着恍惚中就到了，因为我那段时间基本上是被夜色中的幻觉迷醉，似乎不是在用脚走，而是进入了某种轻功状态，几乎是脚不沾地靠着某种超然的力量引领着从那里飘过一般。

我就迷瞪中方向坚定地朝西走，发现我到了海运仓那条街，那是中国青年报的所在地，可我除了街牌，什么都不认得了。晦暗的霓虹灯中出现了"中国公关协会"的大牌子，还有不伦不类的英文"China PublicRelationsAssociation"，四个字连成了一个字。我们中国就靠这座公关大楼公关世界的吗？这样的国字号单位肯定是要吃皇粮的。看来它设在海运仓是最合适的，海运仓是大清朝的漕运终点站，全国的优质稻米都从运河和海上顺通惠河北上，沿现在的东二环路下的古河道一直运到东直门一带，这一片就修建起了成片的官仓，仓廒连串成片成群，蔚为壮观。这里的皇粮是最优质的皇粮。

我就想起书上描述过的，100年前从东便门到东直门，那是舟楫穿梭、渔歌唱晚的瑰丽水乡景色呢。后来随着铁路和公路的发达，这条水路运输就终结了，沿河的粮仓也就成了居民区。通惠河恢复成护城河，那种河水倒影古城墙的古朴风景一直延续多年，成为老北京人的乡愁之所在。即使拆了城墙后，护城河还悠悠地流淌了些年，到1960年代修地铁时东、西护城河、前三门护城河和半条北护城河才成为暗沟，上面成了宽敞的车水马龙二环路。广安门到广渠门这段南护城河因为当年无力开发而幸免，成了北京城里最美的旖旎风光之地。而东直门到建国门一线的老建筑和护城河辉映的老景色就彻底消失了。北京城从此越来越没灵气了，因为河与湖越来越少的缘故。但东直门一带的地名还很水灵，禄米仓、南新仓、北门仓、南门仓、东门仓，这仓那仓，都让人想起当年清波荡漾的河畔美景。抬眼看到一个地名叫仓夹道，还记得当初是十分古朴狭窄的小街道，如今只有地名在了，两边已经是高楼夹道了。

20年前有事没事就在这一带出没，写点小稿挣点小钱，吃遍了这些胡同里的小饭馆，记忆最深刻的多是在雪后的中午在临街的小馆里热气腾腾地吃涮羊肉，那样水粉画一样的场景就那样深刻地定格在记忆深处了。偶尔进中青报社办点事，还记得那报社朴素陈旧的大楼和院墙，大楼之间的冬天永远是过道风狂吹，吹得人进两步退一步，但那里活跃着中国最年轻的报人。和那些记者们比，我们这些出版社的青年显得老气横秋，倒像是未老先衰似的。

迷幻中至南小街，这条树荫夹道的小街现在成了城市主干道，两边小铺子林立，已经是噪声一片，所有的胡同口都堆满了商铺溢出来的地摊和临时的货车。我已经辨认不出我的十二条了，只能凭记忆从北向南数，过了门楼胡同下一个就该是十二条了。我深深记得门楼胡同的小粮站，因为我的户口在这边，只能在这里买粮食，可我却住在南城，于是就有了逢年过节在这个粮站买配给的几斤好大米，用自行车驮着到地铁站，拎着大米上地铁回南城，地铁里人们都看我，以为我是进城换大米的农民呢。

多少次的出入，当年对这胡同都没感觉了，因为每天的出入都是带着非常具体的喜怒哀乐，就对胡同景色没有感觉了。真正的感觉是来自少年时期，偶然从十二条走过，看到了青年出版社那座气势恢宏的大红门，瞥见里面的四合院和大玻璃窗下的走廊，我读了好几本这里出版的书，把这里当作一座理想的指路灯塔。那个大红门在1970年代中期在这条安谧干净的小街上如同一个温暖的太阳吸引着我。于是我在中学的课余时间里就开始写小说，写了十几篇，就挂号寄到了这里。一个多月后班主任老师神秘地叫我去他家，递给了我印着那个出版社社名的大信封，里面是退给我的稿子和编辑的亲笔信。我只记得里面一句话，要我"不能一蹴而就"，要做好长久练笔的准备。等我八年后研究生毕业进这个出版社当编辑，发现那样的信纸和信封谁都可以随便用，给同学老师家人写信也可以用而且不用贴邮票，那型号不同的印着红字的大小信封从此再也不神秘了。如果我留着"一蹴而就"的那张信纸，我肯定能查出是哪位编辑写的退稿信，凭记忆对笔迹，我似乎觉得是后来的总编辑写的。

那个大院曾经叫"老君堂"，是清朝的政府养老院，住的都是退休孤寡官员，所以院落很考究，高门大院，宽敞的雕梁画栋大北房，花园假山鱼池应有尽有。但几年中慢慢拆光了，盖起了大楼，也就没有魅力了，但晚上在空荡荡的大楼里我们可以待到很晚，还可以在卫生间里冲凉，下班后那几个小时总是很快乐的，读了很多书，写了、翻译了很多东西，有时干脆就睡在沙发上过夜，不为别的，就是感觉特别好，我有了自己最喜欢的工作，整个晚上整个大楼里只有我一个人，我把三间办公室的灯都打开，灯火通明地在三间办公室里走来走去，狂打电话聊天，居然没人说我浪费电。那段青春的岁月忽地也就过去了。就在某一天我离开了那里，蹬着小三轮车，装满了自己的书和一些用品，怅然地蹬着离开了，是在一个星期天，只有传达室的老人与我道了再见。以后再去，就是这种怀乡的逡巡。

这个晚上走在十二条，就是觉得一切都变成了一条县城商业街的模样。小店开了好几个，街道两边停满了车，几个公共厕所倒是白炽灯明晃晃的，散发着亘古不变的老味道。但因为煤改电的缘故，这些住家彻底告别了煤炉子和煤灰，街道显得干净了，每家小院都显得干净了许多，很多临街门窗都换成了塑钢的，看上去讲究了许多。店铺都敞着门，街坊们在10月温暖的秋风中聊天谈笑。我此时只有一个想法：这种大树掩映的老四合院胡同，现在唯一缺的就是每家的私用卫生间，消灭了那几座冒着污浊之气的公用厕所，这样的胡同四合院生活就是小小的天堂了。希望十二条能有许多人能过上那样的日子，我又何尝不想住回来呢？闹市里槐树下的老四合院！

东四十二条里的第一本书

30年前我刚工作当责任编辑生产的第一本书《复仇号决战》曾经被我弃之如敝屣，仅仅当成一件任务完成了就抛掷脑后，都没有放进我的存书中保留，甚至根本忘了这书的书名。但30年后我又莫名其妙地在网上寻找到它，花五元钱加六元快递费将当年定价1.2元的它买了回来。这要感谢我最近在写的老译家张友松。我看了他的简历，发现他1980年代在我的隔壁中国少儿社出版了一本《阿拉斯加的挑战》的小书，就突然想起我当年编辑第一本书时因为字数太少，领导要我找几篇题材近似的外国小说充数，其中就有一篇阿拉斯加的什么。我怀疑我就是就近到少儿社拿了张友松的译文加进我的书里充数的。如果是真

"复仇号"决战

我编辑的第一本书

第一本书内文

的，说明我还编过张友松的译文，有过交集。于是我就冥思苦索，当年我编辑的那本我看不上的"青少年的勇敢斗争故事"叫什么来着？只记得封面是条大船，插图都很一般，是个小册子，但有一篇确实叫阿拉斯加的什么。这大海里捞针的事确实荒唐。但我还是上了"孔夫子旧书网"，输入了关键词"中国青年出版社1986"，令我惊讶的是，我这本书的封面马上就出现了，如同地球倒转一般！就是它，《"复仇号"决战》！下单，买到手，一天后书就到了。

可惜那篇《阿拉斯加的风暴》不是张友松翻译的。但找到这书也很有意义，这是我工作后的第一本责编书籍，我就拿这个练了手，明白了出版的一切程序，感觉还是很温暖的。

我上班后急于上手独自干点什么，不想跟在老编辑身后打杂。记得那时第一件事是跟老编辑去冯亦代先生家谈稿件，那时他和夫人正给青年社翻译两本通俗小说《年轻的心》和《青春的梦》，书名其实是编辑给起的，两本书都是与外国青年生活有关的小说，主要是夫人郑安娜找素材，老两口儿一起翻译。那时冯先生正忙着在报刊上写各类"书人书事"和"西窗漫笔"，名声大噪，但也抓空儿翻译点这类小儿科作品挣点小外快，真是挺忙的。那两本书由老编辑负责，我只帮着看看，主要是跑校对科和出版科处理些手续，然后是统计字数、开稿费单、搬样书，基本是体力活儿，最后是蹬自行车给冯家送样书。就是这个过程让我与冯老有了以后的很多交往。

所以我想赶紧上手独立工作。领导就不知从什么地方搬出一个牛皮纸包，掸去上面的土，告诉我这里面是一批几年前的译稿，组稿人已经嫁人出国了，一直扔着，不出还得付退稿费，还是出了吧，可字数太少，厚度不够，你就按照这类故事的题材再找几篇，翻译出来凑一个集子出。我的天，原来出书有时也挺小儿科的，我都可以找几篇凑本书，而且如果我愿意也可以自己翻译，发作品可以这么容易啊。现在想想，那时的生活挺好的，上上班，改改错字，跑跑校对，自己就可以编书出书，不用考虑印数，大把的业余时间自己翻译写作，确实挺风雅。

拿起那十几篇手工翻译的稿子，故事都是青少年的冒险内容，也不错，但离我要做的劳伦斯文学远隔千里，我就当成挣工资而已，改错，用毛笔蘸了红墨水抹掉错句，补上我改的句子，批上字号交差，就算出徒了，领导还表扬我小小年纪就能改那些老译者的错句子。这样的书开机也一万多册，很快就出版了。开稿费时发现作者地址不全，打电话找了一遍，竟然发现译者里面的"董亦波"的地址是董乐山收，似乎是儿子翻译，老子给修改的。译者里不乏大名人如王逢振、黄宏煦，黄的公子当年本科时与我同级，在历史系，还要跟我换专业来外语系呢，但没换成，如果换成了，我们俩的命运就都得重写，但他底子好，当不成美国的历史教授也能当别的教授，而我没有底子，如果学了历史，最多也就当中学历史课教师了；还有大名鼎鼎的周珏良，他那篇福克纳的《熊》是我从什么书里找来凑字数的，当年在厦门的美国文学年会上巧遇他，向他要地址电话说给他稿费，老先生高兴地对赵萝蕤说："你看，白捡，白捡！我请客。"他一白捡就是小300元，是我五个月的工资。那时我就想自己也要攒点作品，以后享受"白捡"的日子。只是时过境迁，现在时不时能"白捡"了，可一篇几千字的小说不过白捡几百块，仅仅是市民平均工资的十几分之一，白捡的快乐大大打折了。但用这钱买日常吃食如青菜水果面包点心还是挺管用的，湾仔牌速冻饺子二十多元一袋，能买十几袋呢。译者里还有夏衍的女儿沈宁，还有著名的沈苏儒等。现在看这么通俗的小说集译者队列很是豪华，那时都是挣点外快而已。

我买的这书是北京一七一中学图书馆卖废纸的，有大印和借阅卡小纸袋。估计这个中学已经被关停并转了吧，但书我收藏了，收藏的是岁月沧桑。

惭愧让你必须亲手扼杀点什么

还记得在诺丁汉时问过导师沃森一个很家常的问题：劳伦斯小时候和大哥乔治感情甚笃，在城里上中学时每天中午都到大哥家吃午饭，这个结了婚的大哥一直照顾他三年，可大哥全家移民去了加拿大后怎么就与劳伦斯再也没联系了呢？按中国人的说法，劳伦斯没有子嗣，那大哥家的孩子就应该是他最近的血缘亲戚，他是他们的三爸，怎么会就断了联系呢？大哥家的孩子也没与劳伦斯相认，这真是奇怪，至少他们可以提供些劳伦斯生平的线索。没想到导师眨着眼睛不解地看着我说，这一点也不奇怪，我哥哥就在英国，但我们两家早就断了联系，从来没来往。于是我感到我问的问题很傻。

回过头来看自己的周围，发现真的是亲戚越来越少，大多都断了联系，甚至父母老家血缘很近的那些人，基本也都如此。偶尔接到家里电话说来了个什么亲戚我都吓得心惊胆战，最怕人家又是"慕名"而来要办什么事，如找工作、上大学什么的。前些年这类事很多，我只能苦口婆心地解释自己虽然是在一个著名的单位工作，但仅仅是当文字翻译，这种人在这里都臭大街了，与什么食堂卖饭的、后勤部门做保洁的差不多，区别是我是脑力工作者，他们是体力劳动者，但共同点是都是这里最无权无势的人，谁向往这里，想进来，得去报名考试，我什么忙都帮不上的。于是那些需要帮助的"你侄女""你外甥""你姐夫"（没一个是亲的，但只要是同乡远房都这么向我介绍），见到这些人，接他们的电话除了害怕，还有惭愧和怜悯。在我们这个拼爹拼舅的国家，在我们这个什么都靠稠密的人际关系解决问题的国度，一个十来万人的城市可以东拉西扯全变成亲戚，互相照应。而在北上广，人际关系没那么让人窒息，大家还是可以找到点相对公平的空间，靠考试手段获得最基本的工作，然后自己奋斗经年，有个好的结局。但那些老家的亲戚很多是最最草根的，真的上天无路、入地无门，他们挤不进附近被关系网捆死的小城市，好不容易发现亲戚朋友里有个在北京"出息"了的，不找你找谁啊？可我怎么就那么笨蛋，要官没官，要买卖没买卖，仅仅是出本书"著名"而已，这些实际事没一样拿得起。于是真有老实的人就说：原来你混得不好，那我们就不难为你了，打扰了。最麻烦的是那些什么都不说的，你不知道他们怎么想。

很多很多少年时代美好的人际联系都在成年后变异了，仅仅因为我混得不好却又偏偏在一个"著名"的地方。

反之，因为我混得不好，偶尔发现个老乡、同学相认，人家也怕我去麻烦，干脆就不搭理你。这事刺激得我好几年没有平静下来。因为这个人就在我附近，我考进这个单位后有老同学告诉我某某和我是同级不同系的校友，现在是哪个部门主任。我很平庸，只想干好自己那份翻译工作就得，下班后还有很多文学的事情要做呢，更不想跳槽升迁，就没去打扰人家。但后来在一次活动中我们居然紧挨着坐在一起，因为是个生人，我也没跟他打招呼。别人介绍时报出他的名字，我才把人和名字对上号，原来是二十多年前与我同吃一锅饭的，但并未马上在公共场合里认同学，仅仅是点头而已。活动结束后我在走廊里叫住他，跟他认同学，按说他至少应该说："噢，噢，真巧，毕业这么多年终于又见面了。"没想到，人家面无表情，只说："哦，是吗？"也没握手的意思，我伸出一半的手就尴尬地缩回来了，再也不知说什么，只能自顾解嘲："也是哈，年头儿太久了，走在街上都认不出了。"然后找个借口赶紧逃之夭夭。以后偶然在院子里见到，我干脆就装没看见，匆匆擦肩而过。我特别理解，他是我们母校毕业生在这里混得最好的一个，估计那个农业大省里的校友或表校友找他的海了去了，他必须这样，否则说不定会被这些八竿子打不着的关系们给累死。

很多很多美好的亲朋都是被这些烦琐的俗事给疏远，亲情就这样被扼杀，有时我们不得不亲手去扼杀，可怜呢。吾等小城书呆子，混在北京却没有开窍去奋斗成大官大款，而是仍在过着独善其身的书呆子生活，就只配隐姓埋名找个犄角旮旯儿糗着，不幸被少年时代的人打听到下落或被父母的近房远房亲戚们发现"出息"了，唯一能做的事就是亲手扼杀这些希望和期盼的眼神，因为我不配享有这样的眼神，我能自己糗在北京玩点文化已经对我自己来说是吐血的事了，没有更多的血为那些本应是美好的人间情分淅沥了。自己默默惭愧吧。

十几年前我就在我的长篇小说《孽缘千里》中通过塑造一个人物而释放了自己的这种惭愧。我让一个太行山山村里出来读书后当了北京大记者的农民儿子忍辱负重放弃北京回到家乡创业，开了工厂，招进了很多当地的农民做工，为他们修了篮球场和游泳池，活儿重时每晚都加一个荤菜，等等。他无法再与他们休戚与共，但他做着这些慈善的事情。我塑造这个人物时，经常感到那是我在做。文学似乎也只能这样让自己释怀一下了。我又把自己变成他的一个混在北京的无聊文人发出议论，羡慕他的勇气和慈悲精神，痛斥自己为何不能像他一样脚踏实地成为一方土地的救星。我只能这样文学地解决自己的惭愧。最终还是惭愧。

大楼间水坑里戏水的农民工子弟

近两天大雨,三环外住宅建筑工地未开工的空地的低洼处立即形成了一片水潭,引得那些随父母在工地生活的小孩子都扑通跳进去玩水。水坑不深,坑底都是沙土,应该说很安全。这些孩子玩得很开心。这在城市里算是很田园的一景了,让我想起童年,喜欢凫水,就经常到家附近的护城河里去玩,还顺带抓泥鳅和小鱼。小孩子的天性本如此。现在还很怀念那样的日子。1960年代初保定的护城河水还是清亮的,河底的泥巴都是金黄的。可惜后来开放工业,废水都排进河里,那条很田园的几百年护城河水从此就毁于一旦,再也没有清亮过。我家与那河仅一墙之隔,大西门当年也是水门,可那水臭了,人们还往里面不停扔垃圾,偶尔夏天连日大雨,河水上涨,满河面都是垃圾,惨不忍睹。

小时候去山东老家,路过济南,到朋友家小住,有个小伙伴带我骑车到城外不远处的河边。那条湍急的清水河流向黄河,真是清亮见

北京城里这样的工地上农民工子弟在玩耍(黑马摄)

底，我们就在河水里尽情玩耍。我尤其喜欢顺水从大石桥下飞流而过和从石桥上跳下河的感觉。那时候的济南，有德国式老火车站，有田园风光的大明湖，有汩汩喷薄的趵突泉，但去城外小河玩水的经历更难忘。多年后再去济南，转遍郊外，再也看不到那样美丽的河了，真是失落。

再看看这些孩子，不知怎么就替他们悲凉。他们的父母老远来北京打工，他们就和父母一起住在工棚里，建筑工地肯定是混乱不堪，孩子们就在垃圾堆边玩耍着，晚上大家聚在工地上的电视前看电视。这些孩子好不容易遇上这场大雨，有了地方释放玩水的天性。可这片水很快就会干，然后工地会开工挖地，然后起几十层高的经济适用房，这里会涌进无数的居民，又成为热闹嘈杂的城市。这些民工又会转移，孩子跟着走，去别的城市里的水坑找水玩。他们会那么玩着长大，然后接父母的班，盖房子。这些孩子从小跟着父母在工地长大，一个个白胖白胖的，根本不像工人和农民了。在水里，他们无忧无虑，白胖的身体翻滚着。我们的城市就是这么建起来的，这里面还有这些孩子的故事和未来。世界第二强国就是这么强起来的。多么不容易。等他们长大了，他们当中会有人来叙述这个神话的背后故事吗？

夜幕下的"屌丝"秀

白日里莺歌燕舞的花园小区，到晚上家家亮起灯火时就会发现，不少阳台都是一分为二，中间的隔断用的是那种不厚的石膏板，这块石膏板就把一间大客厅连阳台分成了两间房，估计一间有十平方米吧。客厅两边的卧室各住一家人，北卧室和餐厅再住两家，这样一套三室两厅的房子就一下住上了六家人。

　　最有画面感的是客厅阳台上的两个人，一男一女，都很年轻，都把电脑摆在阳台上了，因为屋里已经很窄，只放得下一张床和柜子。这两个人像商量好了似的，几乎每天晚上都在只隔了石膏板的阳台上认真地上网或写东西。他们都沉浸在自己的狭小世界里，但对落地窗外散步的人们来说，看上去他们构成了一幅画。看得出这是两个单身男女，都在为自己的事业忙着。他们就像生活在相连的两个透明玻璃屋子里，不亚于一场真人秀。他们根本没想到要挂窗帘，因为那样要装窗轨，定制窗帘，但房东没给他们提供，他们可能住上一年半载就要搬走，这几百元的投资就省了吧。

　　自从我听说了"屌丝"这个词，就感到很悲哀，现在眼前展示给邻里的恰恰就是当代两个男女"屌丝"的生活。这样的一幅画面是活生生的真人秀场景。但他们似乎没有这种感觉。同一套房子里其他的"屌丝"们似乎也顾不上被别人看到什么隐私，女人的贴身内衣内饰都那么堂堂正正地吊在窗玻璃上晾着，因为他们没有阳台晒衣服，朝北的屋子终年没有阳光，那些衣服只能阴干。

　　看到这样的风景，我感同身受。因为1980年代我也是"屌丝"，而且环境比他们的还差，是臭水横流的筒子楼。那就是我写的《混在北京》的真人秀场地。我们开始时三四人一间集体宿舍，后来有人搬走后就剩下两人，有人就用衣柜或布帘子把屋子隔开成两间，有人真就在里面饮食男女上了。这样的真事启发我写出了里面那个落魄的高干子弟梁三虎在隔间里"六宫粉黛土风流"的一章。

　　1980年代的"屌丝"们，可我们那个时候似乎没有悲哀，因为大家都在一个楼里"屌丝"着，没有什么落差。而现在的"屌丝"们与别人混住在同一座楼里，那六户一套里的人对面那家人单独住一套三室两厅小200平方米的大宅，这样的搭配真是太讽刺了，穷富就在同一个单元的同一层对门。还说那幅窗口的画吧：那六户十几口人的住房窗口用拉不直的铁丝挂着破旧的床单当窗帘或根本没窗帘，本来是宽敞的大房子，现在东隔西隔根本就不通风了，他们又舍不得装空调，才5月就吹起了电风扇，男人已经光起膀子来了。而对面那家却挂着考究的丝绒窗帘加雪白的窗纱，窗台上摆着怒放的鲜花，屋里是灯火通明的花枝吊灯和空调，刚热的时候就已经嗡嗡开起了空调。真的是两个世界，只隔一道墙。

但愿这些"屌丝"们能在短时间内奋斗成功，有自己的房子。但一个"屌丝"搬走了，会有别的"屌丝"马上充斥进来的。这种"屌丝"与富人住对门的风景还会继续很久很久。这是新一代的混在北京故事。

"经济适用男"标准其实很高

原来一提经济适用房，便觉得那得多么凑合呀，住那房子的经济适用男女得多么艰辛啊，估计和当年我们筒子楼的生活差不多吧。但千万别从字面上判断这个意思了。最近有个电视剧讲的就是经济适用男，简直颠覆了我们的概念。原来想在北京当经济适用男可不容易，条件就是：开宝来车，有套五环附近的高档住房，还要是白领，月薪估计得15000元上下，能在打折季去新马泰旅游等。我简直崩溃了。如果我没有这么多年持续的稳定收入，没有这么多年的积蓄和炒房吐血外加勤俭节约，我连经济适用男都不如，基本上就要堕落为"保障男"了。

经济适用男其实是指标很高的，而且稍不小心丢了工作或年纪大点能力差了就落入保障男的泥坑里了，那种箭在弦上的精神生活一定紧张万分。

用这个标准一量，生活中大部分人是保障男或保障女。如果说只有到了经济适用水平才叫幸福，那大多数人的生活就是水深火热了。就看你怎么对付和怎么看待了，如果没点耐心和韧性，没点超脱，想不开，这日子就不好过了。

那天电视上看到一个50岁的大男人，幸福地获得了一室一厅的保障房，里面设备齐全，房租就几百元，感动得都哭了。

我就想到经常在城乡交界带黑压压的公交站上挤车的那些保障男和保障女们，他们好不容易挤车出了城，还要再挤郊区车回双桥、通州、顺义的半乡半城的住宅小区里，有的干脆是挤车回河北的燕郊和涿州。有一次半夜我从双桥农场过，发现那片昏暗的城乡交界带竟然是那么热火朝天，满大街都是人在逛，在吃烤串，在马路边喝酒，那里也是北京。用现在这个电视剧的标准，这些人离经济适用还差得远呢，是新时代的"混在北京"。更不用说那些合租房的凤凰男和凤凰女了。

我似乎明白，如今的年轻人最低目标得是艰难地当上经济适用男，而且能混到这个档次是相当难。如果是姿色一般，本身质量一般的女孩，能找到个经济适用男应该说是很幸福了。但那些同样条件的经济适用女肯定是还要向上盯着高富帅的，可真的高富帅人数又太少，所以剩女遍地开花。

北京诞生了一米排队机

一米排队机赫然诞生并装在了北京西客站，我觉得这是中华民族屹立于世界之林的第五大发明，为此欢呼！实在没别的辙了，国人的加塞儿毛病只能用这种机器来治理了。这既是简单易行的办法，也是一个不锈钢做的耻辱柱，让我们看到它首先想到无法加塞儿，同时明白我们是一个加塞儿的族群，光荣啊。

有人说英国人只要有两个人都要排队，结果我们看到被英国殖民100年的香港大街上同样是中国人但都在安静地排队。俄罗斯食品最匮乏的时代，满大街都是排队买东西的人，我们可怜他们没吃的，但忘了赞扬他们饿着肚子还在排队的美德。我在英国一年,只遇上一个不排队的英国人,是在一个小邮局里,两个窗口,为了公平,只排一个队,哪个窗口空了最前面的人去哪个窗口。有个高大粗壮的英国女人认为这样不合理,一进来就自己给自己列了一个队,与原来的队伍最前面的人并列,等她那边的窗口空了她就想当然地抢过去办业务了。她后面的人都发出啧啧的抗议声,但没有一个人跟着她继续排队。她办完业务,听到大家的啧啧声,嘴里还替自己辩解:两个窗口嘛,为什么只排一队。仅仅如此而已。做了错事还为自己找下台阶。可我们这边的加塞儿根本不用这么文明地找理由,就是一群人起着哄硬挤。害得很多地方要专门雇人维持排队秩序,比如我们的大街路口人行横道前,常有两个维护治安的人拉起绳子来拦着人们闯红灯,即便这样还是有人硬闯而且是得意扬扬地闯,显得他有本事突破了敌人的封锁线似的。还有本来应该得到同情的残疾人驱动着电动轮椅也闯红灯突破封锁线的,任你哨子吹得惊天动地。这些人不怕死,可能是对生活没有什么可留恋的了。

　　估计这种排队机很快就会普及到各种营业场所,消耗大量的钢材,又一个新的产品企业诞生了,拉动了消费,创造了新的工作岗位,善莫大焉!

可怜天下父母心

　　早上七点来钟出门,发现小区里的一对从乡下来给儿/女看孩子的老父母正在寒风中抱着小孙子瑟瑟地等出租上医院。可我们这个半乡下的小区早晨很少有出租光顾,即使有也是载着客人的,还有就是路过进城拉活儿的空车,这些车往往问你去哪里,如果是去远的地方,出租司机可以多挣钱,他就让你上车;如果是近路且是去交通拥堵地段,他就拒载。今天这对老人恰好是进城去医院，路途近，且拥堵，司机就拒绝拉他们。可怜的老两口，接着在寒风中抱着孩子等，那老太太还拄着拐杖，颤颤巍巍的。

此情此景，首先让人觉得这样的老父母真是仁慈可敬，为了儿女和孙子，他们要在这陌生的大都市里顶着寒风闯荡，真是家有老、等于宝啊！老父母鞠躬尽瘁啊。

同时我又为他们的儿女感到难过。他们在郊外买了两百多平方米的大房子，开上了车，把父母都接来团聚，应该说过上了很多人羡慕的高品质生活，可他们为了上班挣钱却顾不上自己的爱情结晶——孩子。平时孩子肯定是一整天和爷爷奶奶过了，可孩子病了，他们也不能用自己的车送孩子上医院，还要老父母去打出租，在寒风中遭罪。不知道他们此时在耸入云天的写字楼里或辉煌的会议室谈判桌前忙什么。

生活有时真是让人想不明白，算不清楚，在金钱利益和亲情之间，谁能摆平关系呢？关键是眼前这景象与他们的大房子和高级轿车形成了巨大反差，这种不平衡令人不忍。

当然可能不忍的仅仅是我这看客，人家全家可能不觉得怎么样，大家觉得为更美好的未来做出点牺牲很值得，吃得苦中苦方为人上人嘛。我倒希望他们都是这么想的，那样就问心无愧，而且力量倍增。不过如果是我，肯定做不到住着豪宅开着豪车却让两眼一抹黑的乡下父母抱着自己的孩子在寒风中等车上医院。

北京街头的万手观音

今天下班时分天气大变，阴沉沉要下雨。开始我还没当回事，可站在街口等了很久发现打不到出租车，换了两个路口还是打不到。很多出租看天阴就挂"免战牌",根本不载客,赶紧回家了。满大街都是伸长的胳膊,像那个著名的舞蹈"千手观音"。这可比那舞蹈壮观,是街头行动艺术,两排上下起伏的手,估计是万手观音!感觉这是平壤,满街的人在夹道欢迎什么贵宾。

看来打的是没戏了。天知道为什么,据说北京的出租司机现在基本上是半罢工状态,每次上车听到的都是抱怨声:公司老板剥削他们,份钱太高、工资低、起步价低、油价高等等,如果这里是杭州,他们就罢工了。但在北京他们不敢,所以就消极怠工,每天拉几个小时,差不多就歇了,够吃饭就行了,等等。所以街上的出租车越来越少,温度最高的中午或刮风下雨的时候,车就更少,好不容易有个空车,你招手他都不理你。

于是只好提着重物进地铁。好啊,地铁里人山人海,人流都不动了。因为要安检,排大队;买车票的也排大队,全挤在一起了。居然还有旅游团整个团进地铁了。这是什么水平的旅游团啊,居然坐地铁逛北京,全世界难找。上了1号线人贴人热汗滚滚,热肉味冲天,几乎窒息。好容易熬到东单站,准备换5号线,走了几公里的地下通道,到了5号线口,发现人山人海,"people mountain,people sea"!满地坐着些人。定睛一看方知,为了限流,怕人们把车厢挤倒,干脆在站口设立了钢铁路障,只留一个小口,供一人通过,于是人流如挤牙膏通过,这样就算限流了。人们在疯狂地拥挤,还有人在举着相机拍照,照这壮观的人类景色。老人孩子不敢挤,只好坐地上等不挤了再进去。我也不原意挤,就出了站,看能不能坐公共汽车,但发现大街上风声雨声凄厉一片,于是觉得地铁里最安全,便又回地铁,下狠心挤。人们都脸朝前用胸部挤,我拎着东西,那样挤会把我的东西挤扁了。我立即聪明起来,转过身,把东西抱在胸前,用背和臀部拱,这力量巨大,很快就杀出一条血路,挤过了那窄门上了5号线。实践出真知啊,同志们,下次你也要学会用背和臀拱,这招儿灵验。用臀撞前面的臀,背撞前面的背,一下能撞出半米去呢。

限流措施管用，5号线上车时真不挤。如果门口不那么限流，估计真要把车厢挤爆，出人命啊。上了车，浑身的汗水立即喷薄而出，刚才太紧张，居然汗水都憋住了。这才痛定思痛，发现北京现在什么都要靠"限"：买房限制条件很多，买车限制也多，开车每天限制两个尾号，地铁要限流……再接下来估计要恢复粮本和副食本了。这个城市真要爆炸了。

下了5号线，外面暴雨滂沱，还好蒲黄榆地铁站与商厦和购物中心在一起，没伞的人们就在此逛商店，顺便吃小馆等雨停，里面又是"people mountain, people sea"。平日里安静的小饭馆里全挤满了人，热气腾腾的，那顿饭也吃得汗水淋漓。

我们的首"堵"，我们的国际大"堵"市，真是居之不易。本来今天我是绿色出行，就赶上这些壮丽的场景，明天我还真不敢绿色出行了，我已经累得脸都绿了。

三联书店的私人畅想曲

看新闻里说著名的三联书店销售店的二楼租给了一家著名咖啡馆，只留下一层和地下层售书，原因是书店销售不景气，出租二楼后每年房租收入有100万，对书店的销售额是一个很好的补充。对此评论是店堂"瘦身"，纯文化书销售受到网上书店竞争，销量很小，销售方式传统，连年亏损。

这些都是传统书店面临的尴尬。书无论如何是商品，要卖出去方才实现其价值。公共图书馆和大学图书馆是从出版社和新华总店订购，三联这样的零售书店主要针对个人消费者，其实是很艰难的一个行业。单纯靠销售纯文化艺术书维持自身生存确实很不容易，多种经营应该是良性的补充。但书又不是大饼饺子这样的商品，毕竟是精神食粮，所以销售图书还是要讲究个精神，"卖"的姿态不能太卑躬屈膝，还是要有点清高，强调的应该是以书会友，往来皆清雅，不能在污浊的环境和气氛中"卖"。

所以书店与咖啡店或茶馆什么的为邻，确实是个很雅致的选择。我很赞成三联这一举措，不希望大家认为这动作是无奈或悲壮之举，应该很喜庆地看待它。无论如何三联没关门，保住了那么好的地段的文化地标地位，那个咖啡馆并不令三联掉价，只要三联不自降身价就行。有了这100万的年租金，三联反倒应该有精神气儿，更强调自己的文化身份，"卖"起书来更有穷贵族气势才对。而不是自降身段，胡卖乱卖，甚至把一些起哄的养生书、菜谱之类摆在显眼位置。还是要保持以前三联的高雅气度。否则你干脆就改杂货店，只在店里设个小专柜卖生活用书算了。希望三联守得住自己。

顺便要再次提一下自己多年前就有的小理想，那就是"如果我要有钱"，就自己在某个闹市区置业，开一个书店，两边是咖啡馆（里面的隔间也出售精致的馄饨但决不能有油烟）和时装店，三位一体地进行。看来，今天的三联实现了我理想的三分之二了，还缺个时装店。估计再接下来，三联的一楼改成时装店，只剩地下一层卖书，这就完全实现我的梦想了。但如果只有一层了，那就只卖高档文化艺术图书。让人们捧着文化艺术书去挑时装，然后上二楼喝咖啡吃点心，嗯，这场景很令我憧憬。因为我没钱干这个，就把小梦寄托在别的地方了。

北京城中村的美丽传说

一

刚过春节，路就开始狂堵，早上又得从主路下来穿村而过，这样会减少大量的堵车时间。打开天窗，让温暖的阳光照进车里，算是晒个日光浴。我想，什么时候出一款轿车，整个车顶都镶玻璃，那车就成了玻璃房，彻底晒日光浴了。从安静的小村里缓缓行驶而过，看着村民们悠闲地在低矮的房屋中间活动着，似乎都无所事事地闲荡，那才是真的日光浴。

再抬头看，周围高楼林立，玻璃幕墙寒光闪烁，一片耀眼，分不清阳光与玻璃反光，反正满目辉煌，这就是北京的"天光"。直到傍晚，北京的天空都是这样虚幻迷乱。感到自己从这样的城中村里开车而过，反倒是一种奢侈，我开始臆想：假设北京能保留一些城中村，把这些小村建设得精致些，村里再适当种上些地，一派高楼下的田园牧歌风光，那该多么惬意。记得大钟寺三环内有一片农科院的地，真养眼，春天里麦苗葱茏，夏天里麦浪翻滚，冬日里白雪皑皑，是城中一景。我想起英国的诺丁汉，只有一个小市中心，整个城市的外围都是城中有村，村中有城，一片片小小的森林和庄稼地点缀其间，乡村教堂塔尖矗立，宛似童话，实在赏心悦目。坐公共汽车穿行其间，司机和一路上上车的乘客都很熟悉，热切地打着招呼，那汽车就跟村车一样了，多么和谐的后现代生活啊。还有那次去意大利，从里瓦坐公共汽车去加尔达湖畔的劳伦斯故居，汽车在环湖的盘山路上行驶，一路上过一座座美丽的山间小镇子，乘客上车来也是与司机熟悉地拍肩膀打招呼，司

北京城中村：等拆迁的城中村（黑马摄）

机一路和他们聊着天，车上只有我这个外国人是外人，但看着他们，我心里十分快乐，就那么在欢声笑语中穿过加尔达湖风景区了。

　　我就在对美丽城中村的幻想和回忆交替中开出了这个现实的城中村，然后混入疯长着的高楼和汹涌的车流中，省了很多路程，也节省了至少半个小时的堵车时间。心中便十分愉快，也十分感激这些城中村，并阴险地希望这些城中村别被开发，就保留着吧，既有"文物"感和历史感，又有缓解堵车的实际功用，是功德无量的存在。当然，我知道，村民们估计都想早点搬迁到周围那样的高楼上去，但如果拆迁，他们肯定不可能就近搬高楼。那高楼早就卖30000元/平方米了，他们的拆迁费只够买个厨房的，他们的命运将是远远地迁去如大兴和门头沟这样的卫星城，从北京的城中村民变成远郊的村中城居民，空气会十分新鲜，能闻到麦香，也能闻到马粪味，是有机的生活。他们在那里会远远地"望京"，摆脱了城市的拥堵和污染，也失去了繁华的都市生活。

　　城中村，村中城。北京啊，我爱死你了。

二

今早上班路上，刚到玉泉营，就发现前方万柳桥附近有一擎天黑烟柱直冲云霄，十分恐怖但又很壮观。肯定是有汽车在三环路自燃了。前两个月木樨园桥附近也有一起汽车自燃事件，我从那里开过去，眼瞅着那车已经烧成一摊黑灰，心中戚戚然，口中叨念着"沉舟侧畔千帆过，病树前头万木春"和"自绝于交通拥堵者永垂不朽"，对它行注目礼。（那句诗歌应该改为："燃车侧畔千车过，孬车前头万车新"。）

但是迫在眉睫的是，那边起火，整条路就堵死不动了。还好我刚到玉泉营桥，当机立断右转上了双营路准备到二环转向丽泽桥进西三环。可双营路也水泄不通了，又当机立断上辅路穿菜户营村拐进丽泽路，算是逃离了堵车。等到了西三环，发现整个西三环又是一片停车场，丽泽桥上的车都下不去了！丽日晴空下，一条车的银河闪闪发光，与阳光交相辉映。一狠心直接向丰北路进丰台，再拐到万丰路奔莲石路，才算逃过三劫。此时受三环堵车影响，京石路和莲石路早就趴了一路的车，很多人干脆熄了火下车来观望，根本不知道是怎么回事呢。其实就是一辆自燃车引发的半城大拥堵。唉，国际大都市啊，就是交通大"堵"市，遇上了，就莫名其妙地在路上趴几个小时等着吧。估计今天无数赴约的人都晚点一两个小时，因为堵在环路上，插翅难逃，只能熄火出来晒太阳。

记得给台湾一朋友寄本书，人家说航空邮费太贵，还是托朋友带来吧，我说我是国际交通大"堵"市的，千万别让我托人带东西，送一趟要是堵住，光汽油费就比邮寄费还贵，我还要在路上干耗两个小时，所以我宁可花航空费邮寄。

唉，这个交通大"堵"市啊，奈何不得。不过，要经常开着车乱窜，把小路弄清楚，关键时刻还能穿村，二到三环，三到四环，四到五环之间有大片的都市村庄，能打游击战呢。北京这地方就是这么可恨又可爱，关键是你要了解其都市里的村庄和村庄里的都市的特质就好。

大雨中的北京城

周五晚上我要跟别人做一档晚十到十一点的广播节目，九点半必须在电台门口集合。我家离那里很近，正常的时候开车十几分钟就到，所以都快九点了我还在家晃悠。忽然间雷声大作，接着就是倾盆大雨。我立即感到事情不妙，我可能会迟到，那岂不麻烦？于是慌忙出门。

真是疾风暴雨，从我家到停车场的一百多米路，我打着伞，居然几乎无用，伞只遮住头和上半身，几分钟裤子几乎全湿透，因为那滂沱大雨是被狂风吹着从四面打过来的。好不容易上了车，裤子已经冰凉地贴在腿上。刚开出小区门口，就感到车像船一样在马路上劈波斩浪，稍一加油，雨水就向两面溅出两米高。我的天，路上积水估计有几十厘米深了。大雨浇着车前玻璃，雨刷在飞速摆动着，我才能模糊地看清方向。旁边有一辆车加速超我，劈开的浪头居然把我的车打了一个趔趄。这时我真想回家，算了，反正我不是主角，节目让他们撑着吧。但又一想这雨来得这么突然，也许大家都措手不及，万一主角迟到呢，那不就让主持人一个人唱空城计了？所以我答应的事还是要尽力。于是只好继续天昏地暗地往前开。

开到方庄桥前面，等红绿灯时，觉得怎么时光那么漫长，灯老也不绿，眼看着行人们蹚着没膝盖的水在狂奔，很多人都没伞。好不容易等绿了，可开到大桥下面时又被左转车流挡住动弹不得。这时我发现桥下的积水更深，好像已经没到前面那出租车的车轱辘了！上帝，这水再涨，估计大家就全淹在桥下了。这时我想起一位著名的女主持人写过的一段经历：她赶节目时车子被路上的积水泡了，打不着火，她为了节目，只好扔下车，冒雨跑向电视台。节目做完，车的发动机已经被泡报废了，换发动机要好几万元。我祈祷前面的车快开走，让我过去，免得我的车也报废在方庄桥下。

还有我想到去年夏天的大雨中，我家前排稍低的地方积水排不出，居然下沉式花园里的水涌进一些人的家里，泡了地下室，晴天后家家晒家具，物业赔偿遭难的家庭，重新装修地下室。

还好，我终于开出了水坑一样的方庄桥下，上了二环路。一路上大家都开得小心翼翼，车子基本上是以30—40公里/时的速度前进，就这么慢还是狠睁着眼开，把所有的车灯都打开，否则就容易追尾。

紧张心慌地开到电台门口，还好没迟到。可我的裤子全是湿的，冰凉地贴在腿上，完全靠体温焐干。等做完节目再回家已经半夜了。当时只觉得冷点，也就睡了，结果半夜彻底从冰冷中冻醒，才知道着凉感冒了。随后是吃了药一天的昏睡。

到现在我还后怕，怎么我们的低洼处这么脆弱，刚一下雨积水就成河，那雨再暴点，还不知道会出什么交通事故、泡报废多少车。北京这座平日干旱的城市，防雨的功能实在是太弱了。还好要在这里开奥运会，为了不出事，肯定改进了排水系统，所以今年还没听说哪个小区居民家里进水，没听说哪个路段又淹了。这是办奥运的一大好处。

可惜，刚写完，看报发现，昨天暴雨中地铁崇文门站进水，水深过膝，5号线中断。我们的城市啊，只能说是脆弱。

这篇雨中感写完四年后，上帝都不敢相信的雨中悲剧发生了。2012年夏天的大雨中，广渠门桥下积水四米深，竟然将一辆车淹没，里面的开车人莫名其妙没有离开熄火的车，竟然在水中的车里罹难。四年的时间，北京的排水系统不是改善了，而是更糟糕了，直到付出了生命的代价才彻底改造一番。真是横祸啊。

北京房价打死也不会降的理由

北京的房价月月创新高，我绝对相信这是真的，因为我居住的这条街上的楼盘价格一直都在疯涨，那年低迷时13000/平方米的房子，过了两年就居然涨到40000元了，周围仍在大兴土木，不同档次的楼盘在拔地而起。这种居高不下的价位绝对不是虚的，是靠活生生的人抬着的，大多数是玩命买房的小老百姓们。

我这个小区简直就是一个五湖四海人民的汇集地，可以叫省际社区了。满院子各种口音的人在带着孩子，他们大多是这些中青年业主的老父母，看得出来多是些外省小地方来的，是朴素朴实的老人，他们含辛茹苦培养了有出息的儿女，在北京置了业，接他们来享天伦了，当然也省得请保姆了。白天小区里几乎见不到业主，他们都早早去上班了，院子里除了清洁工就是这些带着孩子的老人在操着地方口音大聊特聊，忙着买菜购物，猛一看过去，以为是幼儿园或养老院。

你想想吧，只要北京还是首都，还是这个那个一连串的我们课本说的"中心"，就不愁没人往这里挤，除了可怜的农民工，来北京混的大都有三头六臂，能很快发家，就舍得花大钱买房落脚，然后接老父母来，住房需求只能不断扩大，等过些年孩子大了要独立占一间房了，大家又要开始二次置业，要么换更大的房子，要么给老父母买房单住；接着孩子要结婚……房子房子房子。

我周围的不少年轻人家在外地，都面对这样的情况，所以他们绝不租房，一定要买房，而且是全家人在给他们凑首付。有的父母是小县城里的普通工薪阶层，可怜的工资都用来给孩子在北京买房了，全家人齐心协力在北京置业，不管多贵，一定要买个落脚地，甚至连亲戚家都卷进来了，支援他们。我一个小老乡，老天，可怜的父母卖了自己的房，老两口租房子住，挤出钱来给孩子在北京买房子。他们很心甘情愿，说：孩子就是希望，全力支持，孩子在北京混好了，有了房，他们就来跟孩子团聚。记得那阵子他们让我了解楼市，我告诉他们，要买赶紧，五环内已经8000元/平方米了，他们说买不起五环内的，只能去大兴或涿州了，让孩子住那么边缘，还天天进京上班，真是可怕。现在可好，五环内都20000了，六环的都10000了。混在北京可没那么容易了。

有这些全国各地的钱撑着北京的房市，房子的刚性需求就有了最基本的"基石"，芸芸众生啊，深不见底，在北京砸钱啊。

我真庆幸是二十多年前早早混在北京的，有当初福利分房作家底，不用父母吐血给我付首付就可以自力更生买自己的房子。否则让父母吐了血给我买房，再让他们来我的房子里"享天伦"，那我的精神压力就太大了。现在这些小年轻对父母的负疚感一定很大——把他们养大，还要继续用微薄的欠发达地区的工资为他们在北京扎根买房子，他们的精神压力一定很大，只能在北京混出个人模狗样来，没有退路，想哪天混不下去了回老家都不行，老家的父母已经让他们榨干了，他们必须混下去，然后把父母接出来，否则就无颜见江东父老，再说有的父母都卖了自己的祖屋了，在租房住，在老家没根了。估计很多人家都有一笔为孩子混在北京的血泪史。

然后还有山西煤矿主们，据说他们占了外地人在京置业的40%，他们抢的是北京的高档房，据说是用圆规围着天安门画一圈，以此来圈房，不问价钱，买完房接着到对面的奔驰车店再买车。

要想让北京的房价下降，除非它不再是首都，不再是这个那个中心，但估计有那么一天的话，北京的很多高楼就都黑了灯了，或者现在住一套房的人可以廉价买下一层楼，然后北京的私家车再也不用限号了，公交车再也不挤了……当然，很可能大家养不起公共汽车公司了，都改骑自行车了，或者马车该进城了。

又见三不老胡同

　　周末的一个艳阳午后经德胜门内大街到鼓楼一带，拓宽了24米的德内大街果然宽敞大气，交通也顺畅了。拓宽之前开车不敢走这条街，名为大街实则是小街，狭窄破旧，还通公共汽车，只要开进去就险象环生，开出来要冒一身冷汗。有时喜欢去后海的"孔乙己"，这是必经之路，只好硬头皮开进去，比车技，不停地踩刹车。

　　拓宽后，街道两旁的院子很多就没了大门，老房子全裸露出来，变成了临街房，与车水马龙浑然一体。从这些没大门和院墙的平房中间穿过，感觉十分怪异。想起小时候我住四合院时，有的同学家也是院子拆了窗户就邻街，上学路上同学们只需在大马路上喊一声就能把里面的人叫出来，一路走一路喊，就凑成了一帮。可那时街道上基本没汽车，邻街住着估计还很有趣，至少方便，平房里没有下水道，洗涮的水开门就往街上一泼拉倒，真方便。现在满大街噪音污染，邻街可怎么住啊？

　　正替别人担忧，抬头看到路边几栋粉不叽儿的低层老式楼房，在灰突突的平房院落之上很是鹤立鸡群，在阳光下显得很不和谐。但我马上就认出来，那是著名的三不老胡同里的楼房，是冯亦代先生的故居所在，是民盟宿舍。

　　思绪一下子就回到四分之一个世纪前的冬天，那时我刚毕业参加工作，出版社让我给冯先生去送样书，几大包书，勒在自行车后就顶着小西北风噜噜地蹬着去了。主任说，还是小伙子好使，女孩子就不能蹬车送这么些书，还得社里派车，而每个编辑室每年的用车车票是有限的，不能经常约车。于是我的自行车就成了公车，我就成了拉车的

马。那个年代都这样，上年
纪的作者的样书都是年轻编
辑蹬车送，何况是冯亦代这
样的名人呢。

三不老胡同

一路钻胡同，穿后海，
去三不老胡同是一趟很美好
的经历，是我骑自行车逛北
京老街道的开始，从那以后
我对城四区的每条街道都熟
悉了。尤其后来当记者采访那些老翻译家，都是骑车钻胡同，十分有乐
子。叶君健、赵萝蕤、叶水夫等，一家家去过，每条老胡同都让我感
到难得的享受。三不老胡同的历史很久了，缘起郑和府。他是三保太
监，这条街就叫"三保老爹胡同"，后来演变成"三不老"。这附近还
有著名的梅兰芳故居，那时梅绍武家就住帘子布胡同，出版社也让我去
送过稿费什么的，去那里也很开眼。

话说回来，冯先生住在一座楼的东北角房子里，光线很差，刮起
北风来他家得风气之先，他就给冯宅起名"听风楼"。但无论如何，这
种1950年代起建在平房区里的官宅那时看起来还是很显赫的，给人以
"耸立"之感。但现在周围没了遮挡，那孤零零的几座旧楼远远看去就
显得滑稽了，既与灰色平房格格不入，与周围新起的玻璃幕墙大厦相比
又显得自惭形秽。这片房子据说是老北京风貌保护区，就是说不会再拆
除了，那几座粉楼就会在这些平房里继续格格不入下去了。

也好，每次过那里，远远地就会看到，就会有酸楚的回忆。那些
老街、老人，大多作古了，可我还能感觉到每次奔向那里的热情，冬天
里心像燃着火炉是火热的，因为胡同里都亮着一盏灯，照亮我心智，我
称之为没有围墙的"我的大学"，我的"金狮"自行车十多年里载着我
在这个新大学里求知，我慢慢开窍了。

在四根柏胡同10号与大师们的交往

　　有一年多点没见傅惟慈老先生了。上次去还是去年深秋，傅惟慈老先生家的绿荫小院儿，又重新打整了一番，花架子又高了，金银花黄了，满世界小吊盆里开着各色小花，院子里装了透明玻璃顶棚，能下雨天在棚子下喝茶了。还见到了李文俊先生和他太太、也是翻译家的张佩芬老师，还有屠珍老师，大家是来庆祝老傅的散文集"处女作"《牌戏人生》出版的，结果是饱听四位老先生妙语连珠地回忆往事，臧否人事，顺带吃了老傅带我们去一个老馆子点的老北京菜，有咯吱儿、熘肝尖儿、炸酱面、干炸丸子等，屠珍老师大喊：这是我上中学时的家常菜，好久没吃了。老傅特得意：也就我能找到这么特殊的地方，大玻璃外是车水马龙的德内大街，屋里咱们吃咯吱儿。席间屠珍先生一口正宗老北京话，抨击时弊，听着特来劲，我禁不住说：斯琴高娃演的太后应该让您去配音，省得她刻意地学了。知道吗，屠珍先生管蝴蝶叫"户铁儿"，那是最地道的老北京话，很少听别人这么说。时不常听这些青春焕发的老先生聊天，等于是上大课，谁有这等福气，一堂课四个大师给上，这个国庆前夜过得真来劲。

　　这一年里忙于事务，也没打过电话。这次我的业余记者生涯文章结集为《文学第一线》出版，最要感谢的，如我前言里所说，就是傅老爷子，因为我是在1988年在慕尼黑结识了他，后来拿他当采访对象写了我平生的第一篇文学人物专访，从此就时断时续地写了几十篇。一晃，老天爷，我认识傅老师二十年有二了！

　　出了书，我自然要送书到傅家，顺便约了责编小高，打算聊一会儿就请傅老师到不远处的莫斯科餐厅用晚餐。当年在慕尼黑我经常回宿舍晚了，就蹭傅老师的饭，这次我一定要请他吃个饭。

但没想到，就这一年里，老傅经历了两次手术，一次是摔了股骨头，换了人工的；接着又是腰椎间盘手术。耄耋之年的老人了，医生不肯做，怕出意外，坚强的傅老师坚决要做，说：我不能就那么躺床上混日子，一定要站起来。86岁上，硬是熬过两次手术，站了起来！太伟大了。见面后他精神很好，只是腿脚不太方便，还开玩笑说：命

傅惟慈先生在四根柏胡同院门前

中该有一难，"文革"中没遭大罪，没被红卫兵打伤，后来也没得过大病，这不老天嫉妒我，就让我摔一回，哈哈哈。

那天见他不方便，只好作罢。几个月过去，我再次联系他说老莫那儿该去啦。我知道傅老幼年随父亲学俄语，一定对俄式大餐有情结。果然如此。

老先生真是善解人意啊。他家那个窄胡同，开车进去对我来说是个考验，里面停着一些车，没人指引提醒你就开不出来。我很为此犯难，就决定打车去接他。没想到老头儿早替我想好了，说，约个时间，我让小保姆把我用轮椅推到胡同口，省得你开车进来麻烦。

然后他对我说，老莫那里就是吃个气派，但太贵了，其实它不远处有另一个俄式餐厅，菜一样好吃，但因为名气小地点偏，所以价格便宜。就去那里，他常去，还有打折卡呢。看来他真是西餐迷。

进了那个俄式餐厅，果然环境温馨典雅，又没有老莫那种金碧辉煌，应该说很舒适，很好。这时老傅就开始用英语跟我说话了，说这里不错吧，其实菜谱和老莫的一样，和老莫同属一个大的公司，但价格能便宜三分之一，咱们老朋友就实在点。我知道他这是怕周围的人听到他说这里便宜而不好意思。

那天老傅一定要我请翻译哈代的老翻译家张玲来一起见个面，原来傅老师是张玲的父亲、大名鼎鼎的哈代早期译者张谷若老人的学生，按老礼，还称小他十来岁的张玲为师姐呢。张老师一看这个餐厅的菜谱和环境也说很实在，达到了西餐大菜的基本要求。我心中暗自说：应该算典型的体面水准。

其实傅老口味很简单，就是简单的沙拉、烤猪排、黑面包抹黄油、果汁，最后来一客奶油蛋糕，非常老派的吃法，对有人点的比萨饼，他和张老师都是排斥的，认为那不应该是俄式餐厅应该有的。年轻人就说"你们out啦"，现在的西餐厅如果没有比萨饼，营业额就上不去了。但他们坚持俄式餐厅只吃俄式菜。张老师还点了最典型的俄罗斯奶油烤杂拌。他们的吃法可说是恪守古典。

那天傅老师送给我们的是两本上海译文再版的格林的小说；张老师送给我们一本她翻译的《傲慢与偏见》和一本自己的周游世界的散文集。我把新出版的《查泰莱夫人的情人》等书送她，她大声说：终于可以出这本书了，我可以留个纪念，但我不会读，因为我是女人，不愿意读男作家笔下女人的感受。声音之大，旁桌的人都能听到，莫名其妙地看我们。估计现在很少有人在大庭广众之下如此大声地谈论文学了。张老师果然古典。

秋到西苑

秋凉了。一早去颐和园附近的国际关系学院劳陇先生的故居。从颐和园东宫门拐出来蓦然开到西苑桥，我竟然迷路了。前面的岔路令我不知所措，但红绿灯又不等人，就照直向着以为是"国关"的方向开过去，但开了一段路发现路北面是著名的一零一中学，这才知道自己方向反了，赶紧掉头开回去，再到西苑路口才恍然明白，找到了去"国关"的路。

这一带居然建了高架桥，桥上车水马龙有时还堵车。这座高架桥是从北四环通北五环的连接线。西苑路口还有了4号线地铁站。这片熙熙攘攘的地方，当年是非常宽敞安静的，如同乡村，路口四周都是砌得如同艺术品似的灰砖矮墙，据说都是中央党校的地盘。可现在几乎就是闹市区了，令人迷惘慌乱。

还记得1990年代初我是怀着朝圣的心情，骑着自行车从南城来到这边，除了看望老师劳陇，还在他介绍下采访了巫宁坤和郑永慧先生，认识了自小崇拜的申葆青教授。如今，巫宁坤先生在美国养老，其他三位都已经离开了我们。师姐第一句话就是：物是人非啊！我还在刚才堵车迷路的状态中，自言自语：物也非啊。

如此喧嚣闹嚷的环境，让我几乎不认识"国关"了。只有劳陇故居周围那十来栋五层的老红砖楼还没有变，楼边的运动场没有变，其余的地方都天翻地覆了。现在堂皇的大门口边还保留着那座凋敝的老"国关"的大门，那才让我感到物是人非。辛亏那老门没拆。可如今那老门怎么看上去那么寒碜狭小呢？当初我骑着自行车心怀要见大明星的憧憬来到这座老门口时觉得那门如同天安门的门一样大呢。

这片老宿舍楼依旧，各家门口的花园和菜园依旧，楼间距如此之宽敞，绿树成荫，这就够了，我没有白来，我找到了20年前的热切和亲切，似乎又看到了几位老先生。

劳陇故居里以前没有现在这些宽大的沙发和茶几，他就在这间大厅里读书写作，支了一张单人床。所以那个时候这间卧室兼客厅兼书房的厅显得十分宽敞，我印象中是一间特别大的客厅。其实面积并不大，仅仅因为没有摆这些庞大的沙发而已。现在真成了单纯的客厅反倒显得狭窄逼仄了呢。我这才意识到这套房其实是一套两室一厅面积仅八十多平方米的房子，因为这楼没电梯，没有公摊面积，所以显得像100平方米的三室房。原来那个时候的教授也就住八十多平方米。这次去，我终于弄清楚了，对他的居住环境有了一个全面的了解。可这种明白又意味着什么呢？我不知道我为什么要弄明白这些，仅仅因为他不在了，我才得以把每间房都看上一眼，而以前仅仅是在那间"多功能厅"里与他交谈，根本想不到要看他家房子状况如何。这次是真的瞻仰故居的行为了。

但我还是情不自禁和师姐回忆起1980年代劳陇在河北大学时的房子，那是老省委的家属宿舍，一排一排的单间组成的平房群落。老房子连暖气都没有，要生煤火，家家在院子里搭了煤棚子和厨房，堵得外面只剩下狭窄的通道。他就是在那里开始他的翻译理论研究的，因为那之前他一直在劳动改造多年，刚刚"解放"分配到大学教书，因为他耳聋，说话又带着浓重的无锡口音，因此无法教授一般的课程，他就变劣势为优势，自己给自己确定了这个方向。做翻译和理论研究不用上大课，多是个体劳动，而他有深湛的中国古典文化修养，这对他从事翻译和研究是最大的优势。于是他就在65岁上开创了自己晚年的事业，有了如此骄人的成就。这个故事应该是个传奇了。

我们确定了他的翻译理论文集的篇目等，现在可以期待这部文集的面世了。出了这本书，我想我和劳陇的交往故事就告一个段落了，这是从大四阶段开始一直持续了四分之一个世纪的交往故事，从保定的河北大学时期开始，中间我在福建读研的三年中，他在北京，仍然像个义务的导师帮助我，每学期都会通上几封信，谈学业，谈他亲自指导的河大研究生老同学的学业进展，通信中我告诉他我的导师林先生是林则徐的玄孙，劳陇竟然告诉我他某一代祖母还是林则徐的姑母，真是神奇。我到北京的出版社工作后与劳陇交往更是频繁，因为他又成了我的作者。现在我来画上一个完满的句号。但心灵的念想还会持续许多年，如弗罗斯特的诗所言：

I have promises to keep,

And miles to go before I sleep,

And miles to go before I sleep.

太阳它怎么说高就高了

秋末转凉时，最好的去处是阳台，大部分工作都在洒满阳光的阳台上完成，打字、读书、小憩、午饭，既节约了暖气，又晒了日光浴，一举两得。某一天中午我照例在阳台上沐浴着阳光读书，忽然觉得天上飘过一片云遮住了太阳的温暖，皮肤立即起了鸡皮疙瘩。我懒得进屋去加衣服，想等那片云彩很快飘走，可它就是不动。寒冷让我抬眼看天，估计是阴天了。可怎么只是我的阳台阴天，而别处阳光明媚？我突然意识到，坏了，是对面正在施工的高楼仅仅因为比昨天高出了一层的围挡，就正好把阳光挡住了，仅仅一层，也就不到三米高吧。

我开始领教高楼的厉害了。这楼盖了快一年了，一直在增高，但一直没有影响我们晒太阳，就以为建筑商很仁义，不会盖得太高，或者楼间距绝对够宽，不会挡我们的阳光。可这天我惊恐地意识到，仅仅就增加了这一层，就挡了我的阳光，而且这楼似乎还要再往高长。

于是我摸清了阳光光顾我的阳台的时间段。每到中午十一点，太阳就转到对面的楼后面去了，我的阳台就开始变得阴冷，一直要阴冷两个小时，直到太阳从那楼后转出来，然后太阳在几乎并排的两座楼之间的空隙里旅行，这个旅程有二十多米，要旅行一个小时，然后它又转到另一座楼后面去，我的阳台又变阴冷了。

对面新起的高楼让我们的楼少了正午两个小时的日照和午后全部的日照，这就是生活在都市里的代价。对面一片荒芜时，我们的楼享受的是从日出到日落的全部日照时光，好日子从此一去不复返了！

北方的冬日，阳光显得无比宝贵。当阳光普照时，暖气就可以关小，节省能源；当太阳被对面的楼遮住时，屋里立即冷飕飕，就要将暖气开大，煤气表就开始高速运转，发出咔咔的转动声，似乎是在烧钱。

那天电视上宣布立春了，那种喜气洋洋的报道让人感到似乎全北京的人们在忙着"咬春"，就是饕餮鸡蛋饼卷青菜和北京老字号的酱肘子，那叫春饼。电视上说那一天仅某个牌子的酱肘子就卖出90吨，什么概念？九万公斤，那天光这个牌子的肘子就有几十万人吃，这咬春的规模确实很大。这个忘乎所以的时代里，还有这么多人恪守着古老的传统，真是执着，活得认真又洒脱，在这水泥森林和PM2.5浓密的城市里依然奔忙着"咬春"。

可立春这天的正午时分，本该暗淡的阳台和客厅却依然明亮，阳光竟然照进很长一段距离。我还以为是挂表出了毛病，但对了时间，没有问题。这才抬头向天上看去，惊喜地发现，太阳在立春这天竟然高了！居然在应该躲到对面高楼背后的时间里高高地悬在楼顶上了，因此我们的楼被阳光普照了！我们从此多了两个小时的日照时间。

立春，立春，真该欢呼立春。我忘记了浓重的PM2.5，也去加入了买春饼和肘子的队伍，要在立春的阳光照耀下咬春，渗透了阳光的春饼一定别有风味，我们咬的是宝贵的阳光。

我们的都市：从大馅饼到大陷阱

城市化特别是大城市化，一开始是以大馅饼的诱惑鼓舞着人们的，便利的生活设施，先进的文化教育，只有大城市才代表着生活的未来，糗在小地方只能自生自灭。于是人们潮水般地涌向城市，尤其是大城市。大上海从民国开始就为我们勾勒出天堂的幻景。但多少代下来，尤其到今日，真正的城市化终于开始了，我们发现大城市化这个大馅饼其实是由无数小陷阱组成的大陷阱，不说这里面惨烈的人生争斗和算计，不说空气污染、水污染和交通事故等大的危险，只说日常生活的方方面面，折腾的就是你的钱，而为了这"好生活"你得有充分的钱的准备，否则，常言说"一分钱憋倒男子汉"，你就寸步难行，你为自己规划的美好生活图景就整日里阴云密布，心里永远堵着不爽。

这是有感而发。这两天小区的白领或半白领或似是而非的大小官僚居民们又在为停车的事大闹特闹，各种牌子的车把门口堵死，据说是只能这样才能堵到大马路上去，引起政府的注意来解决。

这些有点钱的人，开始将自己的钱的能力最大化，有多少花多少，又是买房又是买车，过上了有房有车的好生活，但忘了给自己留点余地，结果小区开始卖车库和车位，他们的小金库根本没留这些活钱，或者这十万的车库对他们来说太贵了（一辆车才五万或十来万，等于金壳子装谷糠），所以很多人拒绝买车位，强烈要求以150元的价格租，开发商坚持要卖，结果就是不买车位的人全把车停在小区院内，堵得院子水泄不通，会车都麻烦，回来晚了只好停大马路上去，时间一长，愤怒之下就有人把车堵在门口示威，让所有人都无法进出。

城市化真是大陷阱啊！当初高高兴兴买了几万元一辆的车，哪里想到后面还有比车还贵的车位？还有没完没了的这费那费，这些费用大家不敢不交，不交就会有罚款，他们唯一敢干的就是堵大门，跟物业闹，因为物业没有行政和法律权利制裁他们，别的业主也没办法，总不能去砸他们的车吧？当这种有车族有什么意思？因为有车而成为抗议者，自己的车居无定所，大冬天在露天冻着，每天早起忙着除玻璃上厚厚的冰霜。城市化是奢侈的，什么都要求配套，而且要配一个套就得有一环又一环的套等着套你，套的是你的血汗钱，没准备好，千万别往这个陷阱里跳，宁可简化自己的生活，过低版本的日子，多一事不如少一事，专心安静地修身养性，否则就是自找麻烦，而且是自己的那几个糟钱惹的麻烦，真麻烦啊。

　　关键是我们真正的城市化是这十来年才开始的，原来的城市根本不是城市，仅仅是集市。我们是集市动物，靠着人气，靠着"聚集"的便利享受高于乡村生活的品质。那个时候我们可以仅仅靠自行车活动也行，小城市里"交通基本靠走"也行，似乎空气也不错，有了自来水和卫生间，有了煤气。等这些基本的城市条件凑齐了，发现人越来越多，人群聚大了，不能再靠集市管理了，整个生活都要配套，这时候就需要真城市化了，可却什么法律都不健全，人们凭着热情和胆量消费，仍以非城市化的集市居民的姿态城市化着自己，结果就是麻烦多多，吵不完的架、生不完的气。那天有个业主死活不顾园区不许进车的规定，硬要把车开进院子里停自己单元门口，物业坚决不让他停，同保安发生冲撞，老人居然气得心脏病犯了，理由很简单，我的车为什么不能停在我的家门口？有问题大家互相让一让，把车挪挪不就行了吗？这么想不通，到底怨谁呢？怨城市化，怨法律不健全，怨自己的钱比自己的欲望小？不知道，犯不犯病，只能靠个人把握了。把握不住就得气个半死，伤身呢。

燕郊，无数人的五月花号航船

　　前几天过潮白河去燕郊，远远地在河这边平面的通州乡下看河东的燕郊，我以为我走错了方向，怀疑那边是北京城。因为河那边高楼大厦，雄州雾列。当初这里房价1000元/平方米时，周围有个东北女人就宣布她要来买。这个没什么文化，没北京户口，全靠在北京打杂苦干养活东北乡下全家的朴实的女人让我瞠目结舌。她就打算买这里的房子，然后每天挤公交车一个多小时到通州城里，再挤城铁一小时到四环，再挤不到一小时的地铁加公交到城里的单位上班！多么辛苦悲摧的人。可她坚定地说：再苦也没有在东北乡下没指望地糠着苦。在燕郊有了自己的房子，那就等于在北京安了家啦，下班再远，有个自己的家，心里就有念想，租房子住太受罪了，每年合同到期房东就涨价，欺负人！

我看着这个半疯而对生活充满渴望的女人，心里不得不佩服她的勇敢。甚至想，如果我现在20岁，也刚刚混进北京，我肯定也会像她一样选择燕郊，毕竟这里的房价比京城便宜好几倍，能买得起。

就是千万个这样半疯并对生活充满热望的外地青年们的血汗钱，托起了燕郊的楼房，创造了这个号称"河北第一镇"的地方，其实如果它还是个镇的话，绝对是中国第一镇了。

现在还能看到满大街的外地青年，多是小两口，在燕郊的售楼处门前徘徊，如今好点的楼盘已经快一万多一平方米了，还有人来，毕竟比北京城里的房子还是便宜，比通州的也便宜。毕竟买了房，他们有了自己的私产，不用看房东脸色，不用受挤兑了。自由价更高啊。

燕郊的楼房和北京一样高了，城市里乱哄哄的还像小县城，就是这样的怪胎。但有这么多有文化的青年来这里居住，将来环境一定会好的吧。

车子冲上潮白河大桥的那一刻，我发现，燕郊这段潮白河干涸无水，那是北京与河北之间的一条宽阔的大干沟。那一刻我脑海里不知怎么竟然想起"五月花号"这几个字。是的，这些芸芸"屌丝"们，他们是为理想从天南地北来到这里的，虽然苦，但像那个坚定的女人所说，回去连这样的苦都吃不上，还是大地方开眼，有心里想干的工作。这些人都乘着一艘无形的五月花号航船，是心里的五月花号。将来燕郊应该改称"五月花城"才对。

大兴，大兴

　　昨天按照约定去大兴看望福建时期的同班同学ZQ，他是从美国回来讲学的。便想起顺路到大兴城北的老朋友T家造访，因为早就听他说他抓住一个机会用60万买了一套120万的带花园公寓，说别听别人说城南不好，选对社区其实比城北便宜还舒服什么的。刚上南四环便黑云压顶，随之倾盆大雨，路上所有的车都打开双闪灯，在瓢泼的雨中缓慢前行，真为我的出行增添了乐趣。我唯一祈祷的是别遇上公益桥下水道堵塞，据说有一次那里所有的车都漂了起来，不知毁了多少车。所幸，出了几次事故后那桥下的下水道终于通了，这次一点积水没有。刚下四环，居然立马阳光普照，这场雷阵雨真是来得快去得也快，到了T家，他说大兴压根儿没下雨。我的天，就那么一片云彩带雨，把我的车洗得干干净净。

　　大兴城北这片广阔的地带确实绿茵一片，马路也宽阔，布满了高档住宅，而且还有新的住宅耸入云天，感到那么空旷的郊外不该有那么高的大楼，住在那种楼上怪瘆人的。但环境是真好，通了新地铁，美呀美，是真正的郊外生活了。T家十多年前是一片麦子地呢，麦浪滚滚闪金光，那时没高速路，没地铁，那里的人愣是挺过来了，迎来美好的今天。在北京没有权力没有大钱，就靠敢于跑马占地，艰苦些年等着房子升值呢，等哪里都发达了你再去买，黄花菜都凉了，只能怨天尤人，骂高房价。反之，就是这些敢当房奴的人推高了房价。当初房价才4000元/平方米，现在涨了小三倍。他太太说本来是想当郊外避暑地的，不常住，结果，来住上几天，回家时家里的猫和狗都不愿意走，赖着不上车，不愿意回城里的高楼里去。于是他们恍然大悟：这里就是好，便毅然搬出了城。真为他们家高兴，居然在五环外这么便宜淘到了如此清凉的地段。

　　然后是见到老同学，就近进大兴城里吃个饭。结果发现大兴城热闹非凡，巨大的购物中心起名叫"大兴王府井"，英国的乐购已经进驻了，入夜灯火闪烁，煞是纸醉金迷的样子。他惊呼连你们的乡下都这么繁荣了，我说还要加上"昌盛"。他禁不住连拍好几张照片。因为美国的乡下绝对没这么火热。不过我告诉他，大兴可是北京的一个区了，不是乡下了。只是找到一家号称意大利风味的餐馆，这哥们才发现这里的卡布奇诺几乎没有打起奶泡，杯子很小，咖啡很淡，上来的奶油蘑菇汤，天，我们美国的汤很浓的，怎么这里的这么稀，我说这里是大兴，前几年还是麦子地，进步不小了。"哎"，他叹息，"硬件很好，就是软件跟不上啊，我来了之后发现这里的楼都很漂亮，可教学软件很落后，居然这里的网络跟'脸书'不连着，我上不了'脸书'，等于与世界割断了联系，人家会以为我失踪了呢。"我说我们不要"脸书"也照样活着。还告诉他这里高校网络与国外很多网站都不对接，他惊诧那怎么与国际接轨？我说你别大惊小怪了，在这方面，中国就是互联网世界里的大兴，看着外表很漂亮，进来就会发现其实跟国际接轨的端口很少。不错了，别急，当年这里仅仅是麦子地，现在都这样了，我说你看我就不要"脸书"，不是也活得还不错？我有新浪博客和天涯博客，虽然我们的博客网站设置了很多禁忌词，会自动删除我们的文章，但很多新的网络词汇发明出来了，想说的还是说了。人民，只有人民，才是创造历史的动力。

　　大兴，大兴，我居然在大兴活动了六个小时，有了很多见闻和感悟。

北京乎？

从城里搬到城外，最大的感受就是搬出了秩序之外，有时感到我是在北京外的某个不叫北京的地方。

按北京的城市发展说，西边和南边，出了三环就该叫三不管地带。东边和北边好些，应该是东四环和北四环外才品质下降。所以北京的发展不是按环路来的，有一个小错位。因此南三环的房价大致和北四环房价相等。但住西边和南边也有好处，就是交通相对要好于东三环和北三环，空间比较大，因为还有很多城中村之类的地方。环境差些，但多数时间不堵车，这点很让我愉快。大环境差早晚会改善的，躲进小楼成一统，小区保安好，绿化好，出门不那么堵，想享受大都市文明，就进城去，回来不见车马喧，也好。

但车马不喧，别的喧。我们能每天体验农业文明的遗风。最搞笑的是这边每时每刻会突然鞭炮齐鸣，有时是半夜里。严格说这是违反北京市五环内禁放烟花令的。可天高皇帝远，放了也就放了。鞭炮引得汽车的报警器跟着大作，能热闹上好一阵子，此起彼伏的。

我就是不明白这片地方哪里来的那么多喜事。很久以后才明白，乡下人无论红白喜事都要放鞭炮的，家里房子上梁封顶落成也要放鞭炮，连大发展中的房地产业也要在大楼进行到某个关键部位时放鞭炮驱邪或庆祝。估计深更半夜放鞭炮的是家里有人离去了。

还有两次我刚出门，就看到一队披麻戴孝的送葬队伍，打着幡，吹着喇叭，敲着锣鼓在大马路上围住宅区绕行一周。还有过节时能看到各个路口上人们在烧纸，据说是什么鬼穿衣，给离去的亲人送衣裳呢。感觉挺有人情味，但就是纸灰飞得满街都是，鬼没穿上衣，活人身上落了灰。

这些事在城里从来没见过没听过。感到与过去的农业文明又有了点联系。也不知道好不好，反正感觉很异样。

通州西站很浪漫

春运期间买火车票到处排大队。京城无处不排队，好不壮观。因为要买去武汉的票，我也为此犯愁。这时报纸上说通州城里有个角落里的小站叫通州西站，因为大家都找不到，因此那里成了购票天堂，根本不用排队就能买到全国各地的票，还画了路线图，果然是窝藏在通州城里一个极隐秘的地方，按图索骥都难找到的地方，而且不通公共汽车。

那天正好过通州，就按照地图的标志一路开车过去，但发现地图上的路线到了现实中就是断路，不得不反复退出再绕路前行，经过艰苦寻觅，终于在一个叫杨庄的地方发现了"通州西"三个屋顶上的大字，欣喜若狂地开进去，居然发现那是一个荒无人烟之地，周围都是很破的房子，荒凉的小院子里有一座1960年代的农村小车站，水泥房、绿门窗、玻璃没了，用塑料布挡着随风呼哒着。我怀疑这里还在运行吗，甚至怀疑有人吗。偏偏这里就有人，出来一个穿制服

通州西站

的女士。我犹豫着问：这里卖票吗？她奇怪地看着我反问："谁说不卖，一直卖呀。"说着大声喊一个人的名字，说："找你的，买票，快点。"随之另一女士抱着刚晒暄腾的被子、披散着像是刚洗好的头发高兴地出来，招呼我们进站买票。那一刻我简直不敢相信眼前的一切，不信这里卖的是真火车票。但那售票员打开电脑，迅速地出了票，一切都是真的！天堂呀！天堂车站。

多么朴素可爱的乡村小站，那是我童年偶尔去农村舅舅家的记忆，那个小站叫"清风店"，就是这么朴素，小房子、绿门窗，候车室里几把木头椅子、水泥地……但这个通州西站的周围都是高楼大厦，其中一个还叫"京贸国际"，对面是法国风情的公寓区和京通高速路，一派现代化景象！这小站简直是都市里的乡村，是电影布景。这感觉实在好。我们还有那么多农村小站，都应该好好保护起来，原汁原味地保护，继续运行，周围该怎么现代化还怎么现代化，甚至把小站建成公园，这样让人觉得心里特别温暖。前几天去"798艺术区"，感觉很棒，高楼大厦包围下的1950年代工厂区被包装成了画廊和咖啡馆，十分浪漫。不同的是，那些工厂车间都停工了，而这些小站还在营运，我们应该保护它们，保护活的它们，让那些朴素的东西活在现代化的现实场景中，那才叫行为艺术呢。记得前几年去越南，过凭祥，也被那个1960年代的小车站感动过，不知它是否被现代化了，如果还没有，就让它继续1960年代下去吧，太可爱了（当然设备要现代化，要电脑控制，但外观千万别拆呀）！

通州西站，北京城里估计就你这么一座可爱的车站了，永定门车站已经停运了，那个小绿车站估计要被消灭了，多可惜，为什么开发建设的人都不想到保护点什么呢，我们的建筑设计专业都学什么东西，估计就学会了拆。通州西站千万别重蹈覆辙。

过年期间我经历了这么一次感动，也鼓励大家有空去通州西站看看，其实特容易找，过了八里桥收费站，往前，见路口就右转掉头，沿小路走五分钟左转就进了杨庄，村口就是通州西站，我的天堂车站。

北京：根与树

我们1960年代出生的人都是唱着《我爱北京天安门》长大的。同样的歌曲还有《北京颂歌》《雄伟的天安门》《北京的金山上》《伟大的北京我们为你歌唱》等等，从西洋唱法到民歌唱法到藏歌和维吾尔歌唱法，能开个音乐会。通过这些歌，不仅唱了北京，还学会了各民族的曲式，知道西洋唱法得憋着嗓子唱，唱得不像自己的声音了那才叫美；民歌唱法嗓子要亮、要脆生；少数民族唱法要载歌载舞，还学会了双手一摊来个"巴扎嘿"。但最最重要的是，一些歌词记得刻骨铭心，如"我们的红心和你一起跳动/我们的热血和你一起沸腾"，"每当我们想起北京/浑身就有力量"。对北京的感情似乎与生俱来，近乎一种神圣的宗教感。

直到1980年代初念了硕士来北京工作了，还有进了神圣殿堂的谦卑与自豪呢，总是恍惚中觉得自己没长大，还是那个对着太阳唱《我爱北京天安门》的小孩子。

但这种神圣感很快就被日常琐碎的工作和生活冲淡，开始脚踏实地混在北京。分不上房子，生活拮据时，看着外省同学早早有了海边江边宽敞的住房，甚至后悔过，认为自己是在为一个虚无缥缈的儿时幻想付出代价。但自己最终没有南下，也没有出国，就是因为内心里依恋着北京。当初的神圣感没了，取而代之的是对北京的亲近和依恋。在北京举目无亲，但就是觉得在这里兴奋，因为它在日新月异地变化着，一天一个样；在这里感到踏实、自在，因为这里总有一些骨子里不变的东西同样让你觉得亲切。

这些年在北京蹬着自行车穿大街绕胡同，从东城到崇文，从宣武

北京树与根：南城的西转胡同（黑马摄）

到西城，出了筒子楼进高层，又进红砖居民楼，又住进胡同里的住宅楼，陷在最传统的胡同文化和最地道的京味儿市井声中，但过着品位与之截然不同的生活。直到这时才觉得自己找到了自己的真正坐标，踏实了下来：在传统与现代之间。

闲时在阳台兼花房里品茗，看着窗外的胡同听着胡同里人们高低错落的京腔对白声，细细咂摸，北京这地方吸引我的不就是这种传统与现代的和谐吗？而这种和谐不也正是现代人心理的外化吗？

作为脱胎于草根、从事文学的知识分子，对胡同四合院中京腔京韵和古朴民风的依恋与对现代文明的追求是并行不悖的，前者是根，后者是树。过大杂院的生活显然已经不现实，似乎难以彻底融入胡同文化，对那种生存条件似乎也无法适应——仅那个街上的公共厕所就让你感到不堪回首。但我深深知道我在内心深处是属于这个阶层的，我不能远离他们，特别是不能听不到地道的俗语和俚语，不能抗拒用这种活生生的语言与他们交流的诱惑，因为那是我的根之语言，是早已浸透了精血中的话语方式，我不能与之割裂。高楼大厦中讲了一天英文和累人的官腔，我只能在胡同话语中真正放松自己，还原自己。看多了洋人和官人，我必须看这些胡同大院里的人才能平衡视觉。吃了酒店大餐，吃了超市的塑料包装袋里的食品，最终发现还是家常菜最对胃口，早晨还是喜欢时常端着锅去胡同口买豆腐脑和油条包子。有这胡同里的豆腐脑油条包子垫底充电，精神十足地去班上和老外讲英文，可能那英文带点韭菜包子味，但觉得自己活得特别充实，觉得特别是自己。有时在酒店的咖啡厅里听着音乐泡上两个小时，点了什么爱尔兰或意大利咖啡，品足了，走出来，漫步在散发着烙饼和鱼香肉丝香气的胡同里，顿时觉得自己需要这种食物，很为自己胃口之好感到骄傲。

今天的北京像一幅后现代的拼贴画，时光交错，扑朔迷离。在这里你总有根的感觉，它让你不会迷失自己，这根就是那些辉煌的宫殿、古树参天的寺庙和迷宫似的胡同、四合院，还有那鲜活动听、韵脚别致的京腔。在这里你不会觉得自己落伍，因为这个城市在全球化阵阵紧逼之下正在成为一个国际都会，创造着让你走向世界的机遇。你可以选择传统，更可以追求先锋。你西装革履或一身时装地出去，回家可以换上圆口布鞋趿拉上拖鞋去逛西瓜摊儿讨价还价。总之你可以活成别人，也能保全自己。

我选择了传统与现代之间，选择了酒店咖啡厅和早市的豆腐脑油条并行不悖，正如我幸运地住在胡同里的现代化住宅楼里一样。

我是1980年代中期来的外省移民，不会像土生土长的北京人那样由衷地唱"最爱我的北京"，但"混在北京最受用"却是实在话。

混在北京城圈外

写《混在北京》时，就住在天安门附近正义路上的筒子楼里，所以说混在北京是名副其实。现在人住在南三环外，工作的地方在西三环外，每天仅仅是顺着三环来回一趟40公里，总是在车上向北京城里张望，成了"望京"一族。现在的日子是混在北京城外。城里什么样，基本靠想象。

一年偶尔进城几次，多是去出版社办书的事，也有看看外地来京的朋友，结果和外地的朋友一样惊叹城里的变化。在灯市口的天伦王朝广场喝咖啡时，我东张西望，四下顾盼，活脱儿一个不开眼的乡下人模样。

今天一早去地处东四的人民文学出版社看三校样，不敢开车进城，一堵一个小时，还要烧着自己的汽油，心不疼肉也疼。就起个大早，坐684路公交车，一直从南坐到北，穿过大半个北京城。坐在684上，全程才四毛钱，它爱怎么堵，我也不心疼，反倒有时间张望着看看北京。

一进二环就看到了体育总局的天坛公寓，里面住着刘飞人什么的奥运冠军们，但门脸很一般，像普通的单身宿舍。就是这个地方，练出了那么多大牌，真不可思议。这里应该搞成大风景区才对，让游客们来景仰。

磨磨蹭蹭进了城，到了崇文门一带，这是我当年混在东城时经常游荡的地方，我家的活动吃饭桌就是在这里花市的小铺子里买了，扛上60路公共汽车，多打了一张票运回家的。现在已经是一片繁华奢靡，难辨当年了，绝不会卖那种活动吃饭桌了。只有111路车站还在原地。我意识到我开始沿着20年前天天骑车上班的路线前进了，再往前的东四一带，就是我打游击的那片热土了！协和医院、东单，我全不认识了，像在看西洋景。一个多小时后在东四下了车，赶紧找个地方吃早点。抬头就看到了著名的"明华烧卖店"，老字号，当年排队都吃不上的大馆子，现在挪到街角上了，居然空空荡荡，早点高峰过去了。我进去，要了烧卖和粥，一个人在半边店堂里悠闲地吃着，看着窗外的街景，和我二十多年前来北京比，真的是天翻地覆。现在是多么时髦、光鲜，明晃晃的玻璃大楼一座座，流金溢银，土得掉渣的隆福寺一带俨然是国际大都市模样了。这让我感到时光倒流，我还是那个土得掉渣的外地学生，懵懵懂懂地坐在这里的小铺子里吃馅饼喝豆浆呢。

　　奇怪的是九点左右的大街，商店刚开门，东四一带反倒十分安静，人很少，倒像是大萧条一般。这个时候的二到五环路上正是车流缓慢，堵得水泄不通，北京有一半人在那几条环路上挤着呢，而我却在最中心的地带，一个人占着明华烧卖店的半个店堂在吃早点，真好呀！快哉。

　　这一带的标志建筑估计除了老外交部大楼就是这座几乎没变样的人民文学出版社和它对面的那座王府大院。这几座建筑还让我感到踏实，否则会感到是到了另一座城市。

　　看完校样我和编辑朋友找了个街边羊肉泡馍馆，在窗户边看着流水般的汽车和行人边吃着那碗十分鲜美的陕西饭，聊着活着和死去的共同的朋友。我们都是二十多年前毕业来北京的那一拨，曾在这一带骑着车乱串，互相请吃点小馆菜，也激扬文字，也畅谈点理想。我后来毅然离开了东四一带，把它的繁华、古典和痛苦都远远地甩开，而现在我发现我是多么怀念留恋这片老城区，这里是文化的我成长的地方。他们能一直生活在这里看着它变，而自己的楼并没变，他们是多么幸福的人。

　　因了书的缘分，我又回到了这里，我还会常来，像个外地人，像个刚毕业的外地大学生。

　　我还要说的是，九点钟进城，这个时候的城里最可爱，所有的商店似乎都是为你一个人开的。好像20年前的北京城里这个点上不是这样安静的。这是为什么？

　　不出几个月，在三环外"望京"的我终于因为地铁5号线的开通而过上了城市生活！前两天英国诺丁汉大学时期的同事来京，住在王府井。要进城去看望老朋友了，就坐5号线，从宋家庄到东单才用了12分钟就到了！简直如同我家住东单一样了。

　　跟朋友聊完，到东单地铁站时发现我过去天天骑车上班路过的东单一派星光灿烂，还发现了东单的国家大剧院，立即感到这座城市属于我了。我终于可以只花十几分钟就能进城看话剧了，不用怕堵车，不用花一小时十元的存车费了。

于是今天就在东单和老朋友们小聚，顺便把新书发给大家，然后十几分钟后就从地铁里出来到了郊区的家里。一个字，爽，我又回到东单的怀抱了！地铁真能改变生活，它让我享受郊区的花园住宅，又能快速进入市中心的生活流，感到一种"入世"与"出世"之间随时切换的游刃有余。

草籽里长出的葱与艾略特的诗与京郊得志小民

抓了一把草籽撒在花园边，不承想长出来的竟然不是草，而是鲜嫩的小葱，原来是我把葱籽当成草籽了。原来葱可以这么容易就长，和草一样。于是就开始了不用花钱买葱的日子。每天要炒菜或做汤了，临时到院子里去割几根小葱，无比鲜嫩。我现在开始很奢侈了，不像原先是把葱切碎吃所谓的"葱花"，而是胡乱用剪刀剪了吃葱段儿，反正是自家地里长的，不心疼了。前两天内人告诉我菜市场上青葱卖到五元一斤了，大家真得省着吃葱花，山东人那种烙饼卷大葱的吃法太奢侈了，不能那么吃了。而我不用吃葱花，咱整根儿着往烙饼里卷，照吃不误。小时候我家房子边上只有一块尺把长的空地，我都给种了望日莲，秋天里收获几盘瓜子，沉甸甸的，就梦想着将来有个院子，想种什么种什么，但就是没想过种了草长出来的是葱。估计明年我可以考虑种麦子或玉米，6月里收了麦子，可以用麦粒直接熬粥，麦子稀饭肯定比大米稀饭好吃。

南墙根下的月季开始发芽了，荒芜了一冬的土地浇上水，开始到处冒芽，美人蕉也蹿个儿了。春天啊春天，美丽的春天。可大诗圣艾略特却说4月是最残酷的季节，死过的土地里冒出欲望的植物。诗圣就是诗圣，咱俗人真没那境界。光看见荒地上的绿色了，不知道地下竞争的残酷。

> 四月最残忍，从死了的
> 土地滋生丁香，混杂着
> 回忆和欲望，让春雨
> 挑动着呆钝的根。

据说这是大诗人穆旦的译笔。不管它吧，俺的小葱残酷地从死过的土地里长出来了。《圣经》里不是说过吗，一粒种不死就不能发芽。人间地下天上，不都是这么个残酷法吗？不去想那些吧，朋友，带着烙饼和大酱来我家，我提供鲜葱。

译友孙仲旭发给我一本他翻译的《小人物日记》，那里的伦敦郊外人普特先生终于有了一套房子后就得意地记述家里的琐事。看来我快和普特差不多一样俗气了，也在写我的小人物日记，不过是博客日记，是电子版的，还能被读者分享俗人的快乐。当初咬了牙贷款买了房子，成了北京郊区居民，很为那笔巨大的贷款感到心中沉甸甸，后来发现房价疯涨了三倍，我那百分之几的贷款利率就等于零，甚至是"负增长"，居然同样的一笔贷款，现在成了财富，还着贷款反倒感到是在从银行里偷钱，不由得不小人得志。咱这等小小普特儿们，也就剩下这点便宜可占了，可以因此合法地洋洋自得，怎能不乐呵地写自己的小人物日记？

记得劳伦斯曾激烈地讽刺威尔斯，说他从贫民之子靠写作当上了伦敦郊区人，摇身一变成了中产阶级，忘了自己的穷根，与劳动阶级断了血脉，浅薄了，为此不与威尔斯为伍。后来采访萧乾时，萧老告诉我威尔斯其实也看不上劳伦斯没品位，估计是嫌他衣着寒酸，生活没档次吧。不过最终还是威尔斯体恤劳伦斯，在劳伦斯死前亲赴法国旺斯看望并请人为他做了面模，那是从劳伦斯脸上脱胎的面模，为后人留下了最真实的劳伦斯死前的面塑。可见威尔斯多么仁义。这样的中产者终归是同情同出一个阶级的兄弟的。威尔斯是个奇迹，没有堕落为势利小人的中产者，又靠自己的努力得到了有品位的生活。我们都该学习威尔斯才是。

草坪与青砖院

　　童年住大杂院，两进院子住十来户，挤挤插插，雅致的高台阶大屋早已败落。但后院的后面还带一个后花园，与后花园比邻的是一排西式的别墅，但已经让无数的人家分住，住得乱七八糟，连漂亮的西式大窗户都为了冬天保温而用红砖堵了起来。那个院子给过我很多遐想。当年的典雅与辉煌早就淹没在历史的烟云中。但问谁谁都不清楚，只说这是资本家的院子，资本家被赶走，劳动人民当家做主住进来了。这些新中国成立后搬进来的劳动人民哪里关心早年的历史？能有地方住就很满足了。后院曾经保留给那个资本家住，他家与前院的人们格格不入，互不往来，那个后院谁也不敢进去。闹起"文化大革命"，资本家被打倒，抄了家，人也被赶到前院的小偏房里住，后院成了街道幼儿园。我们终得进去玩耍了。那个带回廊和花园的大院子真美啊，院子里种着大榆树、枣树和桃树，后花园荒废了，成了"百草园"。

　　我就想原先这青砖墁地的四合院住一家人时那肯定十分惬意。多年后读地方志才知道这个院子是吴佩孚公馆跨院，估计是他的副官或他的亲戚住的。而隔壁吴家的院子则是大块的青石板铺地，长长的青石条台阶，气派非凡。后花园比邻的那排洋房就是现在我们称之为town house的联排别墅，是当年张学良的军营，估计是他的手下的军官宿舍。

　　因为有这样的居住经历，我曾经一直向往有个青砖铺地的四合院，再有个小后院，像鲁迅写过的他家的百草园，各种植物茂盛，各种昆虫出没，再有两只猫或一只小狗，养几只鸡。那是中国式的小梦。以后念外国文学，开始喜欢家里有个前院，院中有整齐的草坪，草坪上点缀些玫瑰月季。

　　待有了个园子，就赶紧实现自己的草坪梦。看着草坪很快绿茵一片，十分激动，经常在夏天里顶着烈日浇水、修剪。但不出几年就发现野草的生命力过于旺盛，渐渐湮没了家草，甚至各种野花如二月兰、蒲公英都开始胡乱绽放。这些野草实在难以铲除，而且疯狂地蔓延，夏天里园子里蚊虫肆虐，看似美丽的园子却进不去，只能隔着玻璃看花看草看蜜蜂和飞禽及野猫。我看到隔壁家的人进园子挖菜时蒙着纱巾，戴着手套，像防毒面具似的，很可笑。他们告诉我，要消灭蚊虫，就得喷药，可喷药毒性太大，菜就不能吃了。真是鱼与熊掌不能兼得。

　　一些人家就雇了工人，每周动用电动割草机割草，再由工人在三伏天穿着长衣长裤，蒙着纱巾蹲在院子里拔野草，替换成草坪草。然后喷上杀虫药。由此来维持美丽的草坪生活。这一招我做不出来，一来雇人花费不少；二来我不愿意让人家蹲在自家园子里拔草。那感觉不对，尽管是"公平买卖"。还有喷药，万万使不得，本来各种污染就已经很严重，不能自己再增加污染。可我自己又实在对付不了这些野草。于是今年一开春，我当机立断，铲除了所有的草，铺上了青砖，垒了几个花池，算是解放了，从此再不用为野草蚊虫担忧。草坪梦就这么万般无奈地放弃了，但顺便实现了童年的青砖院子的小梦想，感觉又重回童年的那个桃树小院了。

谦卑的柿子花

柿子树又开花了，这种朴实无华的鹅黄色小花，深深地埋藏在肥厚的叶子里，毫不起眼。你也可以说它不是花，因为它从花到果实的过渡期十分短暂，刚刚默默地娇艳那么一两天，还没等你看清楚它，它就很快转化为未来的柿子的底盘了。然后开始渐渐胀大，不知不觉中就变成一个个青涩的小柿子，经过一个漫长的夏季和半个秋季，长成硕大的橘红色大柿子，一个足有小一斤重，把枝子压得几乎弯到地上，可就是坚韧地不断，等你摘下柿子，枝子会极有弹性地蹭地弹高，回到原来的挺拔位置上。

我喜欢柿子这种谦卑、韧性和实在的性格。而且，柿子树几乎不用浇水，很耐旱，只在施肥后为了避免伤根，我才给它灌些水，然后就靠天收了。

柿子花之所以这么谦卑，其实是为了保护自己的果实，因为柿子沉重肥大，它必须把自己藏在大叶子中间，避免狂风吹打；它之所以不敢开得耀眼，是因为它的目的是长沉重的大果子，它必须早点坐实了位子，才能熬过漫长的夏秋两季。

接下来的漫长日子，这棵柿子树根本不用看它一眼，小青柿子们会自己吸收阳光雨露和地下的水分及我施的底肥，我只需要稍微善待它，施一点点肥，到秋天它就会默默地奉献出满头满脑的大柿子来。顺便说一句，柿子，你还不能勤浇水，不要以为那样是善待它。它不需要人工浇水，它会用自己强大的根系吸收地下的水分，所以它的果汁才那么黏稠，糖分才那么足，因为它的吸收过程十分漫长。人工浇水太多，柿子会中途掉落。你看，柿子，是不是像骆驼呀？性格、体积都像。人要有柿子和骆驼的性格，估计十有八九能成事儿。

这等朴实的果子，吸收了大地的精华，果汁甜美，如同黏稠的糖浆，具有很好的滋补功用。有人喜欢晒柿饼儿，晒干后，那叫一个甜，齁得厉害。我还是喜欢在软柿子上划个口子，用小勺蒯着吃，如同喝粥，十分受用。

做园子还真得讲究个鱼龙混杂，柿子、杏和山楂等，起的是粮仓作用，花期短，但让你对秋实有盼头儿；但光是秋实又不足以叫花园，就得种些常年开花的玫瑰、月季、蔷薇、木槿、棣棠和牵牛什么的，让园子四季都有花供观赏，有春华耀目，有夏花灿烂，虽说不当吃不当喝，但满足了养眼的需求。

屋外有竹雨后春笋

为了追求所谓"宁可食无肉，不可居无竹"的高雅境界，我在园子里种了几棵小竹子。其实这纯属做作，如果真的食无肉，哪里还想得起种竹子？这句话应改为：衣食足，种修竹。

北方的竹子要种在背风朝阳的地方，冬天里仍然碧绿，很是给寒冷的天气增添了些暖意。原以为竹子只有南方才有，看到北京紫竹院里茂实的竹林，还以为那是园林局特殊培育的。但后来发现很多地方冬天都有竹子绿着，就自己也种，果然北竹也绿。

但没想到的是一到春天，这几棵竹子就来个"雨后春笋"，遍地冒芽。经常是一夜之间，昨夜小楼东风细雨，今朝笋芽几株。原来这竹子生命力极其旺盛，不知不觉中自己茁壮成长，下面的根还迅速流窜，已经窜到园子里了，还窜到隔壁家的园子里。人家不喜竹，那竹子就成了竹害，害得人家掘地三尺，把竹根挖出来，再垒上墙，防止我家的竹子侵犯。为此我很不落忍。但隔壁家喜欢种菜，经常浇粪，让我分享那种味道，我也不抗议，只紧闭窗户，我们就这样和平共处了。

再说这竹子，冒芽了，只能挖出来。看着鲜嫩的笋芽，就想到了吃，便剥了笋衣，将白生生的笋用青葱炒了，味道和市场上买来的南方竹笋一样鲜美。于是春天里我们就可以不买笋了。

最妙的是，有些稍老的笋，炒着吃不行，但可以扔进榨汁机里榨笋汁，碧绿的汁液煞是爱人，拌上蜂蜜，这等环保鲜美的饮料，市场上可没得卖。天知道，南方的竹林产地，为什么不生产笋汁饮料啊？

竹子，不仅是供人观赏和故作清高状的装饰，还有这等形而下的用处，可以直接入口。为此那句古训又可改为：居有竹，可食之，肉可忘。生活啊，生活，这就是生活的小小趣味，咱们这些小人物，闲了，就和《小人物日记》里的普特一样，写自己的小人物日记（现在改成电子文本，叫Blog了），从而忘却沉重的存在压力。我们都该把自己的博客（Blog）叫"小人物博客"（The Blog of Nobody）。前两天在广州与《小人物日记》的译者孙仲旭小聚，一再告诉他看了他翻译的书，我立志当好一个北京郊区的小普特。而我如何吃竹子，估计是伦敦的普特干不出来的事，那个普特太小资，而且过于挑剔，连过期鸡蛋都不吃，还要找小贩去换。他要听说我把笋从地里挖出来就榨汁喝了，还不得吓死？这就是伦敦郊区人与北京郊区人的区别。估计孙仲旭这个广州郊区人也不敢喝我榨的鲜笋汁。

刚写了这篇博客文章，抒发自己在家里挖春笋尝鲜的经历，就看到本市报纸上说北京市民晚上进公园挖笋，弄得公园一片狼藉，对此谴责一通儿。但愿不是他们看了我的博客才起此歹心。我挖的可是自己家的笋。不过有个研究文化学的朋友对此类现象另有高见。他说的是农民进城顺走不锈钢垃圾筒的事。他说人家农民那么穷，却看着城里人用漂亮的不锈钢桶装垃圾，觉得心疼，就拿回家洗洗装大米了，似乎也在理。文化背景不同，对"公器"的用途理解不同，何况人家是把垃圾桶派了更高雅的用场。让他这一说，我真迷糊了，也许农民是对的。城乡差别不能太大。再说挖笋，公园公园它姓公，那笋也姓公，大家见鲜笋乱长成竹竿可惜，就想当然挖去吃了，似乎也有道理，他们是纳税人啊。北京很多市民对公物的理解就停留在这个水平上，怎么办？光谴责不行，要竖起牌子，说"不许挖笋，否则罚款"才行。还要装监控眼，拍下后找人罚款。要不就派人值夜班看着，各处一雇人看笋，提高了就业率，倒成了好事。

我们的陶然亭

　　陶然亭离我家不远，但除了多年前带孩子去划过船，已经久违。昨天办完事正好是黄昏，过陶然，又有单位办的公园通票，就驻车门外，欣然进去"jogging"了40分钟，微汗，陶然。忽逢湖畔一丘，上有小庙，门外有说明牌，引古诗"更待菊黄家酝熟，共君一醉一陶然"。这么多年了，才知道陶然亭名称来历，暗自悲叹没文化害死人。当年这里是荒郊野地，紧贴老城根，可游泳，可攀城墙，人们来

我们的陶然亭（林凯摄）

此地是郊游。1980年代我们也是单位组织春游才来这里的，真觉得很远，要倒几次汽车才能到。后来就成了闹市公园了。

秋风秋水，闹市蓬莱，陶然亭的黄昏美，确实因为时近黄昏，白天里 "people mountain,people sea"，从来看不出好来。所以就不去。

待跑到东北角，发现一墙之隔便是一个明晃晃的高档住宅楼，玻璃窗们辉映着夕阳，毁了这世外桃源的景致。当初这里都是平房的，怎么能在湖边起这么高的住宅楼卖大钱呢？这地产商绝对牛，来路绝对不凡，这地段肯定是地王。唉，好好的城市蓬莱。但那个小区的居民花了大钱肯定幸福，楼盘涨价不说，窗外就是湖水涣涣、绿草茵茵，陶然如同自己家园子，福分不浅。总之除了那个住宅区碍眼，陶然亭里景色还是那么好，门票也才两元，一早一晚进去跑跑真好，附近的居民有福啊，这么难得的城市绿肺，就挨着咱家，去啊，jogging！

方庄的早茶

方庄的金鼎轩是小资们聚集的地方，尤其早茶时分，多是奇装异服的演艺界跑龙套的少男少女。说是吃早茶，其实是匆匆垫补肚子后忙着去赶场工作的。还有就是退休的老人，有点小钱，来学学广东人的生活方式而已。我由于酷爱肠粉和韭菜虾饺，也时常去，吃完正好早高峰过了，一拐就上了二环路。这里总体的气氛是和谐的，温馨的，大家也都很低调。

可某个早晨我刚刚开始品尝我的肠粉，就听到某处有中年女人在高声喧哗，顺声望去，只见一职场女性打扮的中老年女人，独自占一张桌子，正举着手机严厉地大声打电话训斥，暴怒，时而又似乎在讲理，看着像拍电视剧，可周围又没有摄影机灯光，便确定是真人秀。

哇，铺了一桌子报纸，大多是经济类的，还有什么行业报纸、党报，不知道一目十行看多少，反正是博览群报，还有开着的电脑，估计是无线上网浏览什么或写什么，因为听她在吼："这就发过去，你们赶紧看，看了拿出意见来！"

这阵势着实吓着我们小资了，没见过在这种地方这么办公的。有钱你就自己弄一个包间吼去；再有钱，你上大饭店包房吼去；真有钱，在自家别墅的花房里有仆人伺候着穿着睡衣懒洋洋地用早茶去，起大早的都是苦命人儿。何苦到金鼎轩这种小资温馨情调的地方来摆谱？俺们最见不得这种混个什么处长或小公司老板不上不下的人当众发飙了。这种人估计以前也是穷人，辛辛苦苦爬上来，上面有几个屁股挡着她，下面又有几个人看她屁股，所以穷毛病就改不了。

在正确的地方，以正确的身份，做正确的事，否则就像漫画。

不过偶尔吃着肠粉，就着北京老豆腐（强烈推荐这款汤），看真人秀，也挺好的，感觉冬天不冷了！

1999年冬北展记事

京城那一片俄式建筑曾是很多知识分子寄寓小布尔乔亚情调的优雅所在，不仅北京的知识分子，许多外省知识分子当年也以到那个俄罗斯风味的餐厅进膳和上俄式建筑的剧场观看芭蕾为时尚。甚至在1980年代中期，许多中老年人仍到此追忆"文革"前的"小布"情趣。点一盘俄式红菜汤和几根泥肠，要一客简单的冰激凌，不为吃什么，只为置身于高大庄重的俄式建筑和典雅的就餐环境中，享受一种氛围。

情调真是一种精神贵族的专利，并不是有钱就能有的。那种"小布"情调甚至是跟金钱和爆发截然为敌的某种知识分子特有的品质，是一种穷酸的美丽心态。他们要的是贵族的环境但不要贵族气派；要的是温馨朴素但不是温暖朴实；要的是矜持而不是热烈……

京西北那一带似乎就是这样的去处。

吾生也晚，没赶上20世纪五六十年代知识分子的时尚，但在1980年代中期受了一些中年知识分子的熏陶，染上了去那个著名餐厅的习惯，便不可救药地穷酸"小布"起来，单身贵族时靠点微薄稿费很是当了一阵子那儿的常客。

十来年光阴荏苒，在成家立业的忙碌中倏忽进入中年，很少了些情调。十几年后再次光顾那剧场和那餐厅，顿感失落变味，"小布"情调冰消瓦解，"gone with the wind"（随风而去）。

那天是去看俄罗斯国家芭蕾舞剧院演出的《天鹅湖》。演出前妄图重温当年的美丽穷酸情调，却惨遭失败，顿觉怅然。

那里供应西餐但不提供餐巾，递上来的碟子水淋淋的，刀叉则是"哗"的一声掼入碟中。望着服务台上摞着的餐巾，我甚至不敢张嘴要，因为我看到在场用餐的人没有一个有餐巾的（啊，人们已经习惯在这可爱的、寄托了好几辈人美丽情调的西餐厅吃西餐不要餐巾了）。于是我斗胆提出"请给我餐巾——纸"。真是可怜，因为连要餐巾纸的人也没有。人们已经习惯于不要任何东西揩嘴防污渍。可西餐在西餐馆儿里绝对是不可以这样吃的……

我不知道，这里除了那瑰丽宏伟的俄式建筑风格还有什么让我流连、留恋。

再进旁边的堂皇剧场去看芭蕾，那里的世俗场景着实令我瞠目，原来在这里看芭蕾和在体育场看比赛、在地坛逛庙会没什么两样：你可以在走廊里买很多小吃和饮料带进场里，一边饱眼福一边饱口福，小吃香气四溢。最好再有人满场扔热手巾把儿，那就齐了，不知台上台下谁看谁了。天知道那天的男主角儿几个大跳竟然连续落地趔趄，令人倒了胃口，发现"转型期"的俄罗斯芭蕾舞也堕落了。于是，台上台下全让我失落而归。

我不知道，这里除了那往日的旧梦和过时的情调还有什么让我流连、留恋。

但看着人们放任地在剧场里看着那时而犯犯眯瞪的芭蕾大快朵颐，看着人们已经习惯于吃西餐省了餐巾甚至餐巾纸而照旧饕餮，我觉得自己那点失落实在是无聊：看着别人幸福而不替人家幸福者，八成儿是有病。我可能真的是老了。

但无论如何我会固执地时常光顾这里，最好是在清静的时候来这里凭吊点什么，不要进餐厅去吃、不要进剧场去看、不要在此与一切现世的东西交流，只默默地想点什么事儿。（此文写于1999年冬天，偶然翻出。）

在庄严的人民大会堂里看演出

新千年的大年初三，白俄罗斯国家大剧院在人民大会堂演出著名芭蕾舞剧《斯巴达克斯》，台上雄风烈烈兼侠骨柔情，令人回肠荡气亦愁肠百结。力与美如此刚柔并济的展示，悲剧之崇高的感召，可谓哀感顽艳。但是，台下呢？又是怎样一番景致？

不知从什么时候开始，这样的场合也可以带吃喝进来。我分明看到人们坐在人民代表共商国事的位子上，面前给人民代表做笔记的长条板上堆着易拉罐饮料之类的东西，人们可以边吃喝边嬉笑谈论着什么，忽而会有易拉罐掉落后顺坡咣咣滚下去的金属声。与这声音共鸣的是呼机和手机的尖叫，还有幼儿的哭叫声。每次呼机、手机响起来，自然会招来场下观众的侧目和嘘声阵阵，可那些肥头大耳的男士或珠光宝气的贵妇们就是可以充耳不闻、视若无睹，照样眉飞色舞地回电话，末了还会故作姿态或搔首弄姿地说句："我是在人民大会堂看芭蕾呢，对不起，回头再谈啊！"

在这样的隆冬季节，演出场外的大厅里居然没有存衣间，人们身着五花八门的大衣臃肿而来，进场后纷纷将大衣脱下抱在胸前落座，那种场合下这副样子实在是文雅扫地。

在北京其他不少堂皇的演出场馆，这样的情景似乎已司空见惯甚至更为恶劣。北展剧场里上演俄罗斯芭蕾舞时人们甚至大嚼食物，嚼得香气四溢，那里出售的食品琳琅满目。北京人艺剧场上演《茶馆》时可谓盛况空前，但人们找不到存衣间，也得抱着大衣看演出。但人民大会堂这副景象则令我为之惊诧，随之悲哀。

我不知道，偌大的北京，还能在哪儿找到一个理想（本该如此）的演出环境？因为我在西方国家看这样的演出时，发现那里至少有存大衣的地方，人们大多身着礼服，场内没有任何人打手机，听不到呼机的声音，吃喝绝对没人带进场内。那是常识。我们的中国特色似乎不应体现为处处是旧北京天桥的杂耍地摊儿。

阳台上的土

在北京这座冬季风沙大作的城市里，如果家里的阳台不封闭起来，那不是傻浪漫就是脑子有问题。可我就偏偏跟着这样一家房地产公司傻浪漫起来：它的入住合同里有一条就是为了楼的外观漂亮，阳台不得封闭。住惯了那种阳台封闭得百花齐放、千疮百孔的楼，终于可以住进一座明令不得封闭阳台的楼里了，我感到很欣慰。什么叫"与众不同"啊，这就是！

但为此我在过去的一个冬天里付出了惨重的代价：一个冬天不能在阳台上晾衣物，因为冬天室外尘土太大，晾不好又得重洗。只好在靠近阳台的地方用晾衣架晾衣服，这样屋里显得凌乱。可很多邻居们就是不畏尘土，坚决在阳台上晒被褥，真佩服他们，他们宁可衣物沾上尘土，也要在阳台上晒，坚决不让自己屋里凌乱。还有他们的阳台上拉起了晾衣竿，高高低低、五颜六色地挂起了内衣内裤，远远望去景色煞是壮观！还有人家把舍不得扔的破烂又堆到了阳台上。我的天，既然如此，当初干吗要买这种不能封闭阳台的房子呢？什么叫煞风景，这就是啊！我们现在的观念仍然是大杂院时代遗留下来的。那个时代人口爆炸，家家老少三代住一两间房子，只能向外扩张，往外接小房子，搭小棚子，垒鸡窝鸽子窝，无奇不有，很多当年富人家的雨廊都给糟蹋得千疮百孔。我小时候住在一个当年的资本家大宅院里，两进院，高门楼，雕花雨廊，后花园齐全。隔壁更雅致，是大军阀吴佩孚的公馆，一水儿的青石高台阶青瓦房，青石板墁地，好不气派。这些院子新中国成立后都充了公，被多家挤住，胡搭乱建，把雅致的四合院住成了贫民窟、难民营一般，惨不忍睹。现在这些大杂院时代过来的居民和他们的后代，又把这种大杂院精神带到楼房小区里来了。自己家里收拾干净，什么乱七八糟的都往阳台上扔，根本不认为阳台还是公众视野的场合，糟践阳台有碍观瞻，是对公众风景的损害。

我家坚持不在阳台上晾衣物，也不堆放任何东西，就想"创造"一个不碍人眼的正儿八经的叫阳台的地方，摆点花，放上休闲椅纯粹用来晒太阳。

可一冬天没进阳台，那阳台在冬季里对我们来说纯属摆设，仅仅是为了整座楼外观"雅致"而做出自己的贡献。不过这代价太大了。当初附庸风雅了，就附庸到底吧。现在看来，这个雅是不那么好附庸的，奉劝准备买房的人，一定要买封闭好了阳台的楼盘，封闭得雅致大方的那种。千万别买不让封阳台的——那是死要面子活受罪；更别买不封阳台但又允许你随便封的那种——那就掉进贫民窟里了，家家乱封，影响市容，也毁眼。

但我也有一大收获：开春了，阳台上要摆花了，花盆里正缺土，这时我看到了阳台上风吹来的一层厚土，便一下扫了两簸箕，足足有两公斤重呢！这种土非常之细发，比过了筛子的白面还精细，我称之为精土或"富强土"（小时候有一种精白面粉叫富强粉），倒进花盆里，正好养花。这真是老天爷送土上门啊。封了阳台的人家哪有这种乐趣。

挂"洋"头，卖"土"楼

有个德国记者想在北京拍个电视专题片，表现德国在中国的影响，让我出主意。我立即就告诉他：开上车转转北京的房地产楼盘，用德国、柏林、海德堡等名字命名的高中档楼盘有一大串，某个郊外白领住宅区虽然没用德国的名字命名，却在高速路边的巨大广告牌上标明：德国生活。你就如实拍了片子拿回德国去播放，让德国人骄傲去吧。

如今的北京房地产，放眼望去，一片洋名，几乎囊括欧美澳洲著名城市的名字，后面加一个"花园"或"城"什么的，有的干脆就叫"国际城"，但那个"国际"指的是欧美，绝不包括朝鲜、越南和坦桑尼亚什么的，当然也没有中国，因为"国际"被拆得七零八落的飘满彩色塑料袋的中国乡村包围着。广告牌上琳琅满目的欧美城镇街景，建起的楼宇自然是一水的尖顶、阁楼、欧式外墙和飘窗、水蜡树围起的篱笆花园。

还有的房产广告声称要掀起"新洋屋运动"。

于是北京郊外就耸起了一座座外国名城，爆发的新贵和讲情调的"知本家"或金领白领粉领们纷纷涌向这些国中之"国"和城中之"城"，花上几十万到几百万的房钱，在有保安巡逻的拉了电网插了玻璃碴的大墙里过上了欧美小镇的美好生活。他们每天每时都在"出国"和"回国"，这种日子真让普通百姓望"洋"兴叹。因为那代表着富有，代表着上档次，代表着与世俗拉开了距离。

但这种盛名之下的日子总让人觉得挺虚幻。先不说有的房产质量难以望欧美标准之项背，还没完工就被曝光开裂下陷等。其实那些小城里的生活离真正的某国风情相差十万八千里，什么城的风景和真正的外国那个城几乎没任何关联。比如有叫海德堡的，连真海德堡的影子都没有；比如布拉格城，可能某座建筑是拷贝的布拉格某座建筑，可真正的布拉格有浩荡的伏尔塔瓦河穿城而过，有100个教堂塔尖，欧洲各个时代和各种风格的建筑汇集于斯，号称欧洲建筑博物馆，那几座楼怎么就成了布拉格了？比如威尼斯和斯坦福，比如巴黎和罗马……

这些楼盘的命名代表着这个时期人们对洋生活的渴望，迎合了人们崇洋的消费心理，无可厚非。但那种与真正的外国之间的差距却是让人发噱的事，那挂"洋"头的架势很是有点做作。我真的不懂，咱们有了钱，踏踏实实盖个房子买个房子，脚踏实地地住着行不，为什么弄那么大阵势，名不副其实呢？说个最现实的例子，想要"德国生活"吗？至少那片房地产得像当年德国人设计出来的青岛那样，有红顶、沙滩和绿树交相辉映的整体效果吧？否则真的不要标榜你过上德国生活了。

多少年后回头看看今天人们自以为高尚的生活，我们肯定会惭愧，会嘲笑自己。但我们又必须走过这个阶段，否则"进步"就缺乏过程。可惜的是，西方发达国家走过的弯路我们为什么不能引以为戒，为什么非亲自再走一遍不可？去看看奥威尔和劳伦斯的作品中对"崛起"时的英国人头脑发热地追求"高尚生活"到失态地步的嘲笑，我们就知道将来我们该怎么嘲笑今天的自己了。但我们现在顾不上嘲笑，我们在大墙里自以为过着欧美生活美还美不过来呢。让别人嘲笑去吧，我们住自己的洋房。管它是不是，像不像，反正跟中国不一样感觉就是出了国。

我们头顶上的陨石雨

　　两年了，每次从这个住宅工地过，都能看到这两家的破旧房子在周围高大的建筑包围中依然故我，塔吊车吊着水泥板等各种庞然大物在房子上空盘旋，我真怕哪根绳子不结实松了，那几百斤的水泥板像陨石一样落在那些住家的房子上。但他们就这么和平相处着，在吊车的轰鸣声中照常生活，头上"陨石"呜呜地划过，大楼上尘土灰渣飞落，他们还在院子里出没，晒衣服，洗菜做饭。春夏秋冬，这两个"钉子户"顽强地坚守着不搬迁，周围的20层大楼都已经住上新住户了，这两家还没走，他们的地盘上那座摩天大楼就动不了工，但他们家基本上没阳光了，周围的摩天大楼把光遮蔽殆尽。可他们为自己的权利和财富冒死挣扎着、对抗着，对这些危险视而不见，闻而不知其声。此情此景令人无语。

　　今天我遇上一个拆迁户，终于明白了拆迁的巨大利益，所以明白了他们的坚守和对峙。首先，这两家一搬走，他们两家的房子加院落就正好够一个摩天塔楼的地基面积，开发商能在此盖个20层楼，整座楼能安排下300多户住家，整座楼盘销售达十亿元，确实利润很大。而被拆迁的，据说是按人口给安排楼房，每人按50平方米算，他家五口人就是250平方米，院落补贴50平方米，他们家能拿到300平方米的住房，可以有四套80平方米的房子。我说那不是挺好吗？老两口住一套，你们一家三口住一套，剩下两套出租赚钱，五年后还可以出售赚大钱？人家告诉我：那可不行！这四套房子装修要花很多钱呢，每平方米只给6000元多现金补贴，才200万，我装修完了还得买基本的家具什么的吧？那就剩不下几个钱了。不行，我就不搬，大家都不搬，这是这辈子最后挣钱的机会了，他们拿我们家地盘赚大钱，凭什么呀，怎么也得让我装修完了再剩几百万养老才行。我说你也别太急了，这个标准不是大多数人都接受了并搬走了吗？说明还行吧。你拖来拖去能多拿吗？那两套房将来卖了不就赚回钱来了？他说：谁知道将来什么样，现在到手的钱才踏实，根据经验拖到最后的总能多拿一些。

大家都对未来没信心，都抢"现在"这块蛋糕，开发商就这么与原住民角力，一边要省，一边要利益最大化，都是为了钱。那就看谁更智慧更狡诈，看谁熬得住。结果就出现这种钉子户，十座大楼中间包围两户，整条马路中间钉子堵着。大楼随建随入住，先住上的房价自然便宜，越往后房价越贵。于是新住户四周全是垃圾和建筑工地的粉尘和噪音。我们穷了太久，致富和安居的梦想刻不容缓，顾不上任何体面和舒适甚至安全，冒死也要幸福和财产，而且大家基本上都不认为这样有什么问题。为什么政府就允许他们边拆迁边建楼、边建边入住？这样出了人命谁管？据说是钱来管，赔付的钱多，自然就一切都解决了。钱真是万能啊。这个时代钱和命可以等约。人性就如同摩天楼包围下的破平房，随时都能被人造的陨石雨砸个稀烂。

小民们的无名火

要说我目前最爱看的电视节目，不怕您笑话，是北京新闻台的《红绿灯》栏目。这里没什么名人（只有一个高晓松，醉驾被拘留成这个节目里出现的唯一一个名人），没有高谈阔论，没有领导讲话，也没有什么走基层、学雷锋高潮什么的，只有实实在在的交通实况直播和各种车辆交通事故现场。看了能警醒，能学到驾驶时该避免什么隐患，当然还能看各色人等的表演，真的是丑态百出，有时看得又气又乐。

在这个大家都有俩糟钱不知该怎么嘚瑟的时代，买个车满大街开车散德行就成了某种得志并猖狂的标志。看一个人开车的车德就能看出这人的道德水准如何：横行霸道的绝对是可以高视阔步让所有人让他，把车当活动住房的就可以慢悠悠开着车打手机聊天挡着后面的车，乱加塞儿的准是爱贪小便宜的，等等。

但今天看到一个"大案"，令人震惊后百思不得其解。某条街上有几十辆车轮胎被扎了。什么人啊，也不偷、也不抢，就图个好玩儿吗？等警察在寒冬里蹲了很多天终于破案后才发现：作案的就是个普通百姓，从来也没有前科，也不谋财害命，也没团伙，就一个人，就爱扎车胎！问他，理由很简单：这些有车的人不管骑车人利益，晚上把车全停在自行车道上，害得大家骑车不方便。他气不过，是替大家警告这些有车族的。

就因为这样的"窝火"，他就能干出这样的坏事来。主持人说：你有气可以打120、110，让他们解决啊，怎么能自己就擅自执法了呢？等待你的是拘留和判刑，太不值得了。

但主持人根本就没说到点子上。这样的小民打了电话也没人管这样的事。有车族多数都是这么把车停大街上的，因为要么他们根本小区里没车库，要么有车库他们不愿意花钱买。住在破胡同和经济适用房里他还要开车，只能把车堵在胡同里和窄小的院子里，造成环境败坏。这是社会问题。警察对此都是睁一只眼闭一只眼，偶尔贴个罚款单了事。所以大街两边全成了停车场，自行车得绕到机动车道上去，很不安全。这个骑车人心中不忿，就给这些人动了私刑。他还以为他是替无车的穷人出气办好事呢。可惜，他触犯了法律。

出这样的事应该说完全是交通管理者的责任。一个国家的首都乱到这种田地，他们才应该自责，而不是判这个小民的刑。老旧小区根本就没车位，你要么严格限制乱停车，要么你给大家多建停车位。自由放任的结果当然是造成这种占道拥堵，似乎是有车人占了便宜，造成有车族与无车族的矛盾。这是城市管理者失职造成的。谁能想到一个无车的穷人能干出这样的事来，费了九牛二虎之力，本来以为是抓到了十恶不赦的恐怖分子、破了大案要案呢。这些城市管理者多么低能，多么丢人！

可是这等小民的无名火不可小视，如果北京城里到处都有这种"扎胎哥"，他们的破坏力就大了。我们这个时代很像《罪与罚》的那个俄国，到处是这样的小小拉斯克尔尼科夫，他们会为一个铜板而害命，而且是毫无头脑和理智地突然就犯罪。

富人穷人，没文化都是俗人

郭德纲那张大嘴损住宅区的"穷人"闹着成立业委会并告发他私自占公家绿地，似乎他这样的"富人"成了受害者似的。一时间，他倒是很出了口恶气，估计有的"富人"嘴上不说，心里也跟着得意。但随着"郭德纲事件"的进展，现在那些没本事占公家绿地的"穷人"开始有人给他们"做主"了，私搭乱建并"圈占"公共绿地的富人们开始被整改了，郁闷了。今天报纸上公布了郭德纲所在的亦庄的城管开始行动了，据说要强制拆除大约7000平方米的私搭乱建建筑，还公共绿地于民了。

一个郭德纲事件，引发了这种大规模的整治，而且是从他所在的亦庄的富人邻居们开始。这类占公共便宜的人里名人很多，居然包括平时看上去十分善良的"董浩叔叔"，估计这很让听他故事的小观众们失望。其实这种恶劣的行为自从十多年前就开始越来越猖狂，不只是"富人"干，很多经济房小区里的穷人也照样干，住一楼的住家大多接出小房子来，在公共绿地上盖棚子。很多"穷人"还买通电工改电表，让电表的转动速度慢一倍。还有的穷人因为割电线偷电时技术不高而被电死的。无奇不有。做起这种事来，其实有钱没钱的人一样疯狂，只不过是有钱人在别墅区里占公共绿地盖大建筑，没钱的在狭窄的地带盖小房子而已。要整改，当然要先整改富人，因为他们目标大。更因为郭德纲大嘴目标最大，所以就先整改他和他的近邻们。这么多年了，政府部门和物业们都是姑息养奸，现在终于算抓住条大鱼，有了下刀的地方，亦庄的富人们就先挨刀了。

看看我们现在的各个居民区，大多惨不忍睹、千疮百孔，私搭乱建成风，做这事的似乎都很为自己的"作品"得意，这既是整体素质低下的问题，也是物业管理的问题。公共道德缺失，让我们的住宅区杂乱无章。让我们感谢郭德纲的大嘴吧，如果没有他这么口出狂言，这样的整治还不知道要拖多少年呢！这也算名人效应吧。

那些选择了自己结束性命的人

又一个艺人跳楼了，喜欢她的歌，很为她惋惜，还那么年轻。前几年某大学一位文学教授也是坠楼自戕的。这样的选择很是惨烈。他们一个落在楼下的人行道上，一个落在别人家一层的花园里。

一个人到了自杀的地步，肯定是太难了，甚至是精神恍惚到无法选择坠落的地点了。虽然有人指责他们给别人带来了恐怖，但很多人还是本着善良之心在网上表示不要再指责他们，他们的选择是别无选择。这样的人间悲剧，我们这些没有得抑郁症的人永远也无法理解。

我的朋友中就有两个因患抑郁症自尽的，一个是报社编辑，是北大的高才生，是在自己家浴室里悬梁的；还有一个，是出版社的编辑，是南开的高才生，他是自己走到西山深处，选了一块干净的石头，服下安眠药，沐浴着阳光和山风慢慢睡去的，而且是在早春，人们发现他时，他穿得整齐，仪表很好，身体没有任何异味，他化作了自然的一部分。不愧是文学家，很有想象力，很有品位，很有气节。

还有沉海的，怕再浮上来，还给自己的脚上拴了石头，保证自己能让鱼儿食尽，不给别人添麻烦。这样的人也令人感动。女诗人普拉斯是开了煤气窒息死的，但我估计那仪容不会太好，本来是那么美丽的人儿，怎么能毁自己的容颜？不该。海明威是饮弹，估计仪容也很悲惨，我见过头部中弹的人的面容，太恐怖了。还是我那个同学结局最好，面容平静，在山风中慢慢做着梦走了，走得平静安详。

活着不容易，死也不容易。不敢想象他们离世的最后一刻或最后一天是怎么在煎熬中度过的，只祈求少一些这样的悲剧。从新闻报道中我们已经得知，不少抑郁症患者最终靠着治疗和毅力走出了抑郁症的阴影，其中一位给出了几句"真经"：按医生给的药量服药，说服自己多吃点东西以抵抗药物的副作用，要保持开朗乐观，多与朋友接触，做些适量的运动，千万不要孤独郁闷向隅而泣！我看到他被病情折磨得憔悴的脸，很是心生恻隐，也很是为他骄傲，这是一个多么伟大的人！

我们每个人的那口儿大烟

又一个歌星吸毒被抓了，这次是表面憨态可掬、歌声朴实动人的满文军。网上哗然，怎么这么表面朴实的人也吸毒？这纯属可笑。表面朴实的各种罪犯和贪官污吏多的是，而且往往因为表面朴实，掩护色更重，一旦揭发出来，可能罪过也更重。因为人们总盯着表面不朴实的人找毛病，可能他们刚一犯事就事发东窗，早早被治理了，反倒犯不了大错误。我们身边这样表面朴实内心比谁都不朴实的人太多了，他们往往欺骗性更大。所以，我们要改正原来的成语"人不可貌相"的原意，那个貌相应该指那些表面朴实的人啊，包括英文 "beauty is but skin deep"，应该改为 "ugliness is but skin deep"，但表皮下绝不是beauty而是malignancy。

话说回来，我倒不觉得吸毒的人都是坏人，也说不上人品就都不好。不少吸毒的都是很有成就的艺术家呢。即使不吸毒，很多艺术家都酗酒，如我们知道的中国当年第一男星金焰，和现在的什么陆毅比，要灿烂得多，有了秦怡那么出众的妻子，不还是酗酒成性，最后活活毁了自己吗？他们的宝贝儿子之所以忧郁症后痴呆成那样，肯定和父亲酗酒污染了生命细胞有关。但你怎么也不能说金焰这样的人是坏人，是人品坏。估计满文军也是这样，不应该算坏人，可他就是忍不住吸毒了。

进而我想到，我们每个人其实都有自己的"毒品"，我们没有吸毒，可我们的各种嗜好和追求，其实也是精神鸦片，只是我们没有犯法而已。估计多点嗜好，就不会去吸毒和酗酒什么的。

我的毒品是什么呢，肯定是文学，是写作、翻译，是做花园。这两件事把我忙得不亦乐乎。估计没这两口儿，我可能不是酗酒就是吸毒了。我算明白北京人为什么说起人的嗜好来会说"您好（hào）这一口儿呢"，所谓"一口儿"指的就是抽一口儿大烟。喜欢什么，什么就是你的大烟，就是你那一口儿，多好几口儿，就省了大烟这一口儿。

"只要你过得别比我好"

有个很温馨的流行歌曲名字是《只要你过得比我好》，现在这句话里应该加个"别"字。普遍的流行心态是：我不希望你过得比我差，但也不希望你过得比我好。

我的好朋友老李他们那个可怜的部门最近又搞民主选举了。因老副科长到年头退位，空出个副科长位置，谁想当就得走竞聘加民主投票的程序。先是竞聘，几个人争一个位置，提前准备竞聘演说，然后在评委会大员面前进行演说，这要求有口才、有表演能力。但那个评委会投票制度很逗人：上级领导的分数占70%，随机抽出来的群众评委的分数占30%，这很明显，只要领导意见一致给某个人打高分，即使群众评委都打低分，该人也能过。这个百分比肯定是有问题的。

　　这先不提，即使评委会通过的人选，还要再回到该胜出者的本科室去进行群众投票，过半数才能最终当上。到了群众投票这一关就成了一人一票了，要硬碰硬了，就看你人缘怎么样了。有一次某人就闹了个大笑话，投票前几乎所有人都对他奉承逢迎，表示坚决拥护。等投完了票才发现该同志只得到一票，那是他自己投他自己的。结局非常尴尬，该同志从此知道什么叫人心叵测了，有苦难言。那些平时表示拥护但最终都投了反对票的人也不自在，他们本以为总会有几张赞成票，就准备浑水摸鱼，都去宣称自己投了赞成票的，可结果是只有一票，大家都膛眉奓眼起来，连个屁都不放了。估计只要再有一票，都会有好几个人去声称是自己投的。可恶啊，人心隔肚皮啊，那胜券在握的哥们只能欲哭无泪，自认倒霉：以前都是巴结好领导就行的，可现在来了个焦主任，要搞民主，结果把所有的事情都搞得焦黄一片。天知道这个焦黄焦黄的主任本来是盛气凌人的正义之师，要大力推行民主的，结果不出一年却被查出重大贪污腐败包N奶的龌龊事情，很快就灰溜溜下台直至销声匿迹，不知去向了。就是这么一个高唱民主高调的人，却原来是个恶棍，真是标准的圣人与恶魔的双面人啊。

　　但他开拓的"民主"之路在理论上似乎是对的，就像所有贪官污吏都高喊为共产主义奋斗终生一样，所以焦式民主制度还一直被后人继承并完善着。

　　于是很多人都面临两关：竞聘演说关和民主投票关。前一关是过五关斩六将，但很多人是前一关过了，却在本科室的小河沟里翻了船。老李前年竞聘就是第二关差一票没过，气得说这是典型的小人之心害他。竞聘时大家都不敢报名去和外科室的竞聘人争斗，就他勇敢上战场打了胜仗，把所有外科室的竞聘者打败了，算御敌人于国门之外，应该算功臣了，回本科室投票按说怎么也能过半数。但天知道本科室的人并不感激他抵御外侮，投反对票的人竟然超过了半数，老李黯然退场。投票时有一个人生病没到场，领导说可以给他打电话，特批电话投票。大家想，这电话投票就是明投，只要不是什么仇人，肯定会照顾面子说赞成的。但结果电话那边传来的是"反对"，就是明投反对票。而老李本来指望的就是这一票，认倒霉吧。平时关系可以不错，也互相帮忙，但你让他投票赞成老李当副科长，从此工资奖金比他高了，他就是想不通，因此就撕破脸反对。如果是暗投或许还有可能赞成，现在成了明投，而且就差他这一票了，简直是众目睽睽之下当雷锋，那不是谁当谁傻吗？

过了两年又到了竞聘上岗的热闹时刻，经过重组和新老交替，科里人员组成发生很大变化。老李这两年低调做人、埋头工作，觉得自己这次竞聘应该没问题了，大家也都说问题不大，因为所有竞聘人员中就老李属于德才最兼备的那种。竞聘演讲下来果然老李胜出，就差科里民主投票了。有人说还是要"提前打打招呼"，可老李比较清高，坚决不肯，拉票贿选的事他更不屑于干，听其自然吧。投票前大家气氛很融洽，没有任何人给老李脸色看，老李也很谦卑地冲大家微笑。可投完票后的结果还是令人大吃一惊，他居然刚刚够半数，一票都不多。这个结果令老李浑身冷汗如注，太悬了！他怎么也不明白自己怎么会得罪这么多人。虽然成功了，可老李却高兴不起来，因为他面对的是不知道都是谁的那一半反对者，今后他怎么开展工作？

好心人就劝导他：你千万别以为投你反对票的人是与你有仇或有恨，也别难过，这就是普通人的心态，人家也没希望你比他过得差，也没害过人吧？平日里不是关系都很融洽吗？但你让人家心甘情愿用自己的一票为你增加工资奖金，踏上为官之路的第一步，人家就是不愿意。还有，中国人的所谓民主概念就很简单，那就是，我不喜欢谁，不希望谁比我好，我就利用自己投票的权利反对，他们还不会权衡利弊，像希拉里那样在党内竞选输给了奥巴马后号召自己的支持者都去支持奥巴马，不会想虽然你有缺点，但你是这次竞聘中最好的那个，不会因为你竞聘演说中打败那么多外科室的人那么英勇善战就喜欢你，也许他们更希望来个外科室的人当他们的领导。普通人最难过的不是外单位的谁成了大事、当了名人、发了大财，他们恨的仅仅是身边的人比他多挣了一级奖金、娶了个漂亮老婆、儿子上了比自己儿子更好的大学。说俗点，他们不恨一个外面的恶棍抢了几百万，而会恨身边的同事奖金比他多了100块。如果这种心态成为多数人的心态，真是可怕。你不用得罪人，只要参加竞聘，这本身就得罪了很多人。你要想让身边的人喜欢你，投票选上你，那真比你出去发一大笔财还难上加难。你幸运吧，好歹过半数啦！吸取教训，等过两年开始竞聘升正科时再想怎么在科里笼络人心过半数吧，那将又是一场艰难的战斗。

身边可怕的潜伏

看电视剧《潜伏》，知道那是戏，就不会被精心设计的情节吓着。他戏说，我看戏，好玩而已。可生活中的潜伏故事却经常让你吓一跳。这不，今天下班时分，走到一个偏僻的角落里，遇上一个本单位的年轻同事，平时也就是点头"哈喽"一声的人，具体在哪个小部门干什么都不清楚。没想到趁四周无本单位的熟人之机，这年轻人跟我"哈喽"后居然叫我留步说有事跟我说，一直没机会和场合说。我就奇怪了，我们二人没有交情啊，这么大的单位，几乎跟不认识一样的啊。没想到人家告诉我的是自己毕业于我本科就读的河北大学外文系，且是我留校的同年级同学教过的学生呢，算我的侄辈；而我的老师也教过这个人，因此也可算我的同学。我恍惚还记得那些四分之一个世纪前的校友老师什么的，很是聊了一阵子。

随后我觉得这事很恐怖。这个小同事来了好几年了，怎么就一直没跟我交谈过呢？怎么还要在这么个没有第三个熟人的场合跟我声明是校友呢？人家在我们这里潜伏了很久，我居然在明处不知道，我的什么老同学也不跟我说。要观察我这么久才浮出水面，你说这事是不是很恐怖？

我就是不明白，为什么会这样。

想来想去，是现在的年轻人聪明，还有就是"局势"复杂，再有，就是我是个可有可无的人。

反顺序说：我可有可无。一般来说如果你混得人五人六的，你的从小学到大学的那些个"母校"的人定会对你趋之若鹜。但我没有混个一官半职，自然不会有人来"托"我什么。所以，人家从一开始就没受托，也就没必要非认我这个窝囊校友不可。

第二，就是局势复杂。同一个大屋檐下，谁知道你跟别人什么关系，这么老了还没获得势能，肯定是得罪了领导的，跟你走得近，再是校友，反倒麻烦。复杂的人际关系，逼得年轻人都聪明了，也很累啊。结果是弄得我惊乍一番。

前些日子也是一个共事多年的人突然对我说：我早就知道你，从一来就知道，因为你的同班同学某某跟我曾经是同事，我调来前她跟我讲过你的。我就奇怪了，这么多年同一办公室，怎么就从来不告诉我呢？老天，我还不知道我身边或远或近还潜伏着几个了解我过去底细的人还没浮出水面呢。还好我是没什么追求的人，也没什么前科，否则，光这些潜伏的人就够我对付一气的。人生，世道，就是这样。

总统的校友

因为学门清寒，年少时一直想考个名校读个博士改换门庭，但就是没干成这件人生大事。客观上名校英语系的第二外语都要求法语，而我的二外是俄语，又不想为考博士再读法文，于是这个客观理由就十分堂皇地让我懒惰了下来，不再进步。其实根本就是自己怕考半天考不上，丢人还赔工夫儿；更其实是，自己压根不是念博士的料。于是一直无法在履历的"最终学历"一栏里填上个光辉灿烂的名校。

混了些年，因为马齿徒增，能饭，还算精通业务，领导不好再把咱当听差使唤，就差我个办公室盯摊儿的活儿，管个翻译组。但新来的年轻人一年比一年厉害，先是国内名校，再后来就有海龟或土鳖出洋变海龟的，哪个来了都能先给我个下马威。有一个新来的海归去录音，我想学习一下，就在外间听一嗓子，结果听出了错误，就立即打断，要求他重读，惹来人家不悦，问我"你怎么念"。这是因为人家不相信自己会错，更不相信我一个三流大学出来的土鳖能听出海龟的错。我都不敢说应该怎么念，只是翻开字典，让他看国际音标自己同意重念。我还经常在看节目带时让一些海归或名校毕业生抠声音（改正朗读错音字），人家总是不信，总是当我面哗哗地翻字典或放电子词典的读音。还好，我比较自卑，总是在听出错误发音后自己先翻字典确认，所以我就不怕他们翻字典了。

我就想啊，如果我是海龟或名校毕业，谁还敢这样轻视我？可能我说错了他们都会当成是对的。这就是牌子的力量。咱缺块鲜亮的牌子，就得在人家当我面哗哗翻字典时置若罔闻，虽然我心里知道他们过后会不好意思。但人家那样做，绝对没错儿，因为人家不相信我这个牌子不亮的审片人。

但现在还想换块牌子肯定晚矣，就只能谦卑地听任人家不信任，好在英文这东西是有字典可查的，一切服从字典就是。

但在一个声名显赫的地方工作，牌子是真重要啊。

我这小人物想牌子也就算了，突然发现有的名人也想大牌子并且乱套牌子的。

这不，有个很有成就的大牌电视主持人，按说也是国内名校毕业，牌子不软，仅凭自己的名气和母校的牌子就够了，绝没人敢像对我那样当面哗哗翻字典以示轻蔑。可这哥们就是不满足，一定要把自己说成是某世界名牌大学的校友，因为那个大学出了很多世界领袖人物。他怎么成了名校校友了呢？原来是在那里当过几个月访问学者。很多人说，个把月的访问学者资历绝不能被夸张成校友并在与那个大学毕业的世界名人见面时称是人家的校友。如果总锲而不舍地这样到处标榜，就有攀附之嫌了。据说，校友这个词真不能乱用，必定得是那个大学毕业拿了文凭的才可以。

所以，有诺丁汉老友向别人介绍我是诺丁汉校友时，我赶紧说算不上。诺丁汉也不是我的母校，我在那里访学一年，但没注册读学位，充其量那是我的姨母校。我也就是个表校友。

当然，也许，诺丁汉大学可能名气还是不够大，不足以让我说谎成校友。如果我是在剑桥、哈佛或耶鲁当了一年访问学者，或许我的虚荣心就会让我鼓足勇气恬不知耻地宣布我是这些名校的校友，招摇撞骗一番并且动辄就像那位主持人一样把很多美国总统都说成是他的校友甚至朋友。看来，附骥攀鸿也要看对象够不够大。就像窃国与窃钩，干坏事就干大坏事，小坏事咱不屑干。

好山好水好脏好乱的寂寞与快活

一位1990年代去了美国读书后成了商人的朋友感慨万分地告诉我，现在的美国华人中流传的对联是：好山好水好寂寞，好脏好乱好快活。横批：美国与中国。

连美国人自己也感慨：中国大陆一日千里地进步，机会多多。在美国，想开发想拆想建，往往是地方政府出来阻拦，法律法规一大堆，保障这个保障那个，让你寸步难行。而在大陆，政府和开发商是一致的，民众也希望赶紧繁荣，所以这边真好啊。

结果估计就是：好寂寞的那些人来好脏好乱的地方快活地淘金，然后回好寂寞的地方去享受好山好水。还有就是好脏好乱的地方贪官污吏们趁着大乱，卷了公款去好寂寞的地方享受好山好水。大陆就成了冤大头。

这和几十年前全世界都称赞上海是冒险家的乐园是一样的。

这和我们看一些老电影中军阀混战的20世纪二三十年代是一样的，和美国人看自己的西部片是一样的。只有脏乱中才能浑水摸鱼，才能淘金，秩序井然、法律健全的地方，想不劳而获或趁火打劫就难上加难。

可不幸的是，都到现在了，中国又成了这样好脏好乱好快活的乐园。就像现在很多城里人热衷于去山村里享受农家乐几天，回来大赞返璞归真，好水好空气，陶冶灵魂等等，完全是作，是自欺欺人不算，你们怎么不想想那些农家接待你们靠的是烧柴火和煤火，垃圾污水等就那么就地一倒，美丽的山村外都是垃圾坑？那里根本没有正规的垃圾处理设备，全靠污染自然的方式消化或堆积？你们污染完了，快活完了开上车走了，那里的人呢？

记得多年前很羡慕地去怀柔山里看先富裕起来的几个人盖的山间别墅。确实是世外桃源。但他们的生活完全是靠村里的穷苦农民肩扛马拉支撑着，垃圾都由农民运到村外的山沟里倾倒了之。因为那里从来没有过大批的垃圾，所以山沟里可以消化垃圾，可以消化很多年也不至于出现大面积污染。但这样的无序的原始污染支撑着的精美现代化生活能维持多久？因为山里的小政府还意识不到这叫污染，于是那种地方就真成了好山好水好寂寞与好脏好乱好快活的双拼最佳组合，他们一边制造好脏好乱，一边自己快活，想享受寂寞了就回自己的庄园别墅里去作精神痛苦状，去假模假式地写作和绘画。啊呸，去他的艺术家吧！

扩大一下，我们中国现在不就是西方人心中的那种乡村吗？只是不像那些艺术家和村外山沟垃圾的距离那么近。但你稍微站高点看，性质是一样的。那边严厉治理环境，要环保，人家就来这边无法无天地快活淘金，还赞扬你进步速度快、你强大。贪官污吏们也靠着法制瘫痪卷了大钱跑那边去"寂寞"，我们这边很多人还像农家乐的农民高兴地污染着自己赚小钱。如果我们站在一个制高点上观看这一切活动，会看到多么热闹的寂寞与快活互动的场景。如果我们能进入人的内心，我们能看到多少寂寞与肮脏互动的卑鄙心灵。这个发展阶段各异的世界里，脏水中渔利和脏水中被渔利的，都很高兴快活。

老友去美国读书工作26年，中间回来几次，发现国内的空气污染甚嚣尘上，一年赛过一年，这次又赶上本该是明媚的五月天里的雾霾天气，更是苦不堪言，曰：我的心爱国，可我的喉咙却爱不起来，办完事赶紧回美国去。即使我们到了京杭大运河的源头通州的运河边，空气仍然很不干净，天仍然是乌突突的。他惊讶地问我：你们怎么这么有毅力，这么能适应北京这种污染的空气？你赶紧把房产卖掉，花50万美元移民美国算了，为什么不走呢？

对前一个问题，我只能说，我们这么多年随着污染走过，一边污染一边吃药治病，慢慢调理，似乎也就适应了、就麻木不仁了，甚至就

"自强不吸"了，油盐不进了。你是从天蓝水净的美国来，肯定是无法适应。年过半百，绝对不能选择回来定居了，因为这样的适应必须从年轻时期开始，逐渐克服，增强抵抗力才行，半百后一腔干净的呼吸系统猛然接受这么重的污染，你抗不过的。这不能靠毅力抗拒，而只能像我们几十年妥协适应，千万别为了乡情拿健康做抵押，否则后果很严重。

对第二个问题，我估计卖了房产能凑够移民费用。但你让我在"五张"的年纪上到美国干什么去？总不能弄个房子天天吃喝拉撒，眼睛一睁一闭地过日子吧？我已经和中国的空气混为一体了，我们这么一大群人就是这么同呼吸共命运了，爱谁谁吧，反正我是不走了。有那笔移民的钱，我干脆好好旅游，粗茶淡饭尽量健康地活着，还能翻译点不怎么赚钱的文学，还有点小读者群，写点不当吃喝的文章，和很多读者和作者一起，精神上也同呼吸共命运。我还真怕我这好不容易培养出抗污染的呼吸系统真到了美国没有东西可抵抗了会出毛病，受不了太干净的空气，闹着要找污染细菌去抵抗，反倒会闹嚷得我浑身不自在。

说到这里，我总算理解了"自强不吸"和同呼吸共命运的含义了。二十多年前的同窗好友，我们同吃学校的一锅粥，共饮闽江水，那时我们是同呼吸共命运的。现在是他们回不来，我们去不了，我们中间隔着这道浓重的雾霾。他们吸了有生命危险，我们由于是循序渐进地吸入，不断地治疗，培养了无形的抗体，自己已经成了这雾霾的一部分，与同样有抗体的同胞同呼吸共命运了。

10号线地铁带来的光明与阴影

今天去体验新开通的地铁10号线二期，感觉超爽，感觉南半城的人民终于进入文明的新时代了。坐在地铁里，我眼前就浮现出南三环外这片广袤杂乱的相互分割的据点，这里的人民只能向北奔南三环，东西之间几乎没有通行的路将他们串起来，他们就像一座座孤立的小村里的村民。现在好了，有了这个10号线，人们可以向东向西运动了，感觉这些到夜晚就黑压压的地方亮堂了，感觉就像工业时代地面上开通了蒸汽小火车，这片沉寂的地方沸腾了。今天地铁里听到最多的话是："多少分钟？"——人们是来测上班的地铁时间的，他们要提前把从家到单位的路程时间算清楚。我今天一路上也在不断地掐时间，把从家到一些重要结点的时间都掐出来。

原来想去国贸就像一场长征，现在坐上10号线居然15分钟就到了，我是在最繁华的东三环路下穿行着，15分钟到达了CBD，感觉北京从此小了。想当年，全世界都在发展地铁时，北京却是在鼓励人民"住郊区房，省出钱来买个夏利开车进城"，这样的工业革命时代的高调口号居然得到了信息时代里无数人的响应，纷纷跑大兴、通州和房山等地买了宽敞的大房子，开着车进城来上班，感觉就像住在美国。可残酷的现实是，不出几年所有的路都被汽车堵死了，每天上下班的车流如泥石流一样。有人每天顶着星星出门，顶着月亮回家，赶上周末阴天，一周在家里见不到阳光。北京啊，北京，山东话称之为"逼井"，前面还要再加个"傻"字。

还好人们觉悟了，赶紧修了地铁，熬这些年基本熬出来了。

但接下来的情景估计是：

第一，地铁沿线的房价大涨，四环内没有便宜房子了。那天看报纸，6号线城区房价都五六万一平方米了，连我们的诺贝尔文学奖得主莫言得了750万想在城里买大房子都没戏了，那750万只能买平安大道6号线附近120平方米的二手房了。

第二，还有可怕的，地铁所通的郊区房价也会很快涨起来，据说草房村那边也20000元/平方米了。花200万只是到那里去睡觉而已。

第三，很快这些连通郊区的地铁就会像1号线一样把人挤成照片，因为人们又会像相信当年住郊外大宅开车进城的口号那样，相信可以坐地铁进城过郊外别墅生活，纷纷去远郊买大房子，从而造成地铁暴挤。我认识一对夫妻，两人住八通线附近，每天两人一同进地铁站，但要男的把女的硬推进地铁先走，他再等下一趟车自己挤上去。

"逼井"啊，"逼井"。

我爱黑摩的

按说我这有车一族应该最赞成取消黑摩的，因为他们让市容不雅，给我们伟大的首都抹黑。但我一直没有赞成过，主要是因为我知道公共交通的不便捷，还知道挤车很受罪，还知道黑摩的是很多坐不起出租车的人的救星。所以我认为黑摩的只要别黑顾客，双方商量个价钱，别为此在街上打架，就让他们运营去，而且应该政府组织起摩的来，像出租车队一样管理，但别收什么管理费，小本生意经营，方便大众。

可今天早上的残酷现实教育了我，让我从同情黑摩的到热烈赞成黑摩的的人了。原先的同情是事不关己的同情，甚至觉得自己很高尚，能同情底层社会。今天我赞成，是感同身受的赞成。

今天一早全城大堵，还下着雨，据说很多路还交通管制。但我有个会必须十点到。我的车尾号今天受限制，不能上路，一看天气不好，就想该早出门，防止堵车误事。于是我八点多点儿就出门了。到了大路上，等了很久，就是没有空出租车。心想不好，赶紧往公交车站赶，打算乘公交到地铁。可走了一段路到三环边，却发现，公交车爆满，而且很久不见来车，进城的路堵得水泄不通，没人遵守规则，都在胡乱插队加塞儿，场景十分壮观，公交穿三环是一个巨慢的过程，没有20分钟根本过不去。

于是我毅然决定步行两公里，穿三环，进方庄去等车。

进了方庄根本没有任何出租车的影子，眼看着再晚我就要迟到。关键时刻来了一辆黑摩的，驾车的老大爷抽着烟悠闲地在细雨中开着车。我立即拦住这车，说赶紧拉我去地铁站。于是我就钻进摩的里。一路上我们的摩的车小灵活，在汽车之间打游击，畅通无阻。这时的我坐在逼仄的小空间里，看着那些汽车堵着开不动，立即感到自己高明。我们的黑摩的很快就超过很多汽车，到了蒲黄榆地铁站。我还没下车，老大爷就发现路边有个大妈买了菜冒雨回家，他就招呼她上车，一点生意都不耽误。

我终于上了地铁5号线，一看时间刚好不耽误我的会。心里一块石头落了地。因为今天这个会对我的工资定级还是挺重要的：上头决定把我们三个科组合并为一个，但只能通过民主投票来淘汰多余的正科，只选一个正科和一个副科级组长，这种一人一票决定别人级别的选举，可能有时一票的多寡就能决定你当选或落选，落选后工资级别就会差不少，再没有功利心的人也不可能愿意因为自己少了一票就工资大降。我正是属于要么被淘汰、要么留任、要么降半级的一个候选人，所以我不能迟到。最后选举结果还好，我好歹以第二名的选票得数混作副科级，工资比原先当正科级时少了几百元，但总比选票没超过半数落选要好得多。所以从今天起我衷心地拥护黑摩的的存在。一个副科级小芝麻干部的好恶不过是如此见利忘义而已。

雪天不出门，老天爷都会气哭

今年的第一场大雪纷纷扬扬地落下，地面积雪有半尺厚了！

可是这样美丽的雪景中居然看不到兴高采烈的人们出来堆雪人、

打雪仗，人们都隔着窗户在看雪！就像我，靠着落地窗写博客，与窗台上厚厚的积雪只有一层玻璃之隔。

亲近自然已经成了一个遥远的词儿。人们变懒了，没有情趣了。

我依然记得小时候读的那本苏联小说《在我们班上》，莫斯科的中学生们在雪天里手拉手在大街上滑着雪串门儿、上学，多么富有青春活力的人们。看那书时，我住在保定的胡同大杂院里，向往着莫斯科那样布满俄式洋楼的雪城，羡慕那里的中学生生活。于是我认真地念俄语，巴望着长大后能去莫斯科和圣彼得堡（那时叫列宁格勒）。

但我们也有我们的玩法，孩子们穿着破旧的衣服，依然跑到院子里和街上堆雪人、打雪仗，自己用木头板子钉上铁条当滑车，满街滑。我们吃的是玉米面和大白菜，但心是热的，不懂大人们在后"文革"时期阶级斗争中的烦恼，照样疯玩。

可现在的孩子们，独生子女们，都被家长关在家里，隔着玻璃看雪。他们在忙着做作业，在忙着练乐器，在吃着薯条喝着果汁看动画片增肥。

小区院子里停放着一些不顾管理条例死活要开进来的私家车，车轮埋在雪里，车顶上积了厚厚的雪，几乎被埋在雪里。这些买了奥迪之类高档车的人，却舍不得花十万买车库的车位，就让自己的爱车埋在雪里。他们不懂现代生活的"配套"，只算计钱包里的钱是否都直接地用在自己身上了，车库对自己没有直接意义。奥迪车抗冻，就让它冻着，但他们也妨碍居民们在院子里玩雪。

总之，人们都在辜负老天爷慷慨的馈赠！都在暖气房里糗着。老天爷估计都要哭了。

别了，美国的蔓越莓

　　那天看一份北京地方报纸，惊悉美国一款蔓越莓果干因为受到金属污染而被美国的公共卫生部门召回。所谓惊悉，是因为我家里那一袋还没吃完，一对，正好属于被召回的这一批次。那一大袋有三斤重，七十多元。这种类似葡萄干似的果干可是美国人喜爱的食品，但以前被大家当成了葡萄干或美国提子。前些日子这东西大举进入中国市场时，被宣传得神乎其神，说是女人吃了美容养颜，治尿道疾病，男人吃了则防治前列腺病。我周围有人张罗着团购这款蔓越莓干，说是参加的人越多，每袋价格越便宜，是网购。看我犹豫，就说了美容治病之类的宣传语，特别说人越多，平均每袋就越便宜。结果一群人参加了团购，然后果然就送货上门了，真的很便宜，像卖白菜似的。有人说如果咱们几百人团购，说不定就一袋的钱能买两袋。

　　谁知道不出几日，就被召回了。这一召回是针对全世界的，包括在中国出售的同类产品。看到这消息我赶紧告诉周围团购这东西的人快扔掉或退回吧，是污染食品。我把这噩耗告诉他们，结果得到的第一反应是：美国居然也有食品安全问题，这世界上还有能吃的东西吗！真不知道国人怎么会这么天真，好像美国出点食品安全问题就是天大的意外似的。我倒觉得我们应该惊讶的不是美国有食品安全问题，而是美国的食品卫生安全部门多么负责，这样的小食品都全世界大张旗鼓地召回，像召回某款汽车似的，而且说明虽然吃了不会导致疾病，但由于不符合食品安全标准，还是要召回。联想我们的食品安全问题和生产商在这方面的做法，我们真该感慨才是。我们有几个食品厂商出了问题后大张旗鼓地召回的？很多首先是玩各种公关手段，甚至买通有关方面隐瞒，根本就是丧尽天良。在这方面，我们就是应该向美国学习才是。

最搞笑的是一个朋友，看了美国食品安全部门的说明后毅然说：不是不会导致疾病吗？那我就不扔。我相信，这样的食品比咱们的食品安全多了。现在我们从超市买来的东西有多少是没问题的？我们的餐馆有多少是没地沟油的？我们的地摊上和自由市场上现做现卖的食品哪个不是"不干不净吃了没病"的？说不定都比这个蔓越莓问题大，防不胜防，总不能饿死吧。关键是吃了以后想办法排毒。此言一出，语惊四座。但也不能不说没有道理。有个笑话很能说明问题：美国的一家餐馆里出了问题，食客们中毒晕倒在地，唯有中国旅游团的人刀枪不入，不仅没事，还见义勇为帮着医生把美国食客们抬上救护车。以此说明中国人在长期污染中培养出了超强的抗病毒抗体。现在居然连美国查出问题的食品都被认为比我们的食品安全，这种大义凛然的对美国的迷信对我们所有人都是一个巨大的讽刺。

国贸桥，北京的桥

国贸桥，CBD，车水马龙，人潮汹涌。我曾浅薄地称之为中国的曼哈顿，实则这里早就在面积上超过了曼哈顿。每次从这座辉煌的立交桥上穿过，即使再堵车，头上大太阳烤着，陷在纹丝不动的车流中窝火，但心中仍然有一丝清凉，为我们的大CBD骄傲，"窝脚袄"！真的，只有堵在国贸桥中央，你才有机会定下来观景：向北，一拉溜儿的摩天大厦夹道，中国大酒店、京广大厦、普华永道大厦、全世界最著名的"大裤衩"大厦，金光灿烂，直耸云霄；向南，人保大厦、招商大厦、建外SOHO，一直铺到两公里外的双井甚至劲松；向西，宽阔的长安街，两边高楼林立，一直通向石景山，绵延20公里，天气好时，甚

国贸桥

至还能看到长安街尽头西山逶迤的青色剪影；向东，又是遮天蔽日的夹道楼宇，商厦广场，直到四环桥，那座桥上也经常如空中停车场，排列着密密麻麻的豪车，在阳光下反射着锐利的光线，那里已经成了泛CBD区。不是堵车纹丝不动地停在这个广厦之间的十字正中间，你没有机会欣赏这样的人间景色。仅仅20年前这一片还是城乡接合部，布满了低矮的旧楼和工厂区的车间。看着这些，不能不感到骄傲，因为20年前出了八王坟地铁就是一片昏暗和混乱，是第三世界的贫民区景象。后来这样瑰丽的景色就司空见惯了，开车通过，如同在光影迷乱的梦幻世界中穿行，只有堵车时才让我安静地欣赏一番这光怪陆离的迷人景象，能忘了堵车的烦恼，只感到某种振奋。

终于有机会到CBD工作，开始真正进入这个光影迷离的世界中，不再是路过，就要考虑怎么不堵，怎么能在车流中突围。这个时候就顾不上欣赏什么，也无暇停在国贸桥正中感受那种天地之间回肠荡气的氛围。我开始走桥下，穿河边，抄近路，躲避堵车的车流。

这个时候我开始欣赏桥下的风景，居然这钢筋水泥的世界中还有美丽的通惠河，河岸边是花草繁茂的滨河公园，叫庆丰公园，不知与驰名全国的庆丰包子铺有没有关系，待考。这可是古代京杭大运河通向北京城里的水道，能在这水泥世界里安详地流淌到如今，很是给这喧嚣的世界带来一丝温柔和静谧。河边居然还有几十年历史的老红砖楼存在，人们在那里仍然很传统地生活着，楼下铁栅栏边的空地被各家开辟成了菜园，搭着混乱的木头架子，上面爬满了豆角秧或红薯秧，也零星地绽放着红的或黄的花朵，偶尔也能让你眼前一亮，想起姹紫嫣红这个词来。穿着随便的老人们在黄瓜架下支桌子打牌下棋，唠着家常。北京的现代化还在进行中，光鲜靓丽与混乱寒碜芜杂相间，这真是个杂乱的大都市。

　　桥下的景色就是人，是汹涌的人流，混乱盲目的人流在无序地冲撞。这里没有什么交通规则，人们在高大的桥梁下，头顶着无数辆轰鸣的汽车在胡乱横穿马路，在无数鸣着笛的汽车中奋不顾身地穿街赶路，似乎都神色匆匆。在这样的人流中开车，你的每根神经都要警惕着，你的眼球要奋力地旋转，连余光都不能闲着。因为总有人斜刺里冲出来从你的车前飘过，根本无视红绿灯。有时路口明明有三条车道，但绿灯亮时，两边的行人能占据两条车道，给汽车只留中间一条车道，原来的三路车要在夹道的人群中并线成一路纵队缓缓在人们的注目下开过，还要随时当心某个人会随时横穿。还有无数载着煤气罐的煎饼小电动车和运货的小三轮车在抢道而行，随时见缝插针，在车流中左突右冲。这些流动的楔子随时能横在你车前，一不留神踩不住刹车你们就相撞。相撞并不可怕，但他撞完就扬长而去，你追不上他，你只能自己去修车。自己修车也不可怕，可怕的是那些流动的煤气罐，如果不幸爆炸，那就如同人肉炸弹。

　　每次穿出人流和小三轮车的围追堵截，我耳边会响起那首著名的歌曲《北京的桥》："北京的桥啊，千姿百态，北京的桥啊，瑰丽多彩……"这半空中的国贸桥如此，无数的立交桥都如此。和平安宁时，甚至堵车都是美丽的，可你别忘了桥下的风景，别忘了那些流动的煤气罐，能开走你就快开走吧。桥上和桥下是两个世界。这样华丽的风景下危机四伏，因此是险恶的。北京的桥啊。

成寿寺桥夜夜狂欢

成寿寺那座修了好多年的跨三环立交桥，据说因为在崇文、朝阳和丰台的三不管地带，至今也不通车。三环路照样在这里堵车，路两边的人隔路相望，想开车到对面要绕好多公里的路。让我想起陕北民歌"羊肚肚手巾三道道蓝，咱们见个面容易拉话话难"。北京这种烂尾桥经常是光天化日下闲置多年的水泥摆设。

但附近的人民终于发现这种烂尾桥的用处，每天晚上，你会看到辉煌的场景：广大人民群众在这里夜夜狂欢，桥上桥下，乐声震天，载歌载舞。就在三环路过街大桥桥上和桥下，这是个立体的大舞台，各种交谊舞舞姿都在这里展示。真令人感动，大家真会寻欢。这是多么感人的宏大场景啊。废物就是这么得到利用的，北京绝美的一景。北京人民就是智慧，就是快乐。有次半夜十一点我路过那里，那里还是沸腾的歌舞海洋。这让我想起某个国庆纪录片的解说词：看啊，我们的人民歌舞升平！

但今晚，我想，这欢乐的海洋正好和北非的欢腾遥相呼应。那里的人民控制了局面，在到处搜索独裁恶魔卡扎菲。搜出那个恶魔，估计今晚那里无人入睡，全城都会载歌载舞。我看不到那里歌舞的海洋，就在我们的三环路的烂尾立交桥上看南城欢乐的人民的歌舞吧，这些夜夜狂欢的人不知道他们的歌舞也是在为利比亚的自由而跳着。

北京小康的冬天怎么过

记得1980年代有句名言：什么叫舒服，就是像美国人一样三九天在屋里穿T恤。这就是好日子的标志。可是我们的暖气永远也烧不到那个热度，或者我们的房子厚度和密封度不够，最热时也就三九天穿单衣的温度。那年在英国过了一冬，果然看到就连普通百姓的住宅区里，家家屋里都热得窗玻璃蒙上热气，不用挂窗帘了。英国人出门来倒垃圾都是穿着短袖，匆匆跑出来，大门里往外冒热气，不明真相的还以为是屋里暖气管子漏了呢。心中就羡慕：福利国家，连下层人民冬天都这么奢侈，是不是有点烧包了呀，为什么不能让屋里不冒热气？那么热容易得感冒。

但回来后再体验我们那不争气的公共暖气系统，还是不由得怀念英国的供暖了。

终于现在我们的房子可以自己烧暖气了，高兴的话，10月底天一凉就可以烧上了。想高就高，想低就低，反正是自己掌握。真到了这个时候，反倒自觉了，也不想过三九天穿短袖的日子了。原因很简单，要穿短袖，可以，要光膀子也行，那就把温度调到最高吧，燃气炉就呼呼作响为你提高温度，同时你的燃气表也嘎嘎作响在飞快地变字儿，走一个字儿就是两元钱。如果你一晚上都要热到穿短袖的温度，就要100元了。而且那么个热法，确实太烧包，而且温度高空气就过于干燥，室内外温度差别太大，容易感冒。昨天看报纸，有专家说，十八大说的那个小康，北京已经提前实现了，看来我们可以冬天穿短袖也是小康的标志之一了。到了这个时候人反倒自觉了。于是我决定今年绿色过冬。措施就是：把朝北的窗户里面再加一层塑钢窗，密封保温，添置上厚绒的休闲服，穿上高帮的绒拖鞋，舒服又温暖，然后把燃气炉调到很低的温度，暖和即可。这样屋里空气也不干燥了，喉咙再也不难受了，头脑也清醒了。周日那天阳光灿烂，干脆关闭暖气，一连四个小时在玻璃阳台上打字看书，如同晒日光浴，最热的下午一点时，干脆脱掉衣服晒日光浴了。

这样的冬天如此绿色地度过，这应该才是真正小康的心态吧。当然我不知道，那个专家说得对不对，我比较怀疑北京提前进入小康阶段的说法，似乎小康的指标很多，而且是收入最低的人要达到什么指标才可以，不能是"平均指标"，那样会让很多穷人"被"小康了。而且我心里还犯嘀咕，心里说，如果北京已经提前进了小康，这个大会对北京不就等于没有意义了吗？因为大会的目标就是让中国人2020年进小康，如果北京提前进了，那需要另一个大会讨论提前进了的城市接下来干啥，那专家不会是信口开河吧？

不管专家不专家了，反正我能决定自己三九天是穿短袖还是穿棉休闲服或关了暖气在阳台上绿色地过冬了。就是说我可以奢侈，但我坚决绿色，因此我觉得这是小康的心态。从羡慕冬天穿短袖到自觉穿棉衣和调低温度。我做到了。

顺便说一句，那天看一个外国人的访谈，主持人让他评论这个大会的历史意义。那洋鬼子说：这标志着中国从中世纪进入现代社会。主持人打断他，说，是小康社会。那洋鬼子说，跟外国人说小康人家听不懂的，只能说现代社会。他那句话原文是"from middle age to modern society"。小康的统 英文翻译是moderately prosperous society，是有点啰唆。西方人号称是富裕社会即affluent society，我们的小康至少也得说成moderately affluent才能让他们懂吧。

大佛寺怀旧无聊而归

有个老同学聚会约在三联书店对面一个老北京胡同里一座老四合院，是如今时兴的那种四合院餐馆，很有怀旧情趣的去处。这时我突然意识到那里就是美术馆后街和东街交叉的地带，二十多年前我在东四十二条上班时很喜欢骑着自行车寻找不同的路径上下班，也算给那种平淡的坐班生活增加乐趣。其中一条路就是从宽街向南钻曲里拐弯的小胡同，在最地道的老北京住宅区里探险，最终居然就钻了出来，到美术馆后街和东街的交叉路口，向南就是王府井大街，再向南就是台基厂和东交民巷，就回家了。于是我就乐此不疲，不断钻胡同，发现从宽街向南，胡同赛牛毛，但胡同连胡同，路路相通，都能到长安街。

但我就是没注意美术馆东街向北的那条小胡同的名字，叫大佛寺东街。直到我前一阵子考证美术馆后街民国时期的街名时发现，它曾叫大佛寺西街，它东边曾有一座著名的大佛寺，寺的东边那条胡同自然就叫大佛寺东街了。奇怪的是，大佛寺没了，西街也改成美术馆后街了，但大佛寺东街依旧，大佛寺门口那一站公交车站的名字还叫大佛寺。

据网上有文章介绍：大佛寺在东城区美术馆后街76号和60号。该庙坐北朝南，创建年代无考。山门额上石匾"敕赐护国普法大佛寺"。前殿为天王殿三间，中为接引殿、东西配殿各五间，后殿为观音殿五间。中殿前有石碑两座，一为"皇帝重建大佛寺碑文"，另一碑为"集善粥厂子碑记"。民国时期，大佛寺东配殿改为佛经流通处（卖佛经处），寺内庭院变成练武场。1957年，寺庙被拆除。现仅存一大殿及东西配殿。

　　我就提前一点到，先凭吊了一下赵萝蕤先生当年居住的美术馆后街22号院子的旧址。从方位上看，赵先生从小就在大佛寺边上长大，肯定少不了经常进大佛寺里去玩耍，大佛寺肯定给她的生活带来不少乐趣。可惜1990年代赵家经典的明清风格老院子遭到野蛮拆除，变成了某个大厦的前广场了，现在行人来去匆匆，就从赵萝蕤的住房地面走过，谁知道他们脚下的地面赵先生曾踩了几十年呢？老院子南面的老房子还在，似乎是从四十多号开始排了。但大多开了小铺子，卖些杂货，还要把门脸上方加出一溜仿古的廊檐，木格子全涂成鲜红色，说是为了营造老北京特色。但房子下面是玻璃窗，里面堆满了塑料盆和塑料椅子，还有花店什么的。这条街算是天翻地覆了，彻底集市化，一片狼藉，说是乡村小镇一条街一点不为过。无处寻觅当年的静谧。真不值得一看了。

　　然后我去寻找附近的老北京大佛寺旧址，据说76号里还保留着大殿。找到76号，那里已经盖起一座豪华的灰砖建筑，像会所，像宾馆又像私家豪宅，没有牌子。我问看门的，这里是大佛寺吗，回答说不知道。问还有哪个门通大佛寺，说不知道。估计这就是大佛寺的大殿部分，改建成仿古小楼了，但不对外开放。据说这是工商银行的会务中心了。

　　再转到大佛寺东街，小街热闹非凡，民居与小店铺混杂，弥漫着饭菜的香气，车水马龙。没得可看。二十多年前静谧安宁的小街一去不复返了，想怀旧一番，已经没有旧可怀，一片乱糟糟的街景。

　　然后去了胡同里四合院改建的饭馆，吃的全是老北京菜，芥末墩儿、炸灌肠儿、豆汁儿、烤鸭、杏仁儿豆腐、炒肝儿、焦圈儿等等，好不地道。主要收获还是见到32年没见过的跨系的大学同学，一个是当年的女高音文工团员，一个是海军少将、当年排球场上的猛将，当年都是叱咤风云的校园明星人物，我是台下、球场边的观众而已。却阴差阳错今天见到了，真是好缘分。大大弥补了寻不到大佛寺的失落。

一桥飞架动物园

那天从展览路向北去动物园方向，开到展览馆南边广场竟然踩了刹车傻愣住了，因为发现横空出现了一座高架桥，如大鹏展翅，不知飞向何方。开近了发现路标指向左为动物园方向，就以为过了高桥就左转下桥到动物园了。开上去，路面异常宽阔，而且发现这座空中封闭桥没有尽头，像坐过山车一样开了好半天才看到这空中涵洞的出口，开下来赫然发现已经是高粱桥斜街，迎面就是北京交通大学了。原来这一桥飞架南北，是从展览馆和动物园上空掠过，直接到了动物园后面。

老也不进城逛了，多年不来动物园，什么时候在小动物们头上盖了这么个交通大棚我都不知道。这下安静的动物园可就热闹了，完全陷入几条喧嚣的大街不算，头上还轰鸣着这样一条几里长的过山车道，他们是不得安宁了。

从前这里是郊外，和体育馆及展览馆并排，没有比赛和展览的时候只有动物园最热闹，来一趟坐电车要晃荡很久。第一次来动物园就感到这哪里是动物园，明明就是一处文物，那雅致的中西合璧大门、流水潺潺的河湖港汊、宽阔的草坪和亭台，就是一座美丽的郊外公园。看看资料得知一百多年前这里是清朝的皇家庄园，那后面的河直通着颐和园呢。这一片林木繁茂之地，真是清幽雅静。后来改建成西郊公园，1950年代才成为动物园的。所以这个动物园来历不一般，自然氛围就不同于普通的动物园了，到这里来不仅观赏动物，还欣赏植物花草，颇有诗意。

去动物园最多的时候是小女的孩提时代，挤半天电车到那里，疯玩一天，再出来进"老莫"品尝俄式西餐，感觉是带着一个小动物看更多的小动物一般，十分开心。记忆最深刻的是春寒料峭的一次，女儿在人大附近的幼儿园里出水痘了，老师打电话来让把孩子接回家，我还穿着军大衣，匆匆赶往幼儿园。接上已经开始出水痘的孩子，坐332路汽车，然后到动物园站倒进城的电车。看到动物园大门，我和女儿眼前都为之一亮：动物园！就想好不容易这么远出了城来一趟，为什么不趁机带孩子逛逛动物园呢，多么难得的机会。平时星期天来这里一趟如同长征，园子里也是人山人海，看什么都看不清楚，现在多么清净，真该进去。她那时身上已经开始发痒了，挺难受，可一说要看动物，就来了精神。就这样她出着水痘，兴高采烈地在动物园玩了半天。那天是工作日，动物园里没什么游客，有时四下里望去只有我们两个人在玩，感觉那宽敞美丽的动物园就是我们的私家宅邸，十分舒畅淋漓。玩到天擦黑，才恋恋不舍地离开了动物园，几乎忘了满身的水痘，好像根本就不痒痒了似的，回到家才想起来是回家休病假的，开始感到浑身刺痒难耐。可见精神愉快能忘掉病痛。

　　一转眼那个出水痘的小女孩都快30岁了，再也不缠着我带她去动物园了，我多少次从这里过，都没再进去过。这二十多年这里就没消停过，从动物园服装批发市场开始，这里成了县城大集市，终日闹哄哄，乌七八糟。再后来，城市交通大开发，南边的马路就挖了地下道，地下道上修了过街桥，基本上终日暴堵，成了市中心。不出几日，这样金光灿灿的高架桥就巍峨耸立起来。我估摸着这动物园快要搬家了，搬到五环外去了，否则整天这样咆哮的市井车马喧闹外加空中隆隆的过山车噪音，大小动物们受不了这些怪物的骚扰会在沉默中爆发，集体犯神经病和狂躁症，一园子动物如果都疯了，那局面可是无法收拾。

走入寻常百姓家的三宝乐

　　偶然发现28年前隆重开张的新桥饭店三宝乐面包店开始有不少分店了，居然在我们的南三环都有了，就兴高采烈地进去重温往日的开洋荤热情。进去后发现这个当年在北京算高档消费的店如今变得和新起来的各种面包店没啥区别了，顾客也不多，大家在随便选各种蛋糕和面包，当年排大队排到崇文门大街上的胜景再也没有了。我就直奔我当初最喜欢而且消费得起的那个长条奶油夹心面包而去，当初这种面包是整整一元一个，是所有糕点里的最低价，而我的工资那时是100元，即使吃这个也算奢侈，好在那时稿费是千字25元，翻译稿费也有千字15元上下，所以时不时买几个条子面包还是有底气的。今天一看，一个六元了，相对我们的收入当然不是100∶1的感觉了，但总觉得这么简单的面包六元一个还是有点贵，要知道我们最喜欢的义利大果子面包一个可以当早餐吃得很饱，也才四元二角，这个奶油面包三口就吃没了，但是这个价格。然而涨了六倍的面包无论如何还是挺让我喜欢留恋的。

　　记得那是1986年左右吧，我正住在正义路，离崇文门很近，所有的高大上消费基本都在崇文门附近进行。买好点的菜就去崇文门菜市场，百货什么的去花市，我买了一个活动吃饭桌，就是从花市里扛出来，公然上了公共汽车，仅仅为桌子买了一张一毛钱的票而已。就在那时，崇文门的新桥饭店竟然开了一个三宝乐西餐厅，提供正宗的西餐大菜，可以说是相当高大上了。那个西餐厅很小，但顾客永远是满的，似乎那是城里很少的正规西餐厅，成了高消费的象征。西餐厅一般不敢进去，但餐厅边上的这个面包店还是敢进去的，至少敢买几个一元一个的奶油夹心面包。我就记得有一次在地铁里竟然看到当时一位很红的女歌星，她竟然是买了一大袋三宝乐的各式面包坐地铁回家。那个女歌星当时还没有钱买汽车，提着至少有50个面包的袋子，所有乘客都看她，她非常不好意思，但想想她的袋子里的面包至少值一百多元，估计她也很骄傲，那个年代出手买一百多元糕点提着进地铁的，绝对是富豪啊！

这些年过去了，早就忘记了三宝乐，等再次发现，已经走入寻常百姓家，再也不是高消费的水准了，但它还在就好，它必须在，因为它已经成了"老字号"。在1986年的北京，它曾经光鲜夺目，是改革开放后少有的西餐牌子，是美好生活的象征，每次拿了稿费我几乎都要去那里买几个好吃的面包。这个牌子一定不能倒，它上面寄托着我们的小资情调。